新潮文庫

ラストドリーム

志水辰夫著

新潮社版

8293

ラストドリーム

第1章

I

声をだしてさけんだかもしれない。真っ暗な穴のなかへまっさかさまに落ちてゆく夢を見た。夢だとわかっていた。わかっていながら悲鳴をあげずにいられなかった。

「どうしました?」

だれかに抱きかかえられていた。肩をゆすられていた。目の前に知らない顔。老人だ。つづいて、耳をうつ轟音《ごうおん》、床の振動、まぶしい光といった感覚がよみがえってきた。

われに返った。

そうだった。列車に乗っていたのだ。

「だいじょうぶですか?」

シートから転げ落ちたらしい。隣の席にいた老人がかかえ起こしてくれたのだ。

「どうもすみません。寝ぼけたみたいです」

それにしては気分がわるかった。悪寒《おかん》がする。胸元を虫が這《は》っていた。冷汗が流れている。

とりあえず席にもどった。ふたり掛けリクライニングシートの窓側の席だ。

闇《やみ》のただなかにいた。驀進《ばくしん》している列車。レールのきしむ音が突きささるみたいに頭へひびいてくる。

「顔色がよくないですが」

老人がいった。

「いやな夢を見たんです。うなされてませんでした？」

老人はうなずいた。

「なにか口走りましたか？」

「そこまでは。わたしもうとうとしてました」

「いまどこです」

「青函《せいかん》トンネルのなかです」

時計を見た。一時半になろうとしていた。

思いだせなかった。列車に乗ろうとしたあたりから記憶がなくなっている。無性に寒く、熱っぽく、くりかえし襲ってくる悪寒にふるえながら耐えていたら、なにもわからなくなった。そのうち眠ったようなのだ。隣の老人がいつ乗ってきたのかも知らない。

老人の顔を見た。

七十くらいだろう。頭は白くなっているが、髪の量は多かった。顔色が妙に艶《つや》っぽいのは、それほどの年ではないのかもしれない。縁なしの眼鏡、無地のジャケット、ニットシャツ、折り目のついたズボン。元公務員か教師、といった感じだ。

「この列車、札幌へ向かってるんですよね」

「そうです」

「ぼくは青森から乗ってきました？」

老人はまばたきをした。

「そうじゃないですか。わたしは奥羽《おうう》線から乗り換えてきたんですけど、乗ってきたとき、あなたはもう眠ってられましたから」

「おぼえてないんです。どこかで雨にうたれた記憶しかなくて」

「そういえば濡《ぬ》れてました」

老人は慎重な口ぶりでいった。

からだをつつんでいる不愉快な感触に気がついた。上着、ズボン、シャツ、肌着、なにもかも重苦しいほど湿っていた。からだの芯《しん》まで濡れている。

暑くて、息苦しい。車内は満員。人いきれでむっとしている。ざらざらしたざわめき。

暑苦しくて、乗客も眠れないのだ。

棚を見あげた。ボストンバッグがひとつある。

よけい不安になってきた。バッグが自分のものかどうか、わからないのだ。

「すみません。この荷物、あなたのですか？」

「そうです」

「すると、ぼくは荷物を持ってなかったんですね？」

「そうだと思いますが」

ポケットをまさぐり、持ちものをたしかめてみた。上着は左右とも空っぽ。内ポケットも空。

ズボンのポケットから現金がでてきた。

二つ折りにした紙幣と、ばらの硬貨。財布も小銭入れも持っていなかった。紙幣は一万円札が十数枚。濡れて、べったりとくっついていた。

ほかに、ティッシュとハンカチ。

それがすべてだった。

老人が気味悪そうにようすをうかがっていた。

「傘がなかったんです。開いている店も、コンビニもなかった。それで、しかたなく濡れて歩いたんです。それから先が、よくわからない。なぜこの列車に乗ったんだろう。

第一、切符も持ってません」

老人が上着の胸ポケットを指さした。

「検札のとき、そこから出されましたよ」

びっくりして指をさしいれた。切符が二枚でてきた。青森駅発行の札幌行き乗車券と、急行はまなすの座席指定券。

「おぼえてないんです」

「お疲れみたいでした。気分がわるそうでしたから、声をかけようかと思ったんですが、とにかく寝てらっしゃったから」

「疲れてました。ずっと眠ってなかったんです。何日も、何日も。そのあとで、雨に打たれたんです。すごい夕立でした。雨宿りするところも、逃げるところもなくて、濡れて歩くしかなかった。思いだした。めしを食いにいったんだ。体調がよくなかったから、せめて栄養のあるものを食おうと思って、むし暑い夜の街へ出ていったんです」

「そういえばいっとき土砂降りでしたよね。わたしはそのとき青森行きの車内だったんですけど」

耳が変になった。窓を叩《たた》いていた音が急にかわったのだ。

トンネルをでたらしい。かといって、なにも見えない。夜の暗さがいちだんとましている。

窓に水滴。北海道も雨が降っていた。

持っているものをもう一回あらためた。濡れていた紙幣を一枚一枚かぞえた。

現金が十六万七千円あまり。

それだけだ。

免許証、保険証はおろか、名刺やカードの類《たぐい》も持っていない。

「どうして現金しかないんだろう?」

「食事をしたとき、忘れてきたんじゃないですか」

「思いだせないんです。どんな店にはいったか、なにを食ったのかもおぼえてない」

老人は困惑顔でうなずいた。

窓ガラスにうつっている自分の顔を見つめた。ほほが落ちて目がうつろだ。年のころ五十五、六のさえない男。ひたいの髪が後退しはじめている。

車窓に明かりがつらなりはじめた。平行して走っている道路がねずみ色になっている。

車内アナウンスがはじまった。

数分で函館《はこだて》へ到着するといっている。列車の進行方向が逆になり、機関車のつけ替え作業で七分間停車する。函館をでると、つぎは東室蘭《ひがしむろらん》。この間三時間は停車しない。終点の札幌到着は六時すぎだという。

列車がスピードを落としはじめた。函館駅の構内に入ったのだ。ポイントを通過する音と揺れが大きくなった。

車内がざわつきはじめた。おりる客がいるようだ。荷物を持って出口へ移動しはじめている。

ふたたびアナウンス。

気がついたら立ちあがっていた。下車する乗客の後へつづいていた。

列車がとまって、ホームへおりた。

冷たい霧がほほにかかった。こぬか雨が降っていた。

ホームに思いのほか人がいた。おりる客、乗る客、かなり乗客が入れかわるようだ。若者がだれかの名前をさけびながらホームを走っている。

人波の後へついていった。

改札があった。切符を入れて、外に出た。

駅前広場がタクシーで埋まっていた。

当惑した。おりてはみたものの、行くところがないのだ。

前方に闇市風のごたごたした商店街が見えている。もちろん開いている店はない。雨が冷たい。

いつの間にか周囲の人影がなくなっていた。

仕方なく歩きはじめた。

雨は強くなかった。かといって傘はあったほうがいいくらいの雨だ。その傘がなかった。

行き先もなかった。

後《うしろ》でぴかっとライトが光った。駐車場をでてきた車が脇《わき》に来てとまった。

「どこへ行くつもりですか？」

窓からのぞいた顔がいった。さっきの老人だ。

呆然《ぼうぜん》とその顔を見つめた。すぐには思いだせなかったのだ。

「わからないんです」

「かまわなかったらわたしのところへきますか。ちょっと遠いけど」

「いいんですか」

「だれでも泊まれる宿泊所があります。そこで一晩、ぐっすり休んだらよくなるかもしれません」

「そうだ。宿を探そうと思って列車をおりたんです。とにかく眠らなきゃいけないと思って」

「だったらお乗りなさい。わたしのほうはかまいませんから」

ふつうの乗用車だった。ドアを開けて後の席に乗りこんだ。車はすぐに走りはじめた。

「二時間くらいかかりますから、横になって休んでてください。ほんとは長万部《おしゃまんべ》の駅がいちばん近いんです。ところがこの夜行列車はとまってくれないもんですからね。昼間は特急だってとまるんですけど」

「どこまで行くんですか?」

「多分ごぞんじないと思うけど、島牧《しままき》というところです。長万部からだと山を越した反対の、日本海側になります。直線距離にしたらいくらもないんですけどね。いっぺん海岸へでて、それからまた二十キロぐらい山のなかへ入らなきゃなりません。辺鄙《へんぴ》なところですからおどろかないでくださいよ。わたし、秋庭《あきば》といいます。秋庭寛治」

「それはどうも。ぼくは……藤井といいます。藤井……和夫」

秋庭の目がわずかに光った。しかしなにもいわなかった。

「それで、ちょっとお聞きしますが、その宿泊所というのは、こんな時間に行ってもかまわないんですか」

「ええ。先客がひとりいますけど、遠慮はいりません。会員制のクラブみたいなところなんです」

「そんなところを使わせてもらっていいんですか。多少の費用なら払えますが」

「お金はいりません。その代わり、滞在は基本的に自炊となります。食料も、だれか置いていったものがありますから、それだけ食ってるぶんには一週間や十日は暮らせます。炊事用具はもちろん、洗濯機、寝具、電話、なにもかもそろってます」

「秋庭さんがそのクラブの経営者ですか？」

「いやいや、経営者はいません。自然発生的にできたコミュニティみたいなものでしてね。たまたま定住しているのがわたしひとりなものですから、いつの間にか、管理人みたいになっただけです」

車は函館市街を抜け、5号線と標示された道路を北上しはじめた。標高があがり、光が下に見えはじめた。雨がこのころから本降りになってきた。交通量はそこそこあるが、むろん本州とは比べものにならない。ゆっくり走っているようで、メーターは終始八十キロを指していた。

秋庭が暖房を入れてくれたのですこし気分がよくなった。するとだんだんからだが重くなってきた。

はじめのうちはなんとか目をこらしていた。それも疲れてきた。シートにもたれてぼんやりしていた。やがて、なにもかもわからなくなった。つまり眠ってしまった。

気がついたら車がとまっていた。

秋庭がいなかった。

真っ暗だった。なおかつ静寂。

雨があがっていた。窓に顔をくっつけて空を仰ぐと星が見えた。

頭上近くまで山がせまっている。

前方に明かりがふたつ見えた。

手前に家が一軒あって、玄関灯がともっている。その奥へ五、六十メートル入ったところにもう一軒。

時刻は三時四十分。

奥の家から人影がふたつ現れ、こちらへ向かってきた。手前の小柄なほうが秋庭だ。

「あ、目がさめられました？　道路がすいてたから、だいぶ早くつきました。紹介します。こちら、宍倉《ししくら》さん。東京からこられたメンバーの方です」

こんばんは、と後にいた大きな男がいった。眠そうな声だった。寝ていたところを起こされたのだろう。

「荷物はないんですか。じゃどうぞ、こちらへ」

誘われるまま、車をおりた。水滴のしたたり落ちる音がした。雨がやんだばかりのようだ。その音がはねかえることなくしじまに吸いこまれていく。

静寂の底に立っていた。

2

ぐっすり眠れた。寒くも、暑くもなかったし、夢も見なかった。自然な眠りに落ちて、それが深く、長くつづいた。

目覚めもやすらぎに満ちたものだった。

窓から入ってきた日ざしが壁にうつって揺れていた。その光の色が思いのほかつよかった。なにげなく時計を見て目をみはった。十一時半だ。あわてて起きあがった。なんということだ。七時間以上眠っていたことになる。

ロフトの上から階下をのぞいた。静かだ。宍倉徳夫の姿がなかった。家のなかにいないようだ。

布団《ふとん》をたたんで片づけた。コーナーに積んである夜具が五人分くらいあった。ロフトのひろさが八畳くらい。下にも一寝室あるそうだから六、七人は泊まれるだろう。

梯子《はしご》伝いに下へおりた。そこが三十畳もありそうな居間。全体的にがらーんとしているのは、住居につきもののこまごましたものがないせいだ。加工材を使ったログハウスで、建坪は四十坪くらいあるだろう。

居間の中央に薪《まき》ストーブ。その周りに腰掛けとソファ。台所は西のコーナーにあって、オープンカウンターがその前。こちらにはかぎ形になったつくりつけのベンチが配されていた。

テラス側の壁の上に、手彫りの看板が架かっていた。ウエンナイ・メディテーション・ビレッジと読める。ただし荒彫りのままで未完成だった。テレビ台の下に雑誌や小説、野鳥や野草の図鑑といった本が何冊か。これはだれかが帰るとき残していったものだろう。

テラスにでた。光に満ちた青い空がひろがっていた。空気が清涼で、みずみずしく、あまかった。

温度計があった。二十度をさしていた。

ながめはたいしてない。四方を山にとりかこまれているせいだ。建物は前方に一軒だけ。これが秋庭の住まいで、ほかにはなにもなかった。

ただただ緑である。顔まで染まってしまいそうな緑の海。

サンダルがあったから庭におりてみた。

下生えが荒々しかった。手入れされているのはログハウスの周辺だけ。ほかは自然のまま、というより荒れ放題である。隣の敷地ですら、もう入ってゆけないくらい草木が生いしげっていた。道路もアスファルトが剝《は》げたり割れたりして、そこから雑草がのびあがっている。

秋庭の家にいってみた。窓が閉まっていた。車は置いてある。

そういえばログハウスにも軽自動車があった。それが見当たらない。

前の道路へでてみた。

まるで滑走路だ。片側一車線の直線道路。直線部分だけで一キロ以上あるだろう。村のほうからのびてきた電柱の終点が、秋庭の家とログハウスになっていた。

車がまったく通らなかった。交通量ゼロである。

ハウスにもどりかけて、左手奥の森のなかに、建物らしいものが見えているのに気づいた。コンクリート建築の残骸《ざんがい》のようだ。樹海に呑《の》みこまれそうになっているが、集合住宅の跡らしいことがかろうじてわかる。陸屋根《ろくやね》のてっぺんの部分が緑色に塗られていた。

ハウスから集合住宅のほうへ、まっすぐな道がのびていた。未舗装だがいまでも使われているらしく、草を刈ったり整地したりした跡がついている。

集合住宅までいってみた。やはり廃墟《はいきょ》だった。四階建ての壁に、もとは窓だった四角い穴が開いていた。一フロア四戸、合計十六戸。見捨てられて二、三十年はたっているように思える。

そのとき、視界の前方を黒いものがかすめた。一瞬熊《くま》がでてきたかと思ってぎょっとした。そうではなかった。秋庭寛治だった。藍染《あいぞめ》ふうの作務衣《さむえ》姿だったからよくわからなかったのだ。

「やあ、お早うございます。お目覚めですか。気分はどうです」

「お早うございます。どうもありがとうございました。このとおり、おかげさまですっかり元気になりました」

「それはよかった。宍倉くんがどうしましょうというから、好きなだけ寝かせてあげなさいといったんです」

「夢も見ないで眠りこけてました。こんなに眠れたのは久しぶりです」

「それで、すこしは頭のほうもすっきりしましたか？」

「それがどうも、いま起きたばかりのせいか、まだぼーっとして、なんにも思いだせないんです。まさか記憶を喪失したとも思わないんですけど、考えることができないのはたしかで」

「なあに、あせることはありません。好きなだけ休養してください。ただ、宍倉くんが明日東京へ帰るそうなんです。あの人、じつはお医者さんなんですよ。カウンセリングが専門だそうですから、ゆうべそれを思いだして、ひょっとしたらお役にたてるかなと思って、ここへお誘いしたんです。かまわなかったら、今夜話してみられたらどうですか」

「重ね重ねありがとうございます。その宍倉さんの姿が見えないんですけど」

「ああ、買い物にいきました。今夜藤井さんの歓迎会をやってくれるそうです。あの人、見かけによらないといったらわるいんですが、クッキングが趣味ということにありがたい人でして」

昼間の光の下で見ると、秋庭は昨夜感じたより若そうだった。六十くらいまでさがるかもしれない。

「リビングの壁にウエンナイ・メディテーション・ビレッジという看板が架かってました。それがここの名称ですか？」

「いや、あれはただのお遊びです。そういう名称にしたらどうですかという人がいて、あの看板を彫りはじめたんですけどね。そのうち本人がこられなくなってしまいまして。ふだんはハウスと呼んでます。ウエンナイはここの地名」

「ところで、このアパートみたいなものの跡はなんですか？」

「これは社宅の跡。ここ、じつは鉱山だったんです。マンガン鉱山だったそうですけどね。最盛期は五百人から人が働いてて、家族を合わせると三千人もの人が住んでいたそうです。この奥にもう一棟あります。昭和三十八年に閉山したそうですから、もう四十年もまえの話ですが」

秋庭は向かいの山を指さした。段丘のような跡がかすかに認められた。すべて社宅のあったところだという。

「いまではこの社宅と、入口をコンクリートでふさいだトンネルがこの奥に残っているだけです」

「すると秋庭さんは当時の鉱山関係者ですか？」

「いいえ。まったく関係ありません。あっちこっち渡り歩いて、こんなところに住みついてしまった流れ者でしてね。ほんの一、二年のつもりだったんですが、ついずるずると居ついてしまい、間もなく十一年になろうとしてます」

「するといまの家や、あのログハウスは、どこのものになるんですか？」

「それが妙なことになってまして、だれかのものでありながら、だれのものでもない。しいていえばみんなのもの、ということになってるんです。建物自体は、ここの趣旨に賛同してくれた人から寄付してもらったんですが、それも無登記。所有権すらはっきりしていません」

「なんとおおらかな」

「土地だってそう。登記上の所有者がいるはずですが、いまじゃほとんどわからなくなってます。だから法的にいうと、わたしたちは不法占拠者なんです。いまのところそれについてクレームや立ち退き請求がどこからもこないから、そのまま居座っているということでして」

「さすが北海道、といいたくなる牧歌的な話ですね。するといまは、鉱山会社と関係ないんですか」

「ええ。その土地を二束三文で買いとった不動産業者がいましてね。それを別荘地にして、首都圏の人間に売りつけた」

「こんなところを？」

「そう。原野商法というのを聞いたことはありませんか？」

「そういえば、ひところ話題になっていたように思います」

「ここが、まさにそのひとつだったんです」

と秋庭は笑いながらぐるりを指でしめした。いまでは足も踏みいれられない藪《やぶ》にもどっているが、じっさいは百坪単位のこま切れ宅地になっていて、そのすべてに所有者がいるのだとか。

「しかし、こんなところを現実に買う人がいるんですかねえ。いったいどれくらいの資産価値があるんです？」

「あるもんですか」

秋庭は鼻の先で笑った。

「しかし当時はあると思えたんでしょう。二十年近くもまえの話ですからね。ほかならぬバブルの真っ最中です。土地さえ持ってりゃ絶対損しない、とだれもが信じていた。そういう時代です。それにここは、何千万円もする高額物件じゃありません。高くても百数十万円。安いところは十数万円で買えた。『へそくりでできる土地投資』という触れ込みだったんです。実際にここまできて、現物を見て買った人というのはごくわずかだったはずですよ。ほとんどの人が、パンフレットを見ただけで買ってます」

「かといって、ここを見て買うというのも信じられませんが」

「買わされるんです。そういう連中の手にかかったらね。まず、二泊三日で三千八百円くらいの、べらぼうに安い値段で現地見学会を主催します。もちろん観光つき。食べ放題、飲み放題の宴会つき。そのとき客寄せ用につくられた建物が、わたしの家であり、あのゲストハウスだったんです。といってもいまの建物は二代目で、まったくかわりはててますけどね。ほかにも休憩所や、何棟かの見てくれの別荘や、温泉が噴出していると称する櫓《やぐら》まで建っていたそうです。もちろん温泉はまっかな偽物《にせもの》。そのとき建てられた別荘も数年で雪に押しつぶされ、わたしが薪代わりに全部燃やしてしまいました。なんせ隙間《すきま》だらけのひどい家で、冬は雪が吹きこんで、朝目がさめたら雪に埋もれて寝ていたようなありさまでしたから。この社宅もそのとき囮《おとり》として使われたものなんです」

秋庭はそういうと、四階のてっぺんにある緑色に塗られた縁飾りを指さした。

「あそこ、いまでも毒々しい緑色が残ってるでしょう。あそこだけ塗りなおしたんです。そしてその下はテントですっぽりおおい隠し、いかにも工事中みたいにみせかけて、温泉つきグリーンビレッジ第一期リゾートマンション、全戸完売御礼、という垂れ幕までぶらさげて客の購買意欲をあおったんです」

「そんなことをしたって、近寄って見たら一目瞭然《りょうぜん》じゃないですか」

「近寄らせませんよ。ガードマンを配して、工事中で危険ですからご遠慮ください、と追いかえす仕組みになってるんですから。第一じっくり見る時間なんてありやしません。

そのあとの観光スケジュールが目白押し。客のほうだってちゃっかり観光旅行をするつもりできてますからね。ろくに見やしません。ところがあにはからんや、その夜は洞爺《とうや》湖《こ》あたりの温泉に閉じこめられ、人海戦術、マンツーマンの膝《ひざ》づめ談判、はんこを押さなきゃ帰してくれないシステムになってたんです」

最後は笑うしかない話だった。そういう手口が常套《じょうとう》的におこなわれていた業界だというのだ。

「すると、全部で何区画あるんですか」

「五百区画以上あったみたいです。全体で三万五千坪。価格設定にして一区画三十万円から百万円というのが大半だったそうですから、それくらいだったら買っておいて損はないだろうと、だれしも納得したんです。道路づけや敷地割りは、鉱山時代のものをほぼ踏襲してます」

「買った人で実際に別荘を建てた人がいるんですか」

「いません。バブルがはじけて金に困り、売ろうとした人はいるみたいですが。もちろん売れるわけはありません。それと遺産相続をするときになって、どれくらいの価値があるか知りたい、といって問いあわせてきた人は何人かいました。ここの風景を写して送ってやると、たちどころに納得しましたね。わざわざ見にきた人はいません」

「すると秋庭さんは別荘の管理人だったんですか」

「はじまりはそうでした」
秋庭の笑いがにが笑いにかわった。
「不動産会社はとっくになくなってたんです。売り逃げをして、影も形もなくなってい
た。ただ一時期、管理会社が管理しているみたいにみせかけたことがあって、わたしは
その会社から話をもちかけられたんです。駐在員という名目で、二年間住んでくれない
かと。家はあるし、その間多くはないが給料もでる。義務はここに住むだけ。なにをし
ようが、どこで働こうが、なんにも制約なし、すべて自由だというもんですから」
前の道路をめずらしく車が通りぬけた。はじめて見る車だ。ワゴンである。この先に
工事事務所があるのだと秋庭がいった。
「この道路は、完成したら隣町へぬける最短コースになるはずなんです。ただこの数年、
公共事業見直しのあおりをうけて、塩漬けになってます。昨年からはほとんど工事して
ないんじゃないかな」
また一台通った。今度のワゴンには作業員が四、五人乗っていた。
「そのころのわたしは浮浪者に近い生活をしてましてね。おまけに足の関節炎が悪化し
て、歩くのにも難渋していた。だからとにかく、どこでもいいから落ちつきたかった。
駐在員の話は渡りに船でした。ともかく住む家があって、給料までもらえる。それこそ
スズメの涙みたいな金額でしたが、こんな田舎ですから食うくらいならなんとかなる。

むしろ話がうますぎる気がしたくらいです。しかしもともとこっちには、失うものがないんだからいいだろうと。やっぱりうますぎました。給料がもらえたのはたった二か月でした」

「利用されたんですか？」

「たぶんね。この土地を売った不動産会社の残党が、管理会社をつかって最後のひと稼ぎをやったみたいです。そのためにも、ここを盛業中にみせかける必要があった。仕事が終わったら、当然、はい、さよならです」

「それだと迷惑をかけられたんじゃありませんか」

「かかりました。一日でそれとわかる連中が乗りこんできましたから。しかし現場さえ見たら即座にわかります。振りあげた拳《こぶし》のやり場に困って、すごすごと引きあげていきましたよ。インチキ会社だったかもしれないが、土地売買そのものは合法的におこなわれているんです。それを横取りできるわけもないし、また横取りするほどの値打ちもないということですね」

「するといまは、その管理会社もないんですか？」

「帳簿上はあるはずです。ところがいまだに、どこからも、なんにもいってこない。おかげでこのとおり、好きなように利用させてもらってます」

ハウスにもどってテラスでお茶を飲んだ。さっきは気がつかなかったが、宍倉が朝食の用意をしてくれていた。

冷蔵庫にポテトサラダと冷野菜が入っていた。それにハムをそえ、食パンを一枚オーブントースターで焼いた。

飲みものはコーヒー。豆からひいた本物である。うまかったのも道理、宍倉が東京から買ってきた豆だった。

宍倉は、さる大学病院に勤めている医師だという。父親は日本医学界の重鎮で、心臓外科手術では第一人者といわれているとか。

「宍倉くんには、藤井さんと知り合ったときのいきさつを一通りいってあります。ですからかまわなかったら相談してみてはどうですか。もちろんわたしのことばにとらわれる必要はすこしもありませんが」

「ありがとうございます。今夜にでも、機会があったら話してみます」

そういった矢先、表の道路に赤い軽乗用車が現れた。ハウスのほうへ入ってくる。宍倉徳夫が運転していた。

3

廃墟の社宅の前を通って百メートルほどいくと山道になった。だらだら坂と急坂の登りが交互につづいた。道は整地してあって歩きやすい。

「隠れキリシタンが蝦夷《えぞ》まで逃げてきて、金掘りに従事していたという話を聞いたことはありませんか」

前をゆく宍倉が振りかえっていった。宍倉もいまでは作務衣に着替えていた。

「渡島《おしま》の大千軒岳《だいせんげん》では百六人もの隠れキリシタンが処刑されてます。たぶんそのころのものじゃないかと思うんですが、この山にも当時の金を採掘した跡が何か所か残ってます。だいたいマンガン鉱山そのものが、副産物として金や銀を産出するんだそうでしてね」

五分くらい登るとひらけた明るいところにでた。

正面の山肌にやや縦長の、直径五、六十センチくらいの洞窟《どうくつ》が口を開いていた。おとなが這《は》ってやっと入れるくらいの大きさだ。奥行きは相当あるらしく、しゃがんでのぞいて見ても見通せなかった。なかからはうっすらと水蒸気が漂いだしていた。

「この穴がそのころのものです。狸《たぬき》掘りというんだそうですけど」

とはいうものの、それほど自信のありそうな口調ではなかった。

「べつにたしかめたわけじゃありません。なんせこの狭さでしょう。なかまで潜って、たしかめようとする人もいなくて」

入口に近づいてしゃがんでみた。くろぐろとした闇《やみ》がたまっていた。漂いでてくる空気がひやりと冷たい。外の高い気温に引きよせられるのか、冷風の速度は意外に速かった。

入口の周辺が円形に掘りひろげてあった。こちらは最近のもので、壁につるはしの跡が残っていた。人が潜りこめるくらいの窪《くぼ》みをつくってあるのだ。

横に木製のすのこが立てかけてあった。さらにイグサで編んだまるい茣蓙《ござ》も。

「どうですか、この空気。吸ってみて、なにか感じません？」

宍倉がはしゃいだ声でいった。誇らしそうで、うっとりした表情をしていた。

「ここで瞑想《めいそう》するんですか」

すのこを敷いて茣蓙を置き、その上に坐《すわ》って瞑想にふけるのだそうだ。入口が掘りひろげてあるのは、雨が降ってきても濡《ぬ》れないようにというための配慮。排水用の溝まで設けてある。

「ぼくはほぼ月に一回、ここの空気を吸いにきてます。蜜《みつ》に蟻《あり》がたかるように、あまい樹液に虫や蝶《ちょう》が集まってくるように、ここは地球の呼吸口、造化《ぞうか》の神がつくりだした空気のオアシスだと思ってるんです。瞑想、メディテーション、座禅、ヨガ、冷気浴、霊気浴、名称はなんだっていい。母なる大地の胎内から生まれてきた清浄な空気を、心を開いて、謙虚に吸入させてもらいます。思いあがったり、傷ついたり、迷ったりしていた心身が、そのつど赤ん坊みたいに洗い清められます」

まるで舞台口上でも述べているみたいに、宍倉は流暢《りゅうちょう》な、熱っぽい口調でいった。口につばきがたまっていた。宗教的情熱や使命感に燃えた人間によくある陶酔と、自己満足が感じられた。

二十代といっても通りそうなやさしい顔の若者だが、実際は三十六歳だった。育ちがいいのか、挫折《ざせつ》がなかったのか、あどけなさと無垢《むく》とをいまだに保ちつづけている。ということは、とりもなおさずひ弱さ、もろさもあわせ持っているということだった。

「この上にもうひとつ同じものがあります。行《ぎょう》は主としてそちらでやるんですけどね。ついでだからそちらもご案内しておきましょう」

宍倉はそういってまた坂をあがりはじめた。

「するとウエンナイ・メディテーション・ビレッジというのは、冷気浴をするための修行の場と考えていいんですか」

「それほど窮屈に考える必要はないと思うんです。さっきもいったように、瞑想にふけりたいのであれば瞑想でいいし、座禅のつもりなら座禅でもいい。救いや癒《いや》しをもとめる人もいれば、鍛錬や修行のつもりでやってくる人もいます。大事なのはどこまで自分を投げだせるか、ということなんです。なにもかも投げだして無心にぬかずけば、それだけ得るもの、与えられるものも多くなります。すこししか投げださなかったら、すこししか得ることはできません。どこまで無心になれるか、という意味では自分が試される場にもなっています」

「その主宰者が秋庭さんなんですね」

「そうです。ここの洞窟からでてくる霊気のパワーに、はじめて注目したのが秋庭さんでしたから。歩くのさえ困難だった慢性関節炎が完全に治ってるんですよ。二十年苦しんできた気管支喘息《ぜんそく》が完治した人もいます」

「すると宗教法人みたいなものになってるんですか」

「いいえ、宗教は関係ありません。秋庭さんが教祖というわけじゃないし、なんらかの思想やイデオロギーを信奉しているわけでもありません。だいたい、なにかをひろめることは目的にしてないんです。いまの小さなコミュニティで十分だということでしてね」

「いま、メンバーはどれくらいいるんですか」

「定期的にここを訪れている人となると、十数人でしょう。延べにしたら百人はこえると思いますが、いまいったように、自分を投げださないと得るものも少ないわけですからね。話を聞きかじって、冷気浴を風変わりな温泉くらいに思ってくる人もときにはいます。そういう人は、まず一回こっきりです。あんまりそういう人にこられても困りますから、最近は紹介者がなければお断りすることにしています」

　間もなく第二の洞窟についた。こちらのほうがやや大きかった。なかから漂いだしてくる水蒸気も豊かで、白い流れが一条の筋となってはっきり見えていた。

こちらも入口が掘りひろげられ、すのこや茣蓙が用意されている。

「納得していただけました?」

宍倉が瞑想をはじめる支度をしながらいった。

「わかりました。邪魔はしませんから、すこし見学させてもらっていいですか?」

「どうぞ、ご自由に」

宍倉ははじめ、洞窟に向かって茣蓙の上でしばらく正座していた。それから頭をすのこにすりつけて平伏した。一分ぐらい祈っていただろうか。起きあがると坐りなおし、今度はあぐらをかいた。手を前で組み、目を閉じると、動かなくなった。いわゆる結跏《けっか》趺坐《ふざ》という坐り方だ。腹式呼吸をしていた。

数分見ていた。それから黙って離れ、いまきた道を引きかえした。

下の洞窟までもどると、すのこを敷いて腰をおろしてみた。正座まではしない。なかからでてくる冷気を嗅《か》いでみた。

鼻づまりが解消するみたいな、頭につーんとくる爽快感《そうかいかん》はたしかにあった。しかしそれだけという気がしないでもなかった。朝のテラスや森のなかであじわう冷涼な空気と、それほどちがいがあるようには思えないのだ。

十分ぐらいできりあげた。

山をおり、廃墟のアパートの手前から、もう一本左へのびる道に入ってみた。先ほど宍倉から、この奥に鉱山時代の坑口があると聞いていたからだ。

かつてのメイン道路だろう。道幅がけっこうひろかった。ただし、いまは荒れ放題。のびてきた草木で歩くのがやっとというありさまだ。

ひどくなるばかりなのであきらめかけたとき、それが見えてきた。かつての坑道の入口だった。コンクリートで塗りこめてあった。かたちが卵形をしていることもあって、それはのっぺらぼうの顔みたいに見えた。


その夜九時すぎ。ハウスで宍倉とふたりきりになった。

それまで三人で飲んでいたのだが、アルコールに弱い秋庭がダウンして自宅へ引きあげてしまったのだ。

しばらくは黙ってストーブを焚《た》いていた。六月のなかばだというのに、日が暮れると火の気なしでは寒いくらい気温が低くなった。テラスの温度計は十二度までさがっていた。

しかし部屋の機密性は抜群によく、ストーブさえ燃やすとたちどころにビールがうまい快適な気温になった。昨夜すこしも寒くなかったのは、宵のうちに焚いた暖気が残っていたからだ。

「残念ですが、あしたは帰らなければなりません。そのまえに、なにかお手伝いできることはありますか？」

宍倉のほうからいいはじめた。毎月一回きているそうだが、一回に滞在できるのは五日が限度。ほかの週末を犠牲にして働いても、それくらいしか休みが取れないという。

「それでじつは困ってるんです。いまでも記憶がつながらなくて、自分が何者なんだかわからないんですよ。たとえば名前。つい藤井といっちゃったんですけど、どうもちがうような気がしてならないんです」

すると宍倉はにっこりわらった。

「それは秋庭さんもいってました。函館駅のホームで、だれかが藤井さんとさけびながら走っていたそうなんです。それが頭に残って、とっさにでてきたのかもしれないって」

「なんだ、そうだったのか。それでわかった。じつをいうと、きょう一日、悩んでたんです。藤井さんと呼ばれるたび、返事はしましたが、その名にどうしても親しみや愛着が持てなくて」

「昼間、車に乗れるかどうか、試してみませんか、といったらわけなく乗りこなしたでしょう。なにもかも忘れてしまったようでも、無意識におぼえている部分というのが必ずあるんです。車の運転も忘れたとか、お金の識別もできないとか、数もかぞえられないとかいわれたら、かえってほんとうの記憶喪失かどうか疑っていたと思います」

「記憶喪失のふりをしていると?」

「ええ。けっこう多いんです」

「ぼくは単純なもの忘れじゃないかと思ってるんですけどね。すこし度がすぎてるだけだと」

「そうですね。つよい雨に打たれたといいましたが、青森で食事をしたときの状況をすこし思いだせますか?」

「それがまったく」

「そのときお酒を飲みました?」

「いいえ。ひとりのときはほとんど飲みません」

「それはなにか理由があるんですか」

「好きで飲んでるわけじゃないからです。つき合いがほとんど。最初の一杯はともかく、あとはそんなにうまいと思ったことがありません」

「ものすごく疲れていたそうですが、駅へ向かうとき、なにかにぶつかったとか、転んだとかいうような記憶はありませんか。おぼえていないが、からだのどこかに痛みがあるとか、あざが残っているとかいったこともふくめて」

「ありません。自分でもそれは疑ってみました」

「なにかのきっかけで血栓が脳の血管をつまらせ、一時的におこる健忘症というのはあるんです。この場合は一過性ですむことが多いんですけど」

「健忘症と記憶喪失とはちがうんですか？」

「記憶喪失症のことを、一般に健忘症と呼ぶんです。大別するとふたつあります。ひとつは逆行性健忘症。頭の怪我《けが》など脳障害をうけたときでるもので、それ以前のことが思いだせなくなる健忘症です。もうひとつは前行性健忘症。これは障害をうける以前のことはおぼえているのに、以後のことがおぼえられなくなる、つまりあらたな記憶がつくれなくなる健忘症です」

「ぼくのは一過性のものじゃないでしょうか。放っておいても、自然に治ってくるような気がするんですけど」

「ただし、脳の血流量が低下しておこる健忘症もあります。対人関係の変化とか、社会的関心や慣習の変化など、脳の特定分野が刺激をうけなくなったことによっておこる健忘症です。これだとすぐもとにはもどりません。最近比較的若い人に多くではじめています」

「財布や免許証など、身分を示すものをなにも持ってないというのは、どう考えたらいいんですか？」

「なんともいえません。そこになにか、事情が隠されているのかもしれないとは思うんですが」

「なにかのきっかけで、いきなりぱっと思いだすこともあるんですね」

「あります。藤井さんは人生経験も豊富なようですし、客観的に自己分析をすることもおできになる。あせらずにもうすこし、ようすをみてからでいいと思いますよ。一週間たってもなんら進展がない、というようだったらあらためて電話をください。専門医をご紹介しますから」

と名刺をもらった。大学病院の所在地は御茶ノ水だ。自宅は芝だというが、こちらのほうは記載してない。

そのあとよもやま話に切りかえた。すると今度は宍倉が、自分の持っている疑問や悩みを隠さなくなった。それらから逃れたくて、月に一回の割合でここへ息抜きにきているというのだ。

宍倉はいま、臨床医としてやっていくか、大学の研究室に残るか、その選択をせまられていた。本音をいえば、大学病院というシステムから自由になりたいのだという。それがしたくてもできない。教授や父親とのしがらみがあるからだった。三十六歳のきょうまで結婚していないのも、おそらくそれと関係がありそうだ。

秋庭と知り合って七年だという。仕事のうえでの行きづまりや疑問がこうじ、ノイローゼ気味になって、一時病院を休んでいた時期がある。そのときは医師という職業までやめてもいいと思った。なにもかも振り捨てたくなり、バイクに乗って北海道一周の旅にでかけた。

後志《しりべし》に入って日本海の沿岸をツーリングしていたときだった。ある川のそばを通りかかったとき、たまたま鮭《さけ》が遡上《そじょう》しているのを見かけた。それがあまりにも小さな川だったのでびっくりし、同時に感激もして、上流へいけば画像でしか見たことのない産卵の瞬間に立ちあえるのではないかと思った。それで川を遡《さかのぼ》っていたところ、よそ見しすぎて運転をあやまり、バイクごと川へ転落してしまった。

怪我はしなかったもののバイクは水没。濡《ぬ》れねずみになって道路へはいあがってきたところを、通りかかった男が拾ってくれた。それが秋庭だった。

そしてウエンナイにつれてこられた。すると意外にも大歓迎された。

「といいますのもね。ちょうどそのとき、このゲストハウスを建設中だったんです。移築というんですか、よその場所にあったものを解体してここまで運び、組みたて直していた。家はただでもらったそうですが、建築費用までもらったわけじゃない。それでボランティアが週末ごとに集まって組みたてていた。そこへぼくが迷いこんできたんです。しかも当面の行き先も、目的もなかったときてますから、常勤作業員がきてくれたともあって大歓迎されたわけですよ。バイクをオーバーホールしなきゃならなかったこともあって、結局四十三日ここにいました。それですっかりはまってしまったんです。これまでのぼくの人生で、いちばん楽しく、かつ充実したひとときでした。自分は医者より建築家に向いていたんじゃないかと、本気で思ったくらいです」

「すると宍倉さんは、メディテーション・ビレッジの草分けのひとりだったんだ」

「順位をつけると七、八番目くらいになりますかね。これまでぼくが身をおいていた世界とは、まるっきり異質だったんですね。それがなんとも心地よかった。いっそここに住みついて、一開業医として暮らそうか、と思ったくらいです。しかしそのうち東京のほうに居場所がばれてしまいましてね。医局から帰ってこいと矢のような催促がきはじめて、秋庭さんからも、あなたのような人は、医学の最前線で世のなかのためにつくす義務があるといって諭されたものですから」

翌朝、東京へ帰る宍倉を、秋庭が車で長万部まで送っていった。

たぶん来月もやってきますから、それまでここにいてくださいよ、別れ際《ぎわ》の宍倉からそういわれた。できるかぎりそうします、と藤井も答えた。そのときはふたりともまじめにそう思っていた。

4

ハウス内の掃除や洗濯をした。昨夜まで宍倉が使っていた階下のベッドルームには、シングルベッドがふたつ入っていた。そのシーツをとりかえ、ロフトで使っていた布団《ふとん》をテラスに干した。

洗濯機をまわしはじめたとき、電話がかかってきた。

「先生はそっちですか？」

男の声がだしぬけにいった。かなりの年配だ。それほど横柄《おうへい》というわけでもなかったが、人にものをたずねる口調ではなかった。

「いま宍倉さんを送って、長万部駅まででかけられたところです」

「ああ、宍倉くんがきてたのか。東京の小山田《おやまだ》といいますが、失礼ですがどなた？」

「藤井といいます。今回はじめてご厄介になったものです」

「そりゃどうも。それで秋庭先生は、今月末あたり、そちらにいらっしゃるのかな。いらっしゃるようだと、一度うかがいたいんだが」

「さあ、出かけるようにはおっしゃってなかったと思いますが。お帰りになったらお伝えします」

あとでかけなおす、と答えて小山田は電話を切った。不在ならこないというニュアンスだった。

掃除が終わると、テラスに茶器をならべて秋庭が帰ってくるのを待った。

きょうもよく晴れわたっていた。気温は十一時をすぎた段階で二十度をこえた。

秋庭は十二時すぎにもどってきた。

「東京の小山田さんという方から電話がありました。今月末あたり、いらっしゃるようならきたいという口ぶりでした。あとでまた電話するそうです」

「そうですか。一方的な話し方をする人でしょう。悪気はないんです。だれに対してもああいう調子で」

「どなたがこられてもいいように、ベッドメイキングはしておきました」

「藤井さんが使っていいんですよ。寝室は先にきた人に優先権がある、という決まりになってますから」

「いや。ぼくはロフトのほうがいいですね。寝ころんで星が見えるから、けっこう気にいってます」

秋庭が黒松内《くろまつない》の道の駅で買ってきたサンドイッチをさしだした。きょうの昼食だ。宍倉がいる間は三人で食事をしていたが、これからは原則としてべつべつになる。

「小山田さんというのはどういう方ですか？」

サンドイッチを食べはじめたところで聞いてみた。

「不動産会社の社長さんです。われわれは社長さんと呼んでますけど。ここの建物を寄付してくださった方です」

「ここを組みたてているとき、宍倉くんがやってきたという話はゆうべ聞きました」

「小山田さんのおかあさんが、ここの熱心なシンパだったんです。残念ながら昨年、九十二歳で亡《な》くなられましたけどね。ここには二十数回、おみえになってます。小山田さんはそのおかあさんに引きずられるかたちでみえたようなもので」

「九十二というと、知り合われたとき、もうだいぶお年ですね」

「たしか八十五歳でした。八年くらいまえになります。小樽《おたる》の運河通りのベンチでたまたまお見かけして、声をかけたのがきっかけです。わたしには恩人といっていい人ですね」

秋庭はうれしそうにいった。男のひとり住まいにしてはこざっぱりしたなりをしていた。腕時計は金張りなのだ。

そのあと、いきなりこんなことをいいはじめた。

「藤井さんはインスピレーションが働くほうですか？」

「さあ、あまり考えたことはないんですが。どちらかというと鈍いほうじゃないかと思います」

「それでもこれまで何回か、山勘というか、直感が当たって、なにかの結果がずばっと予測できた、という経験はあるでしょう。ギャンブルやゲームを例にするのがいちばんわかりやすいと思いますが、つぎの一手や結果が百パーセントといっていい確率で予測できるときがある。もちろんめったにないことですけどね。小山田さんのおかあさんにお会いしたときが、まさにそうだったんです。気がついたら声をかけてました」

ベンチに腰をおろしてぼんやりしている老婆《ろうば》に、気がついたら「お膝《ひざ》、だいじょうぶですか」と声をかけていたのだという。

「あとから考えてみると、不思議でもなんでもなかった。リュウマチを患《わずら》ってたんです。じつはわたしの母もリュウマチで苦しんでましてね。ですからそのポーズとか、腰をおろしたときの姿勢だとかに、共通したものがあったんです。それでつい声をかけてしまった。そのあとホテルまでついていってあげて、患部をもんであげました。それがものすごくよろこばれた。これも子どものころから身につけていた芸でして、わたしが肩をもむのを、母がいちばんよろこんでくれたという前提があります。六人きょうだいの末っ子でしたが、ほかのどのきょうだいより、わたしのもむのが気持ちいいといってくれたものです」

そのときの彼女はめっきり体力が衰え、もう余命がいくばくもないと悟って、かつて夫と最初のスタートをきった思い出の地の小樽をもう一度見ておきたいと、ひとりで訪ねてきたところだった。

そして疲れ果てて、動けなくなっていた。通りすがりの人に助けを求めなかったのは、明治人の意地にすぎなかった。それを秋庭が気づいて、介護したということだ。

「その日はホテルで、三時間くらいおしゃべりしましたかね。わたしも成り行きで自分のことを話したんです。しかし山菜をとったり日雇い仕事にでたりして、なんとか食ってるなんていえやしません。つい格好をつけて、いま修行中だというふうなことをいってしまったんです。後の山に不思議な洞窟《どうくつ》があって、そこから噴きだしてくる霊気を吸いながら瞑想《めいそう》すると、心身が洗い清められ、長年苦しんでいた慢性関節炎まで治ったという話をしました。そしたらおどろいたことに、翌日、タクシーを飛ばして彼女が訪ねてきたんです。わたしのマッサージがすごく効いたから、もう一回やってもらえないかって。そして自分もその山の霊気にあやかりたいから案内してくれって。案内しましたよ。当時はろくな道じゃなかったですから、背負って山を登りました。そのとき、洞窟の前に二時間ぐらい坐《すわ》って霊気を吸われましたかね。気のせいでなく元気になって帰っていかれました。翌日もまたお見えになった」

三日間毎日通ってきたそうだ。そのあといったん東京へ帰ったが、翌月またやってきた。以来毎月やってきては、つづけて五、六日滞在した。その間は村にある温泉旅館を定宿《じょうやど》にしていた。そして半年ぐらいたったとき、息子をつれてきた。それがきょう電話をくれた小山田隆弘だという。

洞爺湖畔にあった自社開発のリゾート地を、業績の悪化によって手放さなければならなくなったとき、現地案内所とゲストハウスとをこの際ウエンナイに寄贈しなさい、と進言してくれたのも彼女だという。

「自慢するわけじゃありませんが、あのとき出会ってなかったら、おそらくあと一、二年の命だったろうと思いますよ。それが七年も生きのびられた。しかも足を引きずるようにして歩いておられたのが、半年で痛みもなくなり、ふつうに歩けるようになった。そういうよろこびと、生きがいを与えてあげられた、ということがその後のわたしの生き方までかえてしまいました。べつに医者でも宗教家でもないんですけどね。患部をさすったりもんだりして、現実によくなるということはたしかにあります。そういう人のよろこびまでは否定できないと思うんです」

「すると医療行為みたいなものもされているんですか」

「そんな大それたものじゃありません。話し相手になってあげたり、痛みのあるところや患部を軽くマッサージしてあげたりする程度です。心がけていることはただひとつ、なにをするにせよ、つねに誠意をもってその人に接するということ。わたしのような人間が人さまに認めてもらうとしたら、それしかありませんから」

ただ最近は、道内であまりやらないようにしている、と最後は口をにごした。

その理由は翌日になってわかった。

掃除機をかけていたので、車がきたのに気がつかなかった。スイッチを切ると、入れ替わるみたいに赤ん坊の泣き声が聞こえてきた。外を見ると、秋庭の家の前に大型の四輪駆動車がとまっていた。

赤ん坊が泣きやまないから、サンダルをつっかけて秋庭の家までいってみた。秋庭の声が聞こえた。赤ん坊をあやしている声だった。

南側にある居間の窓が開いていた。

家のなかを見るのははじめてだった。ふだんはカーテンがかかっていたからだ。祭壇が設けてあった。いわゆる神式の祭壇だ。奥まったところに銅製の鏡のようなものが吊《つ》りさげてある。その前にお供え用の三方《さんぽう》と高坏《たかつき》。御幣《ごへい》、玉串《たまぐし》といったものが一通り。

紫のぶあつい座布団の上に、一歳たらずと思われる赤ん坊が寝かされていた。赤ん坊はからだをふるわせ、力をふりしぼって泣きさけんでいた。秋庭があやしながらそのひたいに手をあてているところだ。

「はい、はい、はい、苦しいのね。わかりましたよ。もうすこしの我慢ですからね。さ、すぐよくなりますよ。いい子だから、おじさんのほうを見てごらんなさい。はい、こちらですよ」

五十ぐらいの髪を振りみだした女性が、食い入るような目で秋庭の顔を見つめていた。その脇《わき》に二十そこそこの茶髪の男女。こちらは赤ん坊のほうを凝視していた。

赤ん坊はまだ泣きやまない。秋庭がとくになにかをしているわけではなかった。ひたいに手をあて、じっとしているだけだ。

しかしそのうち、赤ん坊の泣き声がよわく、小さくなりはじめた。

秋庭はそのまま。

赤ん坊が泣きやんだ。

若い男と女が肩で息をしながら顔を見合わせた。年とった女が感きわまった声をあげた。

「先生！」

「黙って！」

秋庭がきびしい声でいった。

藤井は家の前を離れ、ハウスにもどって顔を洗うと山に向かった。

山じゅうが割れてしまいそうなほどやかましい連続音で満たされていた。セミが鳴いているのだ。春ゼミといって、いまの時期に鳴くセミだという。夏にはいなくなってしまうとか。

きょうもよく晴れていた。気温は十一時で二十二度まであがった。本州では真夏日がつづきはじめている。

上の洞窟まで足をはこんだ。

きょうは水蒸気の色が見えるか見えないかくらいうすかった。気温があがってきたからだろう。噴きだしてきてもすぐさま消えてしまう。

それでも空気は引きしまっていた。

すのこを敷き、茣蓙《ござ》をのせてその上に腰をおろし、足を組んだ。しばらく闇《やみ》を見つめながら呼吸をととのえた。それから目を閉じた。

無我の境地になるところまではいかなかった。無心にもなれない。自分のなかに、もうひとつ素直になれないものがある。新鮮な空気を吸いにきただけなのだと開きなおって、ようやく気持ちが落ちついた。

三十分我慢した。しかし最後は呪《のろ》いの声をあげて足を投げだした。しびれが切れ、それ以上つづけられなかったのだ。

横になって足のしびれをなおしていると、だれかやってくる気配がした。あわてて立ちあがろうとすると、秋庭が姿を現わした。

「これは失礼。まさかここへきてらっしゃるとは思わなかったもので」

「ぼくのほうこそ、みっともないところを見られてお恥ずかしい。みなさんの真似《まね》をしてみたんですけど、ごらんの通り、動けなくなってしまいました」

「そうでしたか。それはよかった。足のしびれない坐り方というのがあるんですよ。要するにただの慣れですけど」

なんとか立ちあがり、どうぞといって、自分が敷いていた茣蓙を裏返した。

「お客さんは帰られたんですか」

「ええ、先ほど」

「のぞき見するつもりはなかったんですが、赤ん坊の泣き声がしたものですから、ついのぞいてしまいました」

「ごらんになった通りです。予告もなしに、いきなり押しかけてきましてね。また聞きの、そのまた聞きなんです。島牧の山のなかに、よく効く祈禱師《きとうし》がいる、といった話なんですよ。子どものひきつけが治らないからお祈りしてくれって。母親が娘夫婦を説得して、むりやり連れてきたみたいなんです。そしてこれは、なにかの祟《たた》りか、因縁でしょうかって。とうとうおまじない屋にされてしまいました」

「しかし赤ちゃんが泣きやんだところは見ましたよ」

「ちょうどそういう時間だったんです。そのまま眠ってしまいましたけど、あのまま放っておいても、泣きくたびれて、最後は寝入っていたはずです。ひたいにずっと手を当ててましたから、その温《ぬく》もりがつたわって安心したのかもしれません。赤ちゃんというのは、母親がひたすら抱いてやればいいんです。それもできたら左胸に。母親の心臓の鼓動を聞いているのが、赤ちゃんにはいちばん安心できるんですから」

「本人たちにそれをいってやりましたか」

「ええ。今後はわたしなどを頼ってくるより先に、お医者さんへいけ、といって帰しました。お礼はいくら、というからいらないといったんです。そのかわりわたしのことは、これ以上いいふらさないでくれとだめを押しました。あやしげな医療行為や祈禱行為をしていると思われるのは、いまのわたしにはマイナスでしかないものですから。はじめのころは、呼ばれたり、人がたずねてきたりするのをよろこんでいたんです。これでめしが食えると思いましたからね。最近は口止めして回ってます。わたしはここを、あくまでも自ら求めている人たちのための開かれた場にしたいだけなんです」

「祭壇がありました」

「見られましたか。それがわたしの情けないところでして」

秋庭は自嘲《じちょう》的な顔になって笑った。

「白状しますとね。はじめのうちは、めしの食えそうなことならなんでもやったんです。それが小山田さんと知りあったことから道がひらけて、遠路はるばる人が訪ねてくるようになった。そしたらわたしのほうだって、なにか舞台装置がないと格好がつかないじゃないですか。もともとなんにもない人間ですから。なにかの力を借りないと威厳がたもてない。それであのような、もっともらしい装置を考えだしたんです。本来なら天照《あまてらす》大神《おおみかみ》の軸をかけるべきでしょうけど、そこまでアナクロにはしたくなかったから、遺跡からでてきたという銅鏡を手にいれて飾りました。いまとなっては後悔してます。しかしきょうで決心がつきました。きょう限りとり壊すことにします」

「嘘《うそ》からでた実《まこと》というわけですか。しかしこの洞窟からでてくる霊気まで否定するつもりはないんでしょう?」

「もちろん。まさに嘘からでた実。わたしという人間は、超能力も神も信じないただのすれっからしです。食いつめたあげく、最後はこんな片田舎にたどりついた。それが思わぬことでこの洞窟とめぐりあい、すこしずつかわってきた。自分を謙虚に反省してみることができるようになった。瞑想することによってあたらしい境地へ到達できた。といったって、べつに悟りなんて高尚なものじゃありません。これまで頭のなかにつまっていた俗臭ふんぷんとしたものが、すこしずつ蒸発して、入れ替わってきたということです」

「いまは人を救うことが生きがいになったんですね」

「建前はね」

秋庭はにが笑いをうかべていった。根は正直な人間のようだ。

「大本のところはかわっていません。俗世間の欲望にどっぷりと首までつかってます。ですからここには、その反省をするためにきてるようなものです」

秋庭とわかれて山をおりた。しかし下の洞窟までおりてきたところで思いなおし、もう一度瞑想をこころみてみた。

今度は四十分坐ることができた。

秋庭に札幌へ行く用ができたのは、ビレッジにきて五日めのことだった。一泊の予定だという。

5

こちらは新しい環境にもなれ、軽自動車に乗って外出もはじめたところだった。といってもゆくところは多くなかった。村営の温泉と、寿都《すっつ》という二十キロ離れた町への買い出しくらい。寿都はかつてニシン漁でさかえた近在でいちばん大きな町だった。最寄《もよ》り駅の黒松内まで自前の鉄道を持っていたこともある。

会計はべつだったが買い出しは交代制にして、でかけるほうが声をかけて希望を聞くことにしていた。パック入り生鮮食品は量が多いから、分けたほうが経済的なのだ。

その日買ってきた豆腐を半分持ってゆくと、秋庭は祭壇のある部屋の文机《ふづくえ》で本を読んでいた。あの祭壇はもう片づけられ、部屋の隅に押しこんであった。木製品は外にだしてあったから、いずれ薪《まき》にでもされてしまうのだろう。

「あした札幌へいくとき、かまわなかったらぼくも連れていってもらえませんか。ひとつ、たしかめてみたいことがでてきたんです」

「わたしはかまいませんが」

藤井の態度を見て秋庭は口調をあらためた。

「くわしいことはまだお話しできないんです。たしかめられたら、帰ってきて報告します。二、三日かかるかもしれません」

「もどってこられるんですか」

「はい。必ず帰ってきます。それで、札幌での宿は決まってるんですか？」

「ええ。定宿ということでもないんですが、いつも同じホテルに泊まってます。ほんとはもっと安いところでいいんですけど、人が訪ねてくることもありますから」

「じゃぼくにも一部屋とってもらえませんか。とりあえず一泊。ただしホテルへついてからは別行動にさせていただきます」

「わたしが予約するんですね」

けげんそうな顔はしたものの、理由までは聞かれなかった。

「わかりました。じゃあとで電話しときます。それで、名前は藤井でいいんですね。藤井なんとしますか？」

「新一にしてください。あたらしい、いち。住所はここということで」

翌日は風がつよかった。夜のうちから吹きはじめたもので、朝になってもやむ気配がなかった。天候も晴れとはいかず、雲があつく垂れこめてしかも動きがはやかった。夕方から雨になる予報だという。

ハウスのなかをざっと片づけ、電気を消して戸締りをした。生ゴミは庭に埋めた。

十時に出発した。

いったん海岸まででて、つぎに山越えをして黒松内へでる。あとは国道5号線にそって北上し、倶知安《くっちゃん》経由で小樽から札幌へ向かう。距離にして百七十キロ。メインの国道だがしょっちゅう道路工事をやっているから、札幌まで三時間はかかるということだ。

「時間からいえば、長万部までで、高速に入ったほうが早くつくんです。しかし四角形の三辺を回るようなもので、高速代がもったいないもんですから」

聞くところによると道内の高速道路はどこも超赤字だという。一般道を九十キロで走れるのだから、なにも有料の高速道路を走る必要はないわけだ。

内陸部に入ってからも風はおとろえなかった。木々のこずえがちぎれんばかりにゆれていた。

しかし秋庭は陽気だった。うきうきしている。

「ふだん山のなかに引きこもってますと、どういう用件であれ、札幌へいくのはうれしくてたまらないんです。晴れの日ですから」

「札幌へはあまりいかれないんですか？」

「そうでもありません。年に五、六回はいってます」

「今回は仕事なんですね？」

「大事なスポンサーがいるんです。大きな病院の院長夫人ですが、ときどきご機嫌うかがいに参上します。まあ一種の営業活動みたいなものです。ビレッジを維持してゆくためには、営業活動をないがしろにするわけにいかないものですから」

「活動の拠点を札幌に移す、といったことは考えないんですか」

「それは全然。アースホールあってのビレッジですから」

アースホールというのはあの二本の洞窟《どうくつ》のことだ。

「しかしいまの季節はいいとして、冬のウエンナイはきびしそうですね」

「ところがわたしは冬がいちばん好きなんです。たしかに自然条件は過酷ですが、それも気持ちの持ち方次第。それだけ自分を突きはなして見つめることができます。町が道路の除雪はしてくれますから、生活には困りませんし。雪の降った翌朝の美しさといったら筆舌につくしがたいですよ。日が昇って気温があがってくると、木の枝に降りつもっていた雪がそこらをふわふわ漂いはじめます。北海道の雪は正真正銘のパウダースノー。湿気をふくんでいませんから、本州の雪みたいにぼたっと下へ落ちないんです」

「秋庭さんはどちらの出身なんですか」

「東京です」

「以前はどういう職業を?」

「こうみえても技術者だったんです。といってもバイオ事業のための基礎資料をつくっていただけでしたけどね。くる日もくる日も試験管のなかで新しい組織の培養をしているばかり。企業の紐《ひも》つき研究所でしたからおもしろくもなんともなかった」

「それが放浪するようになったきっかけは」

「なにもかも失ったからです。家も、家庭も、仕事も、名誉も。かみさんにも愛想をつかされて逃げられました」

「なにが原因で？」

「ギャンブルです。おやじがそれで一家を離散させてます。その血をそっくり受けついでました。若いときは気がつかなかったんです。おやじの轍《てつ》は踏むまいと誓ってましたから、ギャンブルには見向きもしなかった。のめりこんで、のっぴきならなくなってからです。なんだ、これもギャンブルだったんだとはじめて気がついた」

「どんなギャンブルをやったんです？」

「株」

うれしそうに破顔してみせた。

「一時は十億からの金をかせいだこともあるんですよ。日本一の金持ちになることだってできるんじゃないか、本気でそう思ったこともあります。すべて絵に描いた餅《もち》でした」

「じゃ一度は栄耀栄華《えいようえいが》をきわめたことがあるんだ」

「といったって、そんなの、数字の上の話にすぎません。それもほんの一瞬。それこそ邯鄲《かんたん》の夢。おしまいは金繰りに困って、闇金融にまで手をだしてしまったんです。最後は行方をくらませるしかなかった」

「だったらもう時効でしょう」

「さあ、どうですか。そう簡単に忘れてくれるとは思えないんですが。ですからいままでも東京近辺には足を踏みいれられないんです」

札幌へは午後の一時半についた。

院長夫人のところへゆく秋庭とは大通公園で別れた。ホテルのチェックインまでまだ時間があった。それでしばらく大通公園のベンチに坐っていた。

風がつよいうえ空も暗く、あまり行楽向きのお天気とはいえなかった。それでもさすがは札幌。大通公園にはひと目で観光客とわかる人があふれていた。

噴水を前にしたベンチで一時間ばかり腰をおろしていた。ときどき周囲を見回し、自分が札幌にいることをたしかめていた。それから腰をあげた。

三時にホテルへ入った。部屋に直行し、上着をぬぐと、椅子《いす》に腰をおろして窓の外を見やった。目の前が中島公園だった。向こうに藻岩山《もいわやま》がそびえている。ロープウェイが動いていた。

日が暮れるまで部屋から一歩もでなかった。天気予報どおり、夕方から雨が降りはじめた。

八時をすぎてから、夕食をとるために下へおりていった。レストランの営業時間が九時までだったからだ。

ハンバーグでめしを食い、恰好《かっこう》づけにビールを一本飲んだ。

なにごともなく一日が終わった。部屋にもどるためエレベーターホールへ向かった。

そのときだった。

「長渕《ながぶち》くん」

いきなり後から呼びかけられた。

「おい、長渕くんじゃないか」

振り返ると臼井《うすい》俊之が立っていた。

かつての同僚だ。

長渕琢巳《たくみ》の顔は一瞬にして凍りついた。

臼井は供を連れていた。

三十後半くらいの色の浅黒い男だった。隙《すき》のないビジネススーツで身をかためているが、髪の分け方にわずかな違和感がある。

臼井の顔は赤かった。ホテル内のちがうレストランで食事をとり、いまでてきたところのようだ。酒によわい男ではなかったが、すぐ顔にでるタイプなのだ。

「よう、どうしたんだ。こんなところで。奇遇といえば奇遇だが」

連れの男を意識したか、臼井はいくらか尊大にいった。

「野暮用だよ」

ぶっきらぼうに答えると、長渕はおりてきたエレベーターにそのまま乗ろうとした。臼井があわてて前をさえぎった。

「待ってくれ。ちょっと時間をくれんか。まえから会いたいと思っていたんだ」

「悪いけど、今夜は暇がないんだ」

連れの男に目礼するとエレベーターに乗った。突っ立っている臼井を無視する。ドアが閉まった。

部屋にもどった。

明かりもつけず窓際《まどぎわ》で立ちつくした。

投光器にてらされている公園の緑が、雨にぬれてつややかに光っていた。池のなかで羽ばたきしている水鳥。どこかで催しがあったのか、その向こうを人波が帰ってゆく。

抜け殻になってしまった。

気管を締めつけてこみあげてくるもの。腹立ちとも、悔しさともつかぬもの。

これまでの苦労が無になってしまった。

ベッドに腰をおろした。

石になった。

電話のベルが鳴った。

手をださない。

ベルが鳴りやんだ。いくらか間をおいてまた鳴りはじめた。

無視する。切れる。またかかってくる。

根比べに負けたわけではない。気持ちがかわったのだ。

受話器をとった。

「臼井だけど」

先ほどとはちがううちのめされた声がいった。

「地下のバーにいるんだ。ぼくに釈明の機会をあたえてくれんか」

「そんなんじゃないんだ。その話だったら、もうなんとも思ってやしない」

「だったらきてくれよ。それでなくともずっと気にしてたんだ。こんなところで再会して、黙ってわかれてしまうんじゃなおさら後味がわるい」

「………」

沈黙を拒否とうけとったか、臼井は黙ってしまった。ややあって、湿っぽくなった声でいった。

「とにかく一回顔を見せてくれよ。きてくれるまで、待ってる」

黙って受話器をおろした。

三十分ほどたって気持ちが定まった。部屋をでるとバーへおりていった。

臼井俊之はカウンターの隅で枯れ木になっていた。顔を落としてグラスを見つめている。グラスには口をつけた形跡もなかった。

気配を察しておこした顔に、おどろきの色が浮かんだ。それが笑みにかわり、それからばつのわるそうな顔になった。

隣に腰をおろしてマティーニを注文した。

「すまん」

臼井がぼそっといった。

何組か客はいたが、カウンターはふたり。先ほどいた臼井の連れはいない。

「藤井と名乗ってるなんて知らなかったんだ。さっき、キーを持っていたろう。715というナンバーが見えたんだ。それで、念をおすつもりでフロントに聞いてみた。そしたら長渕というお客さまはお泊まりになっていませんというじゃないか。715は聞くと、藤井さまですという。なにか事情があるんだろうと思って迷ったんだが、とにかく電話してみようと思って。もうすこしであきらめるところだった」

「いきがかりで、たまたま藤井と名乗ってしまったんだ。本名を名乗りたくなかった。それでこのホテルも藤井という名でとってもらった」

「わるいことはできないもんだな」

　誤解したか、臼井は迎合するみたいな顔になって歯をみせた。

「しかし、きてくれてうれしいよ。きみの辞め方が辞め方だったしさ。しかもそれにぼくが関係しているみたいな噂《うわさ》をたてられたから、さぞ恨んでるんじゃないかと、ずっと気になっていたんだ。誓っていうが、ぼくはべつに人事に口をだしたり、あらぬ風評をたてたりして、きみを貶《おとし》めたおぼえは絶対ないよ。ただあえていうなら、会社がしたことに身をもって抗議したり、中止させたりするだけの力や勇気がなかったのは事実だ。日栄をここまで押しあげてきた最大の功労者を、不行跡があったから辞めさせたみたいな文書にして流すなんて、いくらなんでもあれはひどい。それを防げなかったことでは、ぼくも同類だと見られて仕方のないことだったが」

「そのことだったら気にしてない。もうすんだことだ」

「かといって、あのままだとぼくの寝覚めがわるすぎるじゃないか。しかしきみも、なぜあのとき、奥さんが病気だからと正直にいってくれなかったんだ。だったら会社だって無任所の役員にするとか、休職扱いにするとか、それなりの処遇はしてくれたと思うんだ。なまじ一身上の都合なんていって辞めるから、よそに引っこ抜かれたんじゃないかと、みんな疑心暗鬼になったんだ」

「慰留されるのがいやだったんだ。くどくどしい説明もしたくなかった。いまとなっては拙速だった気はするが、あのときはそれでいいと思った。この業界にもどってくる気がない以上、あとはどうなろうと知ったこっちゃない、としか考えなかった。しかしその口調だと、おれが辞めたあとまで追跡調査をしたのか」

臼井はうなずいた。

「それだけ会社としては不安だったんだ」

「だれの知恵だ？」

「幸一」

「やはりな。海外事業本部長になったというのは、いつか新聞で見たが」

「会長にしてみたら必死なんだよ。できのわるいせがれに、てっとり早く実績をあげさせようとすれば、きみの敷いたレールの上を走らせるのがいちばんいい。まさかいまになって、残留農薬問題という火の粉が降りかかってこようなんて思いもしなかったろう」

「あんなの、なにもかも、前任者のおれがやったことにしとけばいいじゃないか」

「とっくにやってるよ」

臼井は毒づくようにいい、泡の消えてしまったグラスを口に運んだ。

「まだお守《も》りをやってるのか」

「会長の命令なら仕方がないじゃないか。サラリーマンをやってる以上、ほかの選択肢はないんだ」

若いときはどちらかというと華奢《きやしや》で、線の細い感じのする男だった。三十後半になって人格がかわったみたいにねばっこくなり、パワーがついてエネルギッシュになった。それにつれて鼻梁《びりよう》や目玉まで大きくなり、いまではオルメカの石像みたいな顔になっていた。二度結婚したが、どちらも数年でわかれた。いまでも独身のはずだ。

会社での同期生だった。その年入社した四人のなかでいちばん優秀、いちばん嘱望されていたのが臼井だ。入社後のほとんどを総務畑ですごしてきたことをみても会社の期待度がわかる。

それがいまになってみると、本人の昇進と結びついていなかった。なまじ能吏タイプだっただけに、便利屋として使われてしまったのだ。会長の息子、松原幸一の教育係を押しつけられたことも、いずれまずい結果をもたらすだろう。幸一の代になるとうとんじられ、ていよく追いはらわれることは目に見えている。

「わるいけどあしたは朝が早いんだ。だからこれで失礼させてくれんか。あのことだったらなんとも思ってやしないから。それを伝えたくておりてきたんだ」

「わかった。ありがとう。きみの寛大な心づかいに感謝する」

握手してわかれた。だが臼井はエレベーターホールまでついてきた。

「奥さんがわるいなんてちっとも知らなかったんだ。その後、どう？」

許されたといわんばかりの顔つきになっていた。他意がないのはわかっている。明子のことでは彼のほうにも発言権があるのだ。

「死んだ」

臼井が顔色をかえて立ちどまった。

「いつ？」

「三か月になる」

「知らなかった」

「だれにも知らせてない」

臼井はいまにも泣きだしそうな顔になった。

「そんなにわるかったのか。そんな、ちっとも知らず……」

「いいんだ。骨の一部を郷里に埋めてやりたくてな。一週間かけて、やっとここまでたどりついたとこだったんだ」

たぶんそれがむだになった。長渕は長渕でこのうえなく落胆していた。

6

夢のなかでは見慣れた街だった。

現実には一度もいったことがないのに、夢のなかでは自由に歩きまわることのできる唯一《ゆいいつ》の街だった。

　通りの名前から映画館の名、どこにどんな店があってなにが売られていたか、路地から、坂から、山の名前まで、すべてそらんじている気がする街だった。

　静けさというものが一瞬もない街でもあった。蒸気機関車、炭車、ベルトコンベア、インクライン、ホッパー、機械の回転音、振動音、ぶつかり合う音、きしむ音、排出音、あらゆる音がいつも混然とひびいている街。

　なにもかも黒ずんでいる街だった。

　両側から山がせまり、谷がヘビみたいにくねりながら奥へ奥へとのびていた。谷底のわずかな平坦地《へいたんち》に鉄道線路や道路が走り、人が住み、鉄路では石炭を満載した貨車が終日引きもきらずゆききしていた。

　炭車を走らせる輸車路という回廊がごつごつと地を這《は》い、安全第一と書かれた煙突や、タワー型の貯炭瓶や、プールのような汚水の処理池があって、積みあげた坑木がマッチの軸くらいにしか見えない土場があった。さらに繰込み場、竪坑《たてこう》、斜坑、通気坑。

　谷を見おろす山の両側は段々畑状にひらかれ、そのてっぺんまで集合住宅がたちならんでいた。大半は平屋の棟割長屋だ。一棟あたり二軒から四軒、屋根の多くはトタン葺《ぶ》きで、それぞれ切妻の小さな玄関がついていた。

地域によっては二階建てのブロック住宅や、四階建てのコンクリート住宅もあった。どの屋根からも空へひっかけるみたいにテレビのアンテナがのび、触角か呼吸器官かと思えるような煙突がつきだしていた。いくつかの煙突からはいまも灰色の煙があがっている。五月とはいえ、火の気がほしくなる日もある街だった。

雨があがってきれいに晴れわたっていた。

道路のあちこちに水溜《たま》りができ、黒い水が青い空をうつしとっていた。西の空では金色の光が降りそそぎはじめた。北斜面の窪《くぼ》地にたまっている黒い塊は雪だ。

道路といわず建物といわず木々といわず、イヌからネコからスズメからニワトリまで、なにもかもがすすけて黒い色をしていた。谷あいを流れるシホロカベツ川にいたっては水の色まで真っ黒だった。

ケーブルカーに乗っていた。

人車《じんしゃ》という名前がついていた。

トロッコの上にベンチをのせた素朴な乗り物だった。山の上に住んでいる人たちのために設けられた無料の交通機関だ。五両編成の列車がワイヤーで引っぱられ、百数十メートルの高低差を十分間隔ぐらいで往復していた。

乗せるのは人ばかりではなかった。

荷物も運べば暖房用の石炭も運んだ。事故で亡《な》くなった従業員の棺《ひつぎ》が運ばれてゆくこともあった。途中二か所に駅があった。

少女は上り列車のいちばん後のベンチに腰をおろしていた。中学生くらい。制服らしい紺の上着に、白いソックス。学校帰りのようだったが、それにしては同年配の子がいなかった。人車にはそのとき十二、三人乗っていたが、あとはすべておとなだった。

「おにいさん、見かけない顔ね。どこからきたの？」

買い物帰りの女性ふたりにつかまってしまった。四十から五十という年配、ひとりは割烹着《かっぽうぎ》姿で、もうひとりはニットのセーター。はいているレインシューズが同じものだったのをみると、分配所と呼ばれている売店で買ったものだろうか。

「あらあ、内地の方？　まあ、東京から？　それはそれは、遠いところをごくろうさま。学生さん？」

「やっぱり顔がちがうわよねえ。ここらの顔じゃないもん。おにいちゃん、男前よ」

割烹着の女性が買い物袋からリンゴをとりだし、エプロンでさっとぬぐうと、食べろとくれた。彼女らはふたつめの駅でおりた。おりてしまうと、若い男のことなどもう忘れたとばかり、さっきの話にもどりながら帰っていった。

もらった紅玉《こうぎょく》をもてあましていた。べつにきらいなわけではなかったが、拭《ふ》いたエプロンがあまりきれいではなかったのだ。

くすっという笑いが聞こえた。後をふり返ると、さきほどの少女だった。

目が合ったとたん、少女はあわてて目をそらした。顔をこわばらせ、自分の態度を恥じてしまった。以後けっして顔を向けようとしなかった。

中間点で下りの列車とすれちがった。向こうにも同じくらい人が乗っていた。短いやりとりがあり、笑い声があがった。

いくらか失望していた。ながめがほとんどなかったからだ。

冬の雪対策のためだろう、軌道全体が木造のシェルターで囲われていた。窓は設けてあるものの、切り通しがあったり左右の立ち木が邪魔したりして、眺望のひらける間がなかった。景色を見るためにつくられたものではないから、これはしかたがないことだった。

それでもときどき風景が大きくなった。それを見わたすふりをして、後に目を走らせた。少女はまだそっぽを向いていた。

愛らしかった。

顔立ちももちろんだが、身につけている雰囲気が好ましかった。この年代特有のりりしさと清潔感がみなぎっていた。顔ではとくに横顔がきれいだ。ひたいから鼻、口許《くちもと》、あごにかけてのゆるやかなカーブが、内面にこもるあたたかさを感じさせる。

少女は自分の美しさに気がついていなかった。

頂上についたとき、乗客は五人しか乗っていなかった。そのなかに少女がいた。

いちばん後から人車をおりた。少女は住宅地のいちばん外側の道を、足音もたてず帰っていった。山の頂上近くのところだ。住宅の後はもう白樺《しらかば》の林になっている。見えなくなるまで見送っていた。ほんとはついていきたかったが、向こうにふりかえられたら、今度はこちらが恥ずかしくなる。

少女が見えなくなってから、そっちに向かって歩きはじめた。狭くて、しかも安普請《ぶしん》。冬の同じ家がならんでいた。どの家もまったく同じだった。狭くて、しかも安普請。冬の隙間《すきま》風対策だろう。窓という窓にビニールがはられていた。

人気《ひとけ》がなくてひっそりとしていた。子どもたちの声が聞こえない。保育園や学校から、まだ帰ってこない時間だったのだ。

最初の三叉路《さんさろ》まできて足をとめた。見失った。少女の家がどこなのか、いまとなってはつきとめようがなかった。

いきなりサイレンが鳴りはじめた。

まるでそれが合図でもあったかのように、周囲からざわめきや、物音や、声などが、にわかにあがりはじめた。午後の二時だった。二番方の出勤時間を知らせるサイレンだったのだ。

煙草《たばこ》をくわえたり、タオルを首に巻きつけたりした男が姿を見せはじめた。彼らが出勤するのと交代に、朝から働いていた一番方が帰ってくる。

少女の父親は八時間の労働をおえ、これから帰ってくるところだろうか。それともこれから働きにゆくところだろうか。

知らない街。

一度もいったことがない街。

しかし夢のなかではいつでも自在に歩くことができた街。

そして十五歳の少女と出会った。

十五歳の少女と、二十二歳の若者がこの街ではじめて出会った。

いつもの街。いつもの暮らし。いつもの人。それは毎日はじまり、毎日終わった。

そしてまた、あらたな一日がはじまった。

まぶしかった。

まぶしすぎて目がさめた。

窓から日ざしがさしこんでいた。昨夜カーテンをきちんと閉めておかなかったのだ。

起きあがってカーテンを開けた。

目がくらんだ。

いきなり直射日光に照りつけられたからだ。

目を見張った。

目の前にあるはずの公園の緑が消えていた。

かわってビルが林立していた。

ビルの向こうを、左右に高架が走っていた。オレンジ色の電車がいましも右方向へ走りさったところだ。駅のホームが一部見える。

まちがいなくいつもの街だった。いつもの朝だ。

いつもの阿佐谷の街だった。

阿佐谷のマンションへまた舞いもどっていた。

7

ことばもなかった。今度こそと思っていたのに、また東京へひきもどされた。

立ちつくすしかなかった。

これで三度目だった。

はじまりは新千歳《ちとせ》空港だ。

羽田から千歳まで、まちがいなく飛んだのだ。ただしそこから先で、わからなくなった。列車に乗って札幌へついたつもりが、東京の浜松町だったのである。

人に信じてもらえる話ではない。

自分でも納得していなかった。極端な情緒不安定に陥って頭が錯乱し、行き先をまちがえたのだと思っている。

そうとしか考えられなかった。

あのころ、ひどい喪失感にとりつかれていたのは事実だ。自分のすべてを否定したくなり、はげしい嫌悪《けんお》感《かん》をおぼえていた。自分を憎むことでしか、明子に対する償いができないように思っていた。

まったく眠れなくなった。まんじりともせず夜が明けるのを待つばかりで、本を読んだり、運動をしたりしていくら気分を変えようとしても、なんの効果もなかった。不眠の影響だろう、起きているときでも頭のなかは泥がつまっているみたいに重かった。ふっ切れたり納得できたりするものがなく、気持ちの切り換えや集中がすこしもできなかった。

その結果、このまま泥沼であえいでいるよりは、とりあえず北海道へいってきたほうがいいと思いはじめた。それで過去を清算できると考えたわけではなかったが、いまの拘束感からは解放されるような気がした。

思いたつとおさえられなくなった。日が暮れていたにもかかわらず、すぐさま羽田へ向かった。

九時の最終便に乗ることができた。

新千歳についたのは十時半である。

空港は終了寸前で人影もまばら、駅で待機していた札幌行きの列車がその日の最終だった。

発車まで二十数分あった。売店はとっくに閉まっているし、地下駅だからながめもない。シートに身を沈めて時間がくるのを待っていると、気がゆるんできたかにわかに眠くなってきた。

ほっとしたのだ。

列車が発車したのは知っている。トンネル特有の騒音が耳にこだましていたのもおぼえている。列車が地上にでて、最初の駅にとまったのもかすかな記憶がある。しかしそのときの駅がまちがいなく南千歳だったかというと、そこらへんからにわかにあいまいとなる。ひたすら眠くて、目を開けていられなかった。

とうとう眠ってしまった。以後の記憶はまったくなくなる。

まもなく終着だというアナウンスでわれに返った。眠気をふりはらえないまま目を開けると、列車はもうスピードを落としはじめていた。

目の下に何本もの黒い筋が見えた。線路にほかならなかった。列車はその上を高架で通過していた。

はじめて、おかしいなと思った。

札幌には何回かきているが、このような光景を目にしたことはなかったからだ。

列車はそのまま駅の構内にすべりこんだ。まがまがしい光にあふれていた。明るすぎる。

と意識した瞬間、目をみはった。

浜松町とあった。

愕然《がくぜん》として周囲を見まわした。

まちがいなく浜松町だった。乗っていた電車はＪＲでなく、モノレールだったのである。

阿佐谷までどのようにして帰ったかおぼえていない。気がついたらマンションの自室で呆然《ぼうぜん》としていた。

洗濯物がまだ乾いていない間のできごとだった。

その夜も眠れなかった。うとうとしかけ、もうすこしで眠れるというところへさしかかると、きまってそこで目がさめた。前後のつながりに関係なく、いきなりぱっと正気にもどってしまうのだ。

時間や空間がずれてしまった。というふうには考えなかった。疲れのあまり、錯乱していただけだと。自分がなぜ札幌にたどりつけなかったか、その一点にばかりとらわれていた。

「ことわりもなしに行っちゃだめよ」

いつだったか、明子からそういわれたことがあるのだ。どういうときにそのことばがでてきたのかおぼえておらず、ことば自体も記憶に残っていたとはいいがたい。それがのちになって、にわかに甦《よみがえ》ってきた。あれはいつか、こういうときがくるのを予感していったことばだったのだろうか。

それから五日後、もう一回同じことを試してみた。

航空会社に電話をかけ、偽名で函館行きを予約した。名前が丸山。でたらめの住所と電話番号。明晰《めいせき》に行動したかったから今回は昼間の便にした。

もちろんはじめは緊張していた。なにひとつ見逃すまいと肩に力が入っていた。だが飛行機が巡航高度に達したあたりから、雲の上に浮かんだみたいにからだの力がぬけてきた。

また眠ってしまった。

乗務員からリクライニングをもどしてくれと起こされるまで、なにもおぼえていない。

機は定刻どおり函館空港についた。すぐさまタクシーに乗り、函館駅へ向かった。

機内で眠ったせいか、今回は完全に目覚めていた。駅までの二十分間、市内の風景をなにひとつ見逃さず見とどけていた。

函館駅についた。金をはらってタクシーからおりた。

目をはなしたのは、財布から金を取りだしたときの一瞬だけだ。駅前に展示してある蒸気機関車の動輪を見とどけたうえで、財布を取りだしたのだから。

それがタクシーから外へでたとたん、なにもかも消えていた。目の前に高いビルの壁が立ちはだかっていた。めまぐるしい人と車の動き、肩が触れ合わんばかりの群衆、渦まいている車の騒音、一瞬にして光景がかわっていた。

阿佐ヶ谷駅前にいたのだ。

あわててふり返ったときはタクシーもいなくなっていた。上着のポケットに手を入れてみると、突っこんであったはずの搭乗券の半券がなくなっていた。

帰ってから所持金をしらべてみた。持ってでた額よりいくらかへっているような気はしたが、正確な金額まではわからなかった。当初の所持金額を確認していなかったのだ。

航空会社に電話して、丸山という名前と予約ナンバーをつげ、その名で航空券が発行されているかどうか問い合わせた。丸山文男という人物が、きょう十一時発の函館行き航空券を予約した事実はないという回答だった。

以後ほとんど外出せず、家のなかに引きこもっていた。

カーテンをしめきり、最低限の食いもので虫のように生きていた。鬱々《うつうつ》としてただ閉じこもっていた。テレビも新聞も見なかった。外的刺激を与えるものはすべて遠ざけた。本は読んだ。明子が最後になって読んでいた本は、金沢から持ち帰ってそのまま積んであった。それらすべての本に目を通した。疲れると時間かまわず横になった。眠りはあいかわらず浅かった。

外出したのは、家にあった食いものを食いつくしたからだ。鏡を見ると別人かと思うくらいほほがこけていた。

そのときから、現金以外のものは身につけないようにしはじめた。財布すら持たなかった。現金をむきだしにしてポケットにいれるだけ。現在の所持金額がいくらか、その計算だけはわすれずやった。常時二十万円は持っているよう心がけ、使った分は必ずその日のうちに補充した。

部屋のキーは、出かけるたびに郵便ボックスの天板へテープではりつけていった。郵便ボックスは最下段の腰より低い位置にあったから、しゃがんでのぞきでもしない限り外からは見えなかった。

いつも着用しているジャケットの襟裏の前身ごろに、隠しポケットを縫いつけた。なかに明子の遺骨を納めたビニール袋が入れてある。明子の郷里にそれを撒《ま》いてきてやろうというのが、夕張へゆく目的だった。

自分がなにものか、という確認作業は意識的にやらなかった。電話は使わなかったし、かかってきてもでなかった。郵便物は中身を見ずに袋のなかへほうりこんだ。

さらに十日たった。

午後のめしを食いにでかけたあと、そのままもどらなかった。

阿佐ヶ谷駅で百三十円の切符を買い、ホームにあがった。最初に東京行きの電車がやってきたからそれに乗った。

午後の三時だった。

よく晴れて、さわやかな風が吹きわたっていた。

頭に目的地しかインプットされていない旅がこうしてはじまった。

第2章

夢のなかの街で少女と会っていた。

黒い帯となって横たわっている街が下に見えていた。お宮の境内《けいだい》にいる。石段を数十段のぼった山の中腹だった。向かいの山肌には左右いっぱいに炭住長屋がひろがっているが、少女の家は見えなかった。同じ側の斜面にあるからだった。

真下に見えている家並みがひときわ建てこんでいた。本町といういちばんの繁華街だった。聞こえてくる音からでもそのにぎやかさがわかる。流されっぱなしの音楽や宣伝放送、ひっきりなしに行き交う石炭列車、車、ファンやウインチやエンドレスなど炭鉱からの操業音、それに人のよびかけや、笑いや、ざわめきが共鳴し合い、うゎーんとばかりこだましていた。

上から見ると街並みそのものはまとまりを欠き、安っぽくて、ごちゃごちゃして、なんら品位がなかった。木造家屋が圧倒的に多く、屋根はトタン、その色が錆《さ》びたり剝《は》げたりばらばらだ。大きな屋根には雪止めの材木が渡してあり、一見つくりかけて放置された建築現場みたいである。よく見れば銅板葺《ぶ》きの豪壮な商家だってあるのだ。しかしそれでさえ掃き溜《だ》めに舞いおりたトビほども目立たなかった。

土地が狭すぎるのだ。

その狭い隙間《すきま》を、道路と、線路と、商店街がわけあっていた。映画館や食堂や洋品店の真ん前を線路が横切っている。三十トン積み貨車をつらねた石炭列車がひっきりなしに通る。そのたびに踏切の遮断機がおろされ、人と車の動きがとまって静止画像になってしまう。

「すごい活気だなあ。見ていて全然あきないよ。男の子はみんな踏切が大好きなんだ」

感嘆の声をあげると、少女は口に手をあてくすっと笑った。

「弟がそうなの」

「ね。きみの弟、あそこから動かないだろう?」

「ほんとはね。踏切のところでとまってそのまま見ていたいんだって。それなのに踏切番のおじさんが、遮断機をおろすのをわざわざ遅らせてせかすから、そのたびに悲しそうな顔をして渡るのよ」

洗いざらしの半袖《はんそで》シャツを着ていた。スカートも綿のごわごわしたもの。からだのやわらかさがだいなしになってしまう服装で、そのせいかこのまえ会ったときより子どもっぽく見えた。それも道理か、まだ中学三年生だった。

「このお宮にはときどき来るの?」

「ううん。お祭りのときぐらい」

「こんなにながめがいいのにもったいないな。あ、そうか。ふだん高いところに住んでいるから、高さにはそれほど興味がないんだ」

するとと少女は右手前方にある山を指さした。

「あそこ、冷水山《れいすいざん》には二回登ったことがあるわ」

どっしりとかまえている山だったが、腰をおろしている場所のせいもあって頂上は見えなかった。

「どれくらい高さがあるの？」

「七百二メートル」

「ほう、けっこう高いんだ」

「お天気さえよかったら日本海と太平洋が見えるわ」

「えっ、そりゃすごい。日本海と太平洋が同時に見えるところなんて、考えてみたこともなかった。そんなところ、日本じゅう探してもそうはないはずだよ」

すると少女は顔を赤らめた。困ったような顔になった。

「ほんとは見たことないの。二回とも登ったときはもやがかかってて、札幌も見えなかった。小学校の遠足で登るの。こっちのほうに日本海が見えて、あっちのほうに太平洋が見えるはずなんだけど」

右と左を指さしてみせた。方角でいうと日本海が西、太平洋が南だ。札幌は日本海の手前に見えるはずだという。しかし黒い煙におおわれている街だから、晴れていても遠くまで見通せる日は少ないのだろう。

「北海道の人は海水浴にもいくのかな？」

「いったこと、あります」

抗議するみたいな口調になって答えた。といっても、おぼえているのは一回、五年生のときだけ。列車に乗って室蘭本線の白老《しらおい》というところへ、近所の人たちと大挙してでかけた。ここから二時間ほどかかる太平洋に面した海岸だ。

「泳いだ？」

「ううん。足はぬらしたけど、泳がなかった。だってものすごくつめたかったんだもん。だから石や貝を拾ったり、歌をうたったり、ぼんやり海を見たりしていた」

「わかるわかる。海を見ていると、歌をうたいたくなるんだ」

「やっぱり？　そのときはおとうさんがいっぱい歌ってくれたの」

「おかあさんでなくて、おとうさんだったんだね？」

「うちはなんでもおとうさん。おとうさんのほうが歌はうまいの。夕張炭鉱専属歌手だといわれてるから」

「おとうさん、どんな歌をうたってくれた？」

少女があげたのは、すべて小学校唱歌だった。

「へー、唱歌なんだ。いまの歌のなかで、なにがいちばん好き?」

「砂山」

少女は小声でその歌を口ずさみはじめた。

両親と三つ年下の弟との四人家族だった。父親は坑内の最先端、切羽で働いている採炭夫。鉄道で二駅くだっていった同じ街に、母方のおじいさんとおばあさんが住んでいる。おじいさんもかつては炭鉱で働いていた。父方のおじいさんはすでに亡《な》くなっていたが、これも炭鉱員だったという。名実ともに炭鉱一家だった。

父親のふたりの弟も、去年までこの近くの炭鉱で働いていたそうだ。しかしいまは山をおり、札幌で運転手やサラリーマンになっていた。山の将来に見切りをつけたのだった。

石炭業が国の最重要産業だった時代は五、六年まえに終わっていた。急激な時代変化とエネルギー政策の転換による、炭鉱の見直し、はやくいえば切捨てがはじまっている。効率のわるい鉱山の閉鎖や合理化があいつぎ、各地ではげしい労働争議がおこっていた。

「きみのおとうさんは山をおりる気がないんだね」

「組合の役員をしてるから、仲間を見捨てて逃げだすわけにいかないって。もし山をおりるとしても、おれはいちばんあとからでいいって」

「えらいな。子どもにそういうことがいえるおとうさんって、すごく立派だよ」

するとと少女は誇らしそうにうなずいた。

「おとうさん、大好き」

その顔が少年みたいにりりしかった。なんとなくだが、母親より父親似なのではないかと思った。

「おとうさんはきみの将来に、どんな期待をしているの？」

「口にだしていったことはないわ。明子がしたいようにしなさいって。自分のことは自分で決めていいというだけ」

「じゃぼくに教えてくれない？　将来なんになりたいか、その夢を聞かせてよ」

「いや」

「どうして？」

「だって、夢だもの。しゃべったら夢が夢でなくなってしまうような気がする」

「東京にでていく気はないの？」

「東京？　考えてみたこともない」

「どうして？　大きな夢があるんだろう。だったら東京にでてゆくのがいちばんいいと思うけど。東京にはいろんなものがあるし、いろんな人がいる。それだけチャンスも多くなると思うんだ」

「だって、知ってる人もいないし」

「いるじゃないか。ぼくが」

少女はびっくりしたみたいに、大きな瞳で見かえした。しかしそれには答えなかった。黙って街を見つめはじめた。まじめな顔になっていた。

「この街が好きなんだね」

「よくわかんない。好きなところもあるし、好きでないところもあるし」

「どんなところが好き?」

「お友だちがいること。おとうさんや弟とキャッチボールをして遊べること。おとうさんとおかあさんのおしゃべりを横で聞いていること。おとうさんが毎日ぶじに仕事から帰ってくること。夜になると家から炭住の明かりが見えること」

考え考えしながら、ひとつずつ挙げていった。

「好きでないところは?」

「服がすぐ汚れること。ひとりでお風呂《ふろ》に入れないこと。自分だけの部屋がないこと。いきたい高校が近くにないこと。おとうさんは汽車通学したらっていってくれるけど、おかあさんは反対してる」

サイレンが鳴りはじめた。

少女ははじかれたみたいに立ちあがった。

「帰らなきゃ。おとうさんが帰ってくる」

「きみって、ほんとにおとうさん子なんだね」

「ええ。好きよ。おとうさん、大好き」

にっと笑うと、少女はスキップを踏みながら石段を駆けおりていった。

I

「うちあけたいことがあるんだ」

田町駅に向かいはじめたところで長渕はいった。なんだよ、といわんばかりの顔を臼井が向けてきた。

駅までは十分足らずの道のり。二時間ほど残業したあとだった。

「じつは、酒井さんに結婚を申し込んだ」

さりげなくいって臼井の顔色をうかがった。想像以上だった。臼井は驚愕《きょうがく》といっていい動揺を見せ、うろたえると足までとめた。飛びださんばかりになった目が長渕をにらみつけた。すぐにはことばがでてこなかった。

「といったって、はっきり結婚してくれといったわけじゃない。将来のことを考えるときは、ぼくも候補のひとりとして、視野に入れておいてくれないか、といっただけだ。すでに意中の人があるなら、この話は聞かなかったことにしてくれたらいいし、断るときもあらためて返事をくれなくていい。どうせそのうちわかることだから、といってある」

たまたま帰りがいっしょになったふりをしたが、ほんとはちがう。長渕は臼井が帰るまで、仕事をしながらようすをうかがっていたのだ。

「そういうことだったのか」

臼井がうめくような声をしぼりだした。怒りに燃えた目がにらみつけていた。

「だから加賀へ連れていったんだな」

憎悪《ぞうお》と屈辱で唇がふるえていた。

「ちがうんだ。聞けよ。たしかに彼女を田舎へ連れてった。だがほんとのことをいうと、おれがそのつもりだったのは敬子のほうだったんだ。親にもそのことはいってあった」

長渕は臼井の顔を見つめながら冷静にいった。

「知っての通り、おれのおやじは田舎もんだ。頭のてっぺんから足のつま先まで、ごちごちの保守だ。おれとしては敬子にうちあけるまえ、まず親と見合いさせたかった。それを隠すために、酒井さんを誘った。北川もそうだ。カモフラージュ用としてふたりを連れていった」

昨年は臼井を加賀の実家へ誘っている。盆休みの四日間をまる抱えで遊ばせてやった。連れていったのは彼ひとり。ほかの人間ははじめから誘う気がなかった。

「こんな結果になろうとは思ってもみなかったんだ。なにか、とくにしたわけじゃないよ。一回能登《のと》へいったくらいで、あとは家で遊んでいた。けどそれだけで、予想もしなかったものが見えてきたんだ。敬子への熱がいっぺんにさめて、酒井さんのいいとこばかり目についた。親も親だ。あとで聞くと、酒井さんが候補だとばかり思っていたらしい」

臼井は黙った。いまでは顔すら向けようとしなかった。

「これでもけっこう悩んだんだ。おまえにわるいと思ったからな。自分の心になんべんも問い直してみた。そのうえで、返事や結果はどうであれ、自分の気持ちだけは正直にいったほうがいいと思った。そうしないと、おれの気がすまん」

事実は逆。はじめから明子が目標だった。田舎の実家に連れていったら、いままではどうであれ、その気持ちをかえさせることができると思ったから連れていった。それをカモフラージュするため、会社でいちばんの美人だった岩崎敬子を誘った。北川にいたっては、はじめから頭数以外のなにものでもなかった。

加賀に酒井明子を連れていく計画は、数年がかりですすめてきたことだ。昨年臼井を誘ったのもその布石のひとつ。ことし除外するためにほかならなかった。

長渕の生家は加賀の小松で三百年つづいてきた造り酒屋だった。規模からいえば一地酒屋にすぎないが、雲海峰という銘柄は日本酒党なら知らぬものがないくらい有名で、全国に熱烈なファンを持っている。

杉の防風林で囲まれた千五百坪の敷地と、いまは社屋として使われている茅葺《かやぶ》きの母《おも》屋《や》、築後百八十年になる三棟の蔵など、そのたたずまいは加賀の観光ポスターの題材にしょっちゅう使われている。

長渕琢巳は一応その家の御曹司なのだ。といっても家督は早くから兄が継いでおり、次男で四人きょうだいの末っ子にすぎない彼は、本来なら一生うだつのあがらない部屋住みの身で終わってしまう身分だった。

「長男以外は二束三文なんだ。しかも甥《おい》が小学生になったから、おれのでる幕はますますなくなった。むかしだったら、とっくに養子にやられていただろうよ」

表向きはそういっていたものの、いざとなったらふたりの姉とともに、それなりのものはもらう腹づもりをしていた。自分がそういう権利の所有者であることを、必要に応じて周囲に匂《にお》わせてきたのだ。だからこそ明子の心がいまどこにあろうが、実家に連れていったら絶対逆転できると確信していた。

明子は入社して三年、いまが熟れごろという年だった。

会社はそのころまだ日栄食品と名乗っており、中小企業に毛が生えた程度の水産加工会社にすぎなかった。全国に六つの支店や出張所を持っていたものの、事業の性質上必要だったというだけで、シェアもまだ西日本が中心。社員総数も三百人たらずで、公募すらしていなかった。

明子がどういう縁故で入社してきたかは知らない。その年に入ってきた女子社員は四人だったが、彼女ひとりが短大卒で、ほかは高卒だった。

当初の明子の印象は、それほど際立《きわだ》ったものではなかった。容貌《ようぼう》だってとくに目立ったわけでもなく、美貌という点では前年に入ってきた岩崎敬子のほうがはるかに上だった。それが半年もたってみると、男たちの評価は逆転していた。

「よく見ると、そこらにいくらでもある顔なんだよな。けどなんかちがうんだ。匂いがあるというか、花ならぱっと咲く桜じゃねえ。知る人ぞ知る梅の花ってえとこかな」

男ばかりの酒の席で、社員のひとりがそう評していたのをおぼえている。

たしかに明子という女は、いるときはそれほど目立たなかった。いなくなってしまうと、急にさびしくなってその記憶が甦《よみがえ》ってくるみたいな、不思議な存在感を持っていた。いわゆる残り香のようなものだが、それはなにも男だけが感じるフェロモンではないようだった。女子の間でも評判がよく、明子を悪くいうものはいなかったからだ。

当然明子をだれが射止めるかは、男性社員の間で大きな関心事となっていた。独身社員なら、だれもがそのレースに参加したいと望んでいたはずだ。そのなかで、はじめから圏外と目されていたのは長渕くらいのものだったろう。営業特販部という外回りの多い部署にいたから、顔を合わせる機会すらきわめて少なかった。

だいたい長渕は愛想のいいほうでなかった。女子社員のあいだでも人気はなく、独身男子社員の人気度ランクに、長渕の名がでてきたという話は聞いたことがない。マイナス票が多いということではなかった。無視、ないし黙殺されていた。

女子のあいだでもっとも人気があり、明子との距離も最短だと思われていたのが臼井俊之である。卒業した大学のブランドからしてちがっていた。会社の期待度もそれだけ大きく、はじめから特別扱いされての入社だった。その臼井が所属していた総務部に、明子も配属されていた。

長渕と臼井とは昭和四十四年入社の同期生だった。その年の大卒新入社員は四人。推薦入社の臼井をのぞけばほかはすべてコネ。自力ではまともな会社に入れない実力の者ばかりだった。それも二年たったらふたり消えてしまい、臼井と長渕だけが残っていた。

自分が期待されていないのは、よく知っていた。入社したのはほかにいくところがなかったからだ。すぐに辞めなかったのは、紹介してくれたのが石川県選出の代議士だったからである。

長渕は志望者の八割までが入れる大学へいき、在学中は麻雀《マージャン》と映画に熱中して、学校へはほとんど行かなかった。四年で卒業するつもりなどはなからなく、留年して自主映画をつくろうと画策していた。そんなことをさせてたまるかと、金食い虫のせがれに業《ごう》を煮やした父親が代議士の力を借り、むりやり日栄に押しこんだのである。

社員としても落ちこぼれだったが、臼井とはなぜか気が合った。剃刀《かみそり》と鉈《なた》といえばいいか、性格的にもまるでちがい、お互いの領分を邪魔しなかったところはたしかにある。少なくとも臼井にとって、長渕はライバルでなかった。そこに臼井の油断があったことはたしかである。

田町駅に着くまで臼井は一言も発しなかった。土気色の顔のままホームへあがっていった。

「おれは、おまえにわるいことをしたか?」

「べつに」

臼井はしいて平静を装《よそお》った声でこたえた。

「彼女ととくに、なにかあるわけじゃないから。ちょっとびっくりしただけだ」

「酒井さんも予想してなかったみたいだ。ただただおどろいていた」

臼井がそのことばに慰められたとは思えなかった。

その日ふたりは黙ってわかれた。

昨秋のことだった。会社の創立二十周年記念の社内旅行があって、伊豆の今井浜まででかけた。ホテル一軒をまるまる借り切っての特別行事で、二百六十人いた本社の社員が全員参加した。

長渕はこのとき、各部課から駆りだされた幹事として参加した。

不参加は欠勤扱いとみなされるわけだから、こうなるとウイークデイとかわらない。

幹事の多くは朝六時台の列車で東京をたち、十時に現地へついて準備をはじめた。一般社員のほうは六台のバスを連ねてやってきて、これもお昼早々には到着した。

メインはその夜五時からはじまる宴会。それまでは自由ということで、みんなは昼食後、グループ単位でそれぞれ散っていった。天城高原へでかけるもの、河津七滝《かわづななだる》めぐりにいくもの、下田や石廊崎《いろうざき》まで遠征するもの、ゴルフ、釣り。釣りは浜からの投げ釣りと、稲取《いなとり》港から船をチャーターしての大物釣りとにわかれた。

幹事のほうはそれどころではなかった。ひきつづきホテルで夜の宴会の設営に追われていた。宴会の席順から余興の舞台設定、さらに上役を迎える準備と、しなければならないことが山ほどあった。社長以下主だった幹部は、車や新幹線でばらばらにやってくるから、その出迎えだけでもたいへんな手間なのだ。

なんとか片づいたときは三時になっていた。ようやく小休止ということになり、風呂に入ったり昼寝をしたり、こちらも思い思いの休息をとることにした。長渕は麻雀に誘われたが、これはことわった。どうせ夜になったらむしってやるつもりだ。

ひとりになるとホテルを抜けだし、海のほうへおりていった。といってもホテルのすぐ前が海、中間に砂浜と松林があるきりだ。

松林の裏を通って途切れるところまでいき、それから浜へでた。波打ち際は避け、松林のなかを散歩しながらのんびりもどってくる。十一月三日は晴れの特異日だというが、それを立証するようなおだやかな日和《ひより》だった。ただ前日雨が降った名残りか、海はいくらか波立っていた。

すこし小高くなっている松林に、ところどころベンチが配されている。そのひとつに女性が腰をおろしていた。

総務部の酒井明子だった。さっきまでいっしょに働いていた五人の女性幹事のうちのひとりだ。

すぐには近寄らなかった。明子が歌を口ずさんでいたからだ。歌が終わるのを待ってから、枯れ枝をわざと踏みしだきながらでていった。

「あら。嘘《うそ》みたい」

明子を発見すると、わざと間抜けな声をあげた。

「現実にあるんだね。美女がひとり、もの憂《う》そうに海を見てるなんて風景がさ。コマーシャルを見てるのかと思った」

「いやだわ。全然気がつかなかった。どこから現れたんですか。わたし、ぽけっとしてたでしょう？　口がばかみたいに開いてませんでした？」

「鼻の穴がこんなに開いてた」

鼻の頭を指でおさえて笑わせた。

「だれか待ってたの?」

「いいえ。海を見たかっただけです。ひとりになれる機会、もうないかもしれないから」

「それは殊勝だ。東京の人間にしちゃいい心がけだよ」

「わたしは東京の人間なんかじゃありません。田舎もんです」

「へー、そうだったの。どこ?」

「北海道です」

「これは、これは。お見それしました。北海道とはうれしいな。学生時代に二回いってるんだ。夏にそれぞれ四十日かけて、目いっぱい回ってきた。北海道のどこ?」

「空知《そらち》です」

一瞬ことばに窮した。

「多分知らないと思います。観光客がくるようなところじゃないから」

「だから、どこ?」

「夕張」

今度は肩をすくめた。石炭の街というくらいの知識は持っていたが、それしか知らなかった。もちろん夕張には行ったことも、通り抜けたこともない。

「ごめん。だいたいが海沿いを回っていたんでね。周遊券の範囲で動いていたから」

「いいんです。知ってるといわれたら、かえって困ったかもしれません」

「どうして？」

「東京とあまりにちがいすぎるから」

明子と話したことはこれまで数回しかなかった。ふたりきりというのはもちろんはじめて。仕事のちがいもあって、なかなか機会がなかった。

今回の旅行が絶好のチャンスだったのである。明子が総務部の幹事になったと聞いて、自分も買ってでたのだ。

だからここへきてからも、明子の動きには終始目を光らせていた。その明子は小休止になると、人目を避けるみたいにして海へおりていった。それで偶然を装って接近したというわけだ。

「ついでだからもうひとつ恥をかこうか。夕張ってどこにあったっけ？」

明子は目じりをさげたみたいな顔になってかぶりを振った。ほほえんでいたが、すこし悲しそうだった。

「札幌の東のほうです。高い山にとりかこまれた谷間にあります。観光客なんかだれもきませんよ。札幌から三時間もかかるんです」

「そういう人がどうして海を？」

「好きなだけです。海はめったに見る機会がなかったから」

「だったらぼくと同じだ。平野のどん詰まりというか、山裾《やますそ》で育ったんだよ。海まで二里以上あった。海水浴なんて、それこそ何回いったかなあ。しかし、感受性が鈍いんだろう。べつに海を好きにもならなかったし、見てもなんにも感じなかった」

「長渕さんのおうちって、有名な造り酒屋さんだそうですね」

「だれに聞いた？」

「臼井さん。あんな旧家のぼんぼんだなんて知らなかったって、びっくりしてました」

「ぼんぼんなんかじゃないよ。家は兄きが継いでるんだ。ぼくはあまり者。せめておこぼれくらいにはあずかりたいと、お坐《すわ》りをして、ひたすらわけまえを待っている情けない身でね」

臼井を家に連れていったのは、その年の夏のことだった。長渕に対する彼の態度が、以来すこし変わってきたことはたしかだ。

臼井もきょうは幹事のひとりだった。ただしいちばんあとからくる社長の世話係だから、まだこちらにはついていない。

「でも日本酒ファンなら知らない人がない有名な酒蔵だと聞きましたよ。とくになんとかいうお酒、幻の銘酒として、お金をだしてもなかなか手に入らないんですって」

「そんなの半分はったりだよ。田舎の小さな酒蔵はね、そうやって希少価値でも高めないと生き残れないいんだ。酒井さん、日本酒が好きなの？」

「わたしは飲まないんですけど、母が」

「じゃ今度送ってあげようか。間もなく新酒の仕込がはじまるから、それができ次第。コクはないけど喉《のど》ごしがよくて飲みやすいから、ぼくはむしろこっちのほうが好きなんだ」

「わー、うれしい。当てにしていいんですね」

「もちろん。もしよかったら、来年の夏、加賀まで遊びにこないか。ことし入ってきた北川が、ぜひ連れていってくれとうるさいんだ。やつの魂胆はわかってる。呑《の》み助なんだ」

「夏には毎年お帰りになるんですか」

「なにはさておいても帰ります。おやじのごきげんうかがいが目的でね。兄きの下に三人いるんだ。姉がふたりと、末っ子のぼく。おやじが三人の将来のことも、そろそろ考えてやらなきゃいかんな、といいはじめてるとこなんだ。だからきげんを損ねないように、盆と正月には必ず顔をだして、親孝行の真似事《まねごと》をしている。ぼくだけじゃない。ふたりの姉もそう。盆と正月には一家全員が顔をそろえて、いかにも和気藹々《あいあい》とした雰囲気になる」

「わー、うらやましいなあ、そういう家庭って。全員そろうと何人になるんですか？」

「えーと、兄のところの子どもがふたり、上の姉が三人の子持ちで、下の姉のところにふたり。だから連れ合いまでふくめると、全員で十三人になる。それにおやじとおふくろとぼくが入って、総勢十六人」

「うわー、いいなあ。ちょっと想像できないんだけど。むかしから大勢の家族にかこまれて暮らす、というのが夢だったの」

「そんなお伽話《とぎばなし》みたいな世界じゃありませんよ。子どもがたくさんいるということは、ただただうるさいだけなんだから。酒井さんとこは何人なの?」

「母とふたりなんです。弟がいますけど、就職して会社の寮に入っちゃったから。だから親子喧嘩《げんか》でもしない限り、家のなかはひっそり」

「そりゃさびしいね。けど、ちっちゃな甥《おい》っ子や姪《めい》っ子が七人もいてごらん。叔父さんとしては、お年玉をあてにされるだけで頭が痛くなってくるから。孫たちにかこまれているおやじとおふくろを見ると、けっこうにこにこしてるけどね」

「そりゃうれしいに決まってます」

「じゃ決まった。来年の夏は、ぼくの家に案内するよ。ぜひおいで。これで北川と、酒井さんが決まりだ。あとひとり、だれか女性を誘おう。そのほうが気をつかわなくていいだろう? だれにするかは、あとできみにも相談するよ。ただしこの件、ほかの人には黙っててね」

と釘《くぎ》を刺しておくことを忘れなかった。臼井には知られたくなかったのだ。

2

日栄食品、のちの日栄フーズという会社は、創業者兼社長として辣腕《らつわん》をふるった松原正信が一代で築きあげた総合食品メーカーだった。

しょっぱなは栄水産といい、伊勢の網元だった松原の父親が、税金対策用につくったペーパーカンパニーだと聞いている。栄とは父親の妻、つまり正信の母親の名前にほかならなかった。

松原の成功のきっかけは、昭和三十年代からはじまったハマチの養殖に目をつけ、その事業化と経営規模の拡大とをひたすら突きすすんできたことにある。とはいえこれまで必ずしも順風満帆だったわけではなく、倒産も二回経験している。

そのつど栄水産加工、栄食品と社名をあらためため、しぶとく甦《よみがえ》ってきた。郷里ではいまでもあまりよくいわれていないらしいのだが、それは過去をふり返らない松原のやり方が、当時の関係者にまだしこりを残しているからである。

長渕たちが入社する二年ほどまえ、栄食品は日栄食品と名をあらためた。一介の養殖屋から、総合食品メーカーとしてのあたらしい一歩を踏みだしたわけである。

ただしこの改名にも、松原らしい事件が隠されている。

松原はハマチやタイの養殖が軌道にのりはじめるとさらに新事業を展開、水産加工から冷凍、輸入へと手をひろげはじめた。狙《ねら》いが外れていたわけではないが、功を急ぎすぎたきらいはあった。そのうちお定まりの資金難に陥ってしまい、旧財閥系の一端に属している日南商事という商社の経営参加をあおぐことになった。栄食品が日栄食品となったのはそのときからである。

松原がしたたかだったのは、このとき経営権の四十五パーセントまでは渡したものの、五十五パーセントは自分のほうに残して主導権を手放さなかったことだ。というのも日南商事という会社が、これまで庇《ひさし》を借りて母屋《おもや》を乗っ取る方式で、つぎつぎと事業を拡大してきた悪名高い企業だったからである。

松原とその一族は、全部合わせても三十五パーセントの株しか持っていなかった。だから日南にしてみたら、残り六パーセントの株を手に入れて過半数を制することなど簡単だと考えていたようだ。

しかしそこは松原のほうが一枚上手だった。当面の危機を乗りこえて経営が安定してきたとみると、抜き打ち的に臨時取締役会を招集、日南から乗りこんできた専務以下を一瞬にして追放してしまったのだ。

この一事からもわかるように、松原正信という人物は目的のためには手段をえらばない野武士的発想と、業界のしきたりにとらわれないゲリラ戦法とを得意中の得意にしていた。パフォーマンスも派手なら権謀術数はさらにお手のもの、毀誉褒貶《きよほうへん》相半ばして、とかく話題にはこと欠かなかった。ためになることだったら自分を悪役に仕立て、世間の袋叩《だた》きになることだって平気でやってみせられる人間だ。

それでいてただの虚業家でなかった証拠に、一方で養殖魚の餌《えさ》となるイワシのミンチ化を実用化させたり、まき餌《え》の凍結乾燥法や魚介の低温輸送法などでいくつかの特許をとったり、少なからぬ実績もあげているのだ。

実際彼くらいさまざまなアイディアを思いついては、すぐさま実行に移させるトップも少なかっただろう。

「商売なんてものはな。百やってひとつ成功できたら十分なんだ。外れた九十九をその肥やしにすりゃいいんだよ」

長渕が入社してきたときいちばんはじめにやらされたことは、電子レンジ仕様のインスタントフードの開発だった。それこそ自分がレンジになった夢を見るくらい精神集中と知恵を要求され、これはえらいところへ入ってきたと後悔したものだ。

ところが一年もたってみると、さしたる実績もあげられないまま、レンジのレの字もいわなくなっていた。電子レンジが一台まだ十万円以上していたから、いかにも時期が早すぎたのである。

松原のいちばんの欠点は、成功は自分のものだが失敗は部下のせいにしてしまうことだった。結果が失敗に終わっても、自分には傷のつかないシステムが、そのころからすでにできあがっていた。

百にひとつの成功といったって、九十九のはずれのうち九十八までは自分が思いついたアイディアなのだ。それを命令というかたちで下へ押しつけ、最後は責任をとらせるのである。これでは死屍累々《ししるいるい》、部下はたまったものではない。といって、成功している経済人は、圧倒的にこのタイプが多いのも事実である。

日本経済がもっとも拡大していたバブル絶頂期の昭和六十二年、日栄食品は社名を日栄フーズとあらため、水産、農産、畜産の三部門を網羅する現在の総合食品メーカーとなった。

ただそれからはどちらかというと低空飛行をつづけ、いまだに業界の中堅の域をでていない。日本経済そのものが失速したせいもあるが、日栄の場合は松原独裁のマイナス要因がより作用していると思われる。松原がなにもかも自分の手に握っておこうとするあまり、小回りも自由もきかない鈍重な企業になってしまったのだ。

さすがに現在は対外的に表舞台から退き、子会社化や独立採算制を導入して軌道の修正をはかっているが、それとて院政であることにかわりはない。基本的に他人が信用できない人間なのである。

その松原が当初から特別扱いしていた社員が臼井俊之にほかならない。高校中退の学歴しかない松原の個人企業みたいな会社に、国立大学の名門一期校をでた秀才が入ってきたこと自体きわめて異例だったのである。

たしかに臼井は日栄食品のような三流会社に入ってくるはずのない男だった。事実在学中に大手都市銀行への就職が内定し、金融マンとしての将来が約束されていた。それが直前になって取り消されたというか、辞退せざるを得なくなった。父親が新聞種になる事件を起こしたからだ。

臼井の父親は都内小松川の自宅兼工場で金属加工業を営んでいた。従業員五人の小さな町工場で、ふだんから資金繰りに苦しんでいたらしい。それが師走《しわす》になって大手得意先の倒産に巻きこまれ、被害をもろにかぶった。越年資金どころか、従業員の給料まで支払えなくなった。

ぎりぎりの三十一日まで走りまわったものの、金策の目処《めど》がつかなかった。追いつめられたあげく、最後は刃物を持って、ふらふらっと銀行へ押しこんでしまったのだ。年末になると決まっておこるありふれた事件のひとつだった。

もちろん一銭も奪うことなく逮捕された。ところが追われて逃げるとき、刃物を振りまわして抵抗、銀行員のひとりに傷を負わせてしまった。それがこともあろうに臼井の就職先だったのである。親と子の人格はべつ、とはいうものの、これでは辞退せざるを得なかった。

当然工場はつぶれた。家屋も差しおさえられ、追い立てをくらったものの、こちらは居すわるかたちでその後も住みつづけていた。しかし収入はゼロ。祖母と母親、下に妹と弟のいる一家五人の生活が、長男の俊之ひとりの肩にかかってきた。それでいちばん高い給料を提示してくれた、日栄食品という会社に入ってきたというわけだ。

ただしこの話はタブーだったようで、だれもが知っていることではなかった。長渕の耳にも真偽不明の噂《うわさ》としてなんとなく入ってきた。長渕はそれを都立図書館にいってたしかめてきた。事件は新聞の縮刷版に残されていた。以前読んでいたかもしれないが、あまりにもありふれた事件だったから記憶に残っていなかったのだ。

長渕が臼井俊之と気分のうえで対等につき合ってこられたのは、彼の泣きどころを知っていたからだ。臼井が相手なら明子をさらわれてもしかたがない、と周りが考えているときも、彼ひとりはそれを認めなかった。女が男をえらぶときの基準には、将来性よりもっと大事なものがあることを知っていたのだ。

明子の住所をつきとめて以後、それはさらに大きな確信へとかわった。

蒲田《かまた》で下車して仲六郷《なかろくごう》というところまで歩いていった。細長い商店街を横切って十分。狭い道路と建てこんだ家並み、なぜかやたらとネコが多かった。住宅街でも工場街でもない、静かでもにぎやかでもない街。ブロック塀の内側に柿《かき》の木のある家と、道路で鉛管のねじを切っている水道屋とが隣り合わせているような街だった。

縦に長い二階建ての家が三軒、壁がくっつかんばかりの間隔でならんでいた。一軒分の敷地から三軒をひねりだした建売住宅にほかならなかった。高さ一メートルたらずの形式的なブロック塀があって、入ったところが玄関の扉。木造の引き戸、モルタル壁、ブリキ製の赤い郵便受け、築後十数年はたっていそうな壁の色、三軒が三軒、まったく同じ顔をしていた。

中央の家の玄関に、西森という名と、酒井という名の表札がでていた。

この家の構えを見たとき、長渕は勝てると確信した。

酒井明子がこれまで出会ってきた女性のなかで、最上の女であることはうたがいない。心底、手に入れたいと望んだはじめての女でもあった。

翌五十一年の夏、長渕琢巳は小松市東山にある自分の生家へ、酒井明子を会社の同僚ふたりとともに連れていった。

あいにくその年は金沢にいる上の姉夫婦が親戚《しんせき》の不幸で、京都にいる次姉夫婦が家のリフォームで帰ってくることができなかった。とはいえ子どもたちはべつ、五人そろってやってきた。これに兄夫婦の子どももふたりがくわわる。

子どもたちにしてみたら親の目が光っていないぶん解放感も大きかった。だからにぎやかさとなると例年以上。甲高い声が一日中こだまして途切れることがなかった。全員小学生だったのである。

そこへ長渕たち四人が合流したから今回は総勢十五人。全員が顔をそろえる夕食の席となると大変な騒ぎだ。母と兄嫁だけでは手がたりず、自然明子と岩崎敬子とが手伝うかたちになった。はからずもそれで、明子のもう一面が明らかになった。子どもたちのさばき方が際立《きわだ》ってあざやかだったのだ。

「にぎやかな席って大好きなんです。わたしもこのあいだまで、こういう子どもでしたから」

　苦にするどころか嬉々《きき》としていた。それがまた板についていた。

「炭鉱長屋ってけっこう子どもが多かったんです。全員がひとつ家族みたいなところがあって、自分の子であろうが隣の子であろうが分けへだてしませんでした。親がでかけているとき、隣の子がうちで一緒にごはんを食べるのって、ふつうでしたから」

「炭鉱って、おとうさんは炭鉱のお仕事をなさってたんですか」

　父親がびっくりしてたずねた。なにもいってなかったのだ。

「組合の役員をしてたんだって」

　長渕はあわてて口をだした。

「組合って、労働組合ですか？」

　父親がなおも聞いた。

「そうに決まってるじゃないか」

「すると専従職員かなんかで？」

「いいえ。ただの鉱夫です」

父親はおちつかなそうな顔をしてうなずいた。長渕の顔を見て、まずい質問だったことにやっと気づいたようだ。父親にとっては、これまで出会った人間のなかではじめての職業だったのである。

ちなみに昨年の臼井は、父親の質問に旋盤業を営んでましたと答えた。父親はもう亡《な》くなりましたと。

明子には子どもたちのほうがなついた。とくにことし小学校へあがったばかりの兄の子の小百合と、金沢の姉の子の桃子は、最年少だったこともあって、おねえちゃん、おねえちゃんとかたときもそばから離れようとしなかった。

三泊四日の滞在が終わって東京へ帰るときには、おねえちゃん、帰っちゃいやだ、と女の子ふたりが大泣きして周囲を困らせたくらいだ。それで明子は来年、またきっとくるからね、と約束しなければならなかった。

母と兄嫁の感想は、長渕にとって力強いものだった。

「敬子さんも悪い人じゃなかったけど、明子さんができすぎてて分がわるかったわね」

「かまえたところが全然ないんですものね。自然体であそこまでやれる人って、なかなかいないんじゃないですか。子どもたちがなついたのもわかります。子どもって、あれでけっこう直感的におとなを嗅《か》ぎわける力を持ってますから」

その年の暮れ、正月休みで家に帰ったとき、それとなく明子の話を持ちだした。母と兄嫁は一も二もなく賛成した。兄の文彦も、おまえにはもったいないといった。ひとり父親が、悪くはないと思うけど、といまひとつ歯切れがわるかった。

「最近生しぼりや特吟を持ちだしてるそうだが、そのせいだったのか」

「彼女のおかあさんが好きなんだって。こんなおいしいお酒、はじめていただきました、といってくれた」

特吟というのは特別につくっている吟醸酒のことだ。市販はもちろん予約もうけつけていない。一部の人にだけ配っている生酒だ。

「おとうさんはなんで亡くなったんだ」

「ガス爆発。三十数人亡くなって、一部の人は安否もわからないまま、坑道に水を入れて生き埋めにされた。あの人のおやじは生き埋めのほうに入ってる」

「すると、それで東京へでてきたわけか」

「多分そうだと思うけど、なにが気にいらないんだ?」

「気にいらないというわけじゃないが」

もろ手をあげてまでの賛成はしかねる、といわんばかりだ。家格が釣り合わなすぎて気に入らないのである。そういう家から嫁を迎えることは、対外的にどういう結果をもたらすか、どうしてもそういう発想をしてしまうのだ。

　加賀常酒造の経営者としては、やむをえないことだったかもしれない。本人は政治にまったく関心がなかったが、いまでは市会議員、県会議員、国会議員らにいくつもパイプを持っていた。兄が結婚したときは国会議員に仲人《なこうど》をやってもらっているのだ。ということは、次男の結婚もそれと同じレベルで考えていたということだろう。

「おれは自分の結婚まで、国沢先生の世話になるつもりはないよ」

　長渕は公言しておいた。国沢というのは父親が後援会の世話役をやっている国会議員で、長渕を日栄に送りこんだ張本人である。

「それで、もう約束したのか」

「いや、そこまではしてない。あわてる必要がなくなってきたんでね」

　臼井を脱落させた以上、もうライバルはいないも同然だった。臼井は自分の負けをはっきりさとり、最近はそれとわかるほど明子から身を引いていた。長渕とも一線を画しはじめたが、これはいたしかたのないことだ。

「だったらもうすこしようすを見てからでいいんじゃないか。来年もう一回呼ぶんだろう。それからでも遅くない」

　父親がなぜそんなことをいったのか、春になって理由がわかった。

　仕事で東京へでてきたおり、めしでも食おうと呼びだされたのだ。父親のほうからそんなことをいってきたのははじめてだった。それで、ははあ、明子のことだなと察しがついた。

「あの人のおかあさんな。姓がちがってるの、知ってたか」

　めしの半ばで切りだした。

「旧姓にもどってる、とは聞いたけど」

「娘の体面を考えたわけかな」

「なんのことだ?」

「ちがう男の世話になってる」

「調べたのか」

「親なら当然だろうが」

　ある種の鈍感な顔になって父親はいった。いまでこそ人権問題がやかましくなって公然とした身元調査は影をひそめたが、ほんのこの間まで、就職、結婚という人生の節目になると、かなりあからさまな身上調査がおこなわれていたものなのだ。

「未亡人が女手ひとつでふたりの子どもを育て、学校にいかせてやったんじゃないか。その金をどうやって稼ごうと、他人がとやかくいうことではないと思うが」

「弟のほうはそれで家をでたらしい。高校も中退している」

「じゃ短大までいった姉は恥知らずだというのか」

「そんなことはいってないよ。あたらしい親戚がふえることで、厄介ごとを背負わされても困ると思うから念を押してるんだ。おとうさんという人が、筋金入りの共産党員だったそうだし」

「おやじの政治理念と娘とは関係ないだろうが」

「猫をかぶってるだけかもしれん」

長渕はあきれて父親の顔を見返した。父親には父親の立場があったということだろう。これくらいの用心深さや計算高さがなければ、三百年つづいた家を維持することはできなかったということかもしれない。その点では臼井や明子のプライバシーを嗅ぎまわった長渕だって、負けていないことになる。長渕の家系に流れている血のようなものかもしれなかった。

「その身上書、おれにも見せてくれ」

「持ってきてない」

「じゃあ帰ったら送ってくれ」

「だめだ。帰ったら焼き捨てる。文彦にも見せてない。こんなことは、おれひとりの胸に入れておけばたくさんだろう。口外するつもりもないしな」

その年の夏は明子ひとりを伴って帰省した。今回は二組の姉夫婦もそろい、一家全員がそろった席での初お目見えということになった。子どもたちは大よろこびしたし、姉夫婦のお眼鏡にもかなった。明子さん、明子さんとたちまち引っぱりだこになった。父親もあきらめたのだろう。今回はなにもいわなかった。明子は長渕家から正式に認知されたのだった。

その夜、長渕は明子の寝ていた離れに忍んでいって、彼女を抱いた。

明子は拒まなかった。自分がこの家に迎え入れられたことがわかったからである。

3

昭和四十年代の経済成長に合わせ、日本人の生活でもっとも変化のはげしかったのは食の分野である。国内産だけでは飽きたらず、世界中からあらゆるものを輸入して食いはじめた。

エビがその代表的な食品だった。市場にだしさえすれば確実に売れた。しかもいちばん儲《もう》けが大きかった。売上高の八割までが水産物だった日栄食品では、当然そのエビをいかに確保するか、という問題にいつも最大の努力目標が置かれた。

すでにそのころ、日本では車エビの養殖がはじまっていた。しかし量としては天然ものが圧倒的に多かった。拡大する市場の需要に、関係者がまだ漁場の開発や漁法の改善で応じようとしていた時期である。

だがそれは短期間できわめて明白な結果をもたらした。乱獲による資源の激減という結果である。

そのもっとも端的な例はインドネシアだった。良質の漁場に恵まれ、無尽蔵とまでいわれたブラックタイガーが、大型トロール船の導入によってわずか三、四年で枯渇《こかつ》してしまったのだ。一旦《いったん》取りつくしたものを回復するのがいかに困難か、その後遺症にインドネシアは長く苦しむこととなる。

そのころ台湾では、日本から持ち帰った技術を利用して、ブラックタイガーの養殖がはじめられようとしていた。基本的に高い水温を好むエビの養殖は、日本より東南アジアがより適していることはいうまでもない。

台湾へいってきた人物から、ある日、たまたまその話を聞いた。それで社の企画会議のとき、思いつくままついしゃべってしまった。今後の事業展開を考えたら、わが社も海外でのエビ養殖事業を本気になって検討すべきだ、というふうに。

「台湾のどこが手がけはじめたんだ？」

「知りません」

「データは？」

「ありません」

社長の松原正信から質問されたらたちまちぼろがでた。

これまで社長の前でものをいったことなどなかったのである。その日はなぜか恒例の部内会議に、松原がひょっこり顔をだしたのだ。

ほかの連中はびっくりして硬くなっていたが、長渕はちがった。こういうときほど、押しがつよくなってしまうのだ。そのときも目立たなきゃ損だと思い、口からでまかせというほどではないが、聞きかじりの話にもったいをつけ、ついそれらしいことをしゃべってしまったのだ。

「そんな思いつきじゃ話にならんだろうが」

そのときは一喝されて終わってしまった。ところがつづきがあった。その日の夕方、部長に呼ばれたのだ。

「社長が台湾へ行って調べてこいとおっしゃっている」

「さっきの話ですか?」

「そうに決まってるだろうが。きみみたいな人間には、お灸《きゅう》をすえたほうがいいかもしれん、という意味もこめられてるんじゃないかと思うぞ。とにかく社長命令だ。行ってきたまえ」

といきなり現地へやらされたのだ。

当時の日栄は台湾に足場を持っていなかった。海外経験豊富な社員がいないわけではなかったが、それはもっぱら買いつけに回っていて、社内には人材が払底《ふってい》していた。だから海外出張の経験もなければ英語もろくすっぽしゃべれない長渕に、言いだしっぺだからやらしてみろ、ということになったみたいなのだ。瓢簞《ひょうたん》から駒《こま》、というより口は災いの元、といったほうがふさわしい出張だった。

ドルの固定相場制こそ廃止されていたが、一ドルがまだ三百円前後していたころだ。このとき持たせてくれた金額が千ドル。いくらドルの値打ちがあったとはいえ、つてもなければ力もない人間が、異国にいって本格的な調査活動をするのに十分な金額とはとてもいえなかった。通訳をやとっていきあたりばったり事業所をたずねてみたのだが、歓迎もされなければ、知りたいところを見せも、教えもしてくれない。たいていはただの見学で終わり、あとは施設の外観から内容を推測するしかなかった。それでも一か月ばかり悪戦苦闘して、なんとか報告できるほどの資料を持ち帰った。

七十五キロあった体重が帰国したときは六十八キロになっていた。

ところがあきれたことに、帰国してみると、海外でのエビ養殖事業を展開するためのプロジェクトチームが社内にできていたのだ。社長のお声がかりで各部からエリートが駆りだされていた。

必死になって盗んできたつもりのノウハウや知識が、周知の情報とばかりデータになって並べられているのを見たときはさすがに声を失った。

「いったいぼくは、なんのために一か月も走りまわっていたんですか？」

社長に向かって仏頂面《ぶっちょうづら》でいった。

「なにいってやがんだ。現場というものを見てきたじゃねえか。なんにもわかんねえやつにはな、こういう数字はいくらならべて見せたってただの数字にすぎないんだ。しかしおめえはちがう。現場を見てきた以上、この数字がどういう意味を持つかわかるはずだ。なんにもわかんねえ連中に、数字の意味づけをしてやるのがこれからのおめえの役目じゃねえか」

松原からべらんめえ口調でまるめこまれた。松原が社員を「きみ」と呼ぶようになったのは、資本金百億円企業になって社名も日栄フーズとあらためてからのことである。

未知や未経験の部分が大きくてそれなりのリスクはあったものの、松原はためらわずゴーサインをだした。当時の会社の実力からすれば博打《ばくち》だったといっていいだろう。困ったことに、状況が不利であればあるほど、松原のような人間は奮いたってしまうのである。その手駒として働かされる社員のほうこそたまったものではなかった。

問題は日栄がこれまで、海外での事業展開をしたことがないことだった。海外進出組としては最後発といってよかった。もちろんろくなパイプを持っていない。それでまず、どこでやるかという国選びの段階でもめにもめた。最終的にタイが選ばれたのは、タイの政情が比較的安定していることと、かろうじてタイには足場らしきものがあったからである。

バンコクの郊外に駐在所があったのだ。タイ湾でトロール漁の指導をしている社員と、水揚げしたエビの冷凍保存加工技術を指導している社員ふたりが常駐していた。

翌年そうそう、人事異動があって長渕は新事業部へ転出させられた。そして最初に命じられたのがタイ出張だった。タイへ進出するための足がかりをつくってこいというのである。

「タイへやらされるんだって？」

営業にいたときの同僚と顔を合わせると、気の毒そうにそういわれた。今回の人事異動を、栄転というふうにはだれも受けとっていなかった。でる杭《くい》は打たれる、とあからさまにいわれたこともある。

営業マンとしての長渕は、パイプを太くするような役にこそ立ったものの、営業成績にはあまり結びついていなかった。部長にしてみたら、いい厄介払いをしたということになるだろう。口先ばかり一人前ということで、これまでとかくうとまれていたのだ。だいたい入社してきたときから、人事評価など歯牙《しが》にもかけない態度をつらぬいていた。

長渕はそのとき三十歳をすぎていたが、この先そう長く日栄にいるつもりはなかった。実家の加賀常酒造が順調だったから、いつかそのブランドを利用して、地元の特産品をあつかう会社でも興《おこ》そうと考えていた。そういう逃げ道があった以上、会社のなかでびくびくする必要はなかったのだ。

こうして昭和五十三年、長渕はバンコクへはじめて飛んだ。長くて数か月の出張のつもりだったから、もちろん単身赴任だ。明子とは結婚の約束こそ交わしていたが、まだ式も挙げていなかったし、公表もしていなかった。だから明子はそのときも勤めつづけた。まさかそれが、足かけ十三年に及ぶタイ暮らしのはじまりになろうとは、ふたりとも思いもしないことだったのである。

日栄のタイ駐在所は、バンコク市街を縦断して流れるチャオプラヤ川をずっとくだっていった河口の近くにあった。

市の中心部まで五千トンクラスの貨物船が入るチャオプラヤ川の沿岸にはいくつか河港が発達している。

サムット・プラカンもそのひとつで、市では最大の漁港を中心に発達した街だった。対岸に渡る橋がないだけで、賑《にぎ》わいならバンコクに負けない名物のマーケットを持っていた。

駐在所には水産指導をしていた岸本文造と、冷凍加工指導をしていた広川喜一《きいち》のふたりが常駐していた。ともに五十代で、岸本は元漁船の漁労長、広川は栄水産時代からの生え抜き社員のひとりだった。長渕とはこのときが初対面である。

ふたりは本社から派遣されてきたなんにも知らない若造をあまり好意的にうけとめな

かった。

「手塩にかけてやっとここまで育ててきたのによ。十年ものおれたちの苦労をどぶに捨ててしまうんか」

広川にはのっけからそういわれた。最古参の社員だがタイに追いはらわれている理由がそのうちわかった。現場からしかものが言えないただの魚屋だったのである。

「そうじゃありません。広川さんたちにはこのまま、いまの仕事をつづけていただきます。ぼくがやれといわれているのは、つぎの時代に備えての布石です」

「のっけに釘《くぎ》をさしておかんと、いつ引っくり返されるかしれたもんじゃないからよ。ほかは知らんがタイの海は乱獲さえしなきゃ、この先十年やそこら安定供給が可能なんだ。ここの連中だってのるかそるかの設備投資をして、必死に働いてる。時代が変わったからって、そいつらをポイと見捨ててしまうようなやり方だけはしてもらいたくないな」

どうやら本社のやり方に相当な不信感を持っているようだ。彼らを刺激したくなかったから、長渕はナンという通訳をやとってあとは独力で動くことにした。

長渕はまず、サムット・プラカン郊外に、無限といっていいくらいひろがっているマングローブ林に目をつけた。勾配《こうばい》のまったくない真っ平らな地形だ。養殖用の池をつくるとしたらこれほど理想的なところはまずなかった。土地の加工も容易なら、人件費も安い。問題は電力や、輸送や、冷凍設備などのインフラ面だ。

さらに厄介なのが土地問題だった。調べてみるとタイの土地制度はけっこう複雑だった。現地の事情にうとく、法的な知識もない長渕あたりが迂闊《うかつ》に手をだしたら火傷《やけど》してしまいそうだ。

こういう場合、地元に丸投げをして、日栄はその上澄みだけをすくい取ったほうがリスクも少ないし、ビジネスの確実性も増す。十あるもののうち八か九奪いとるのではなく、三か四くらいにとどめて、あとは地元に落としたほうが長つづきするのだ。

しかしそういうことは、会社の上のほうが考えればいいことである。最後は費用の問題であり、資金の問題になってしまうからだ。長渕がそこまで考える必要はなかった。

二か月ほどかけて調査をし、帰国して報告書にまとめた。それがどのように評価されたのか、しばらく長渕にはなんの連絡もなかった。ところが一か月後、突然タイ駐在を命じるという正式な辞令がでた。現地で調査研究に当たり、そのデータを送れという指令である。

行かされるのは長渕ひとり。しかも今回は期間が指定されていなかった。

本来ならこういうことは、専門の研究員がやることなのだ。適職ということなら人間がいないわけではなかった。松原の出身地である南勢町に、養殖技術研究を専門とする水産試験場を持っていたからだ。

「べつにそんな人間は必要ねえよ。おまえで十分というわけじゃないが、養殖というのはな、技術的にはべつにむずかしいことでもなんでもないんだ。本来野放しになってるものを狭いとこに囲い、できるだけ早く育てようとするだけよ。万事人間の都合が優先だ。要はどこで折り合いをつけるかという、その兼ね合いにすぎん」

と、わかったようなわからないようなことをいわれ、松原から引導を渡された。

たったひとり、というのが気に入らなかったが、考え方次第で、わるいことではないかもしれなかった。先の二か月で、東京とはちがった刺激が得られることを実感していたからだ。物価が安いうえ、ほかのものにもなにひとつ不自由しない。男の駐在員には天国みたいなところなのだ。

社長室から自分の席へもどるとき、総務部の脇《わき》を通ると、臼井と明子が談笑していた。ふたりは長渕に気がつかなかった。そのころの人事は総務部が管轄《かんかつ》していて、臼井はその課長だった。だれよりも早く課長になっていた。明子の席はその前にあった。

数日考えて腹をくくった。そして明子と話し合い、入籍だけすませていくことにした。内輪の結婚式なら挙げてもよかったが、ここは父親の意向が優先した。

郷里での結婚披露パーティは、地元政財界に対する長渕のお披露目も兼ねなければならない。長渕もそれは考慮に入れていたから、今回はおとなしく父親の意向に従った。明子はそのまま会社に残り、結婚したこともしばらく伏せておくことにした。

4

昭和五十三年の秋、長渕は正式にバンコクへ飛びたった。三十二歳のときだった。

めしを食いに外へでていた間に留守電が入っていた。

「ヒューマン・フォーラム社の大橋英道ともうします。キャリアエグゼクティブの方を専門にヘッドハンティングしている企業です。今回お電話した用件を簡単にもうしのべますと、さる大手食品会社さまからぜひにという要望がありましたので、長渕琢巳さまにお電話をいたしました。のちほどかけなおしますのでよろしくお願いいたします」

聞いたことのない会社だ。話そのものにも興味がなかった。それでふたたび電話がかかってきたとき、はっきりそうつたえた。

「仕事の話でしたらお断りします。業界にもどる気はありません」

「そうおっしゃらず、一度会ってお話を聞いていただけませんか」

「いや、お断りする。会えば考えがかわるというものでもないんだ。先方にそうつたえて、断念してもらってください」

「長渕さん、お願いしますよ。話だけでも聞いてください。電話だけで断られたとあっては、わたしのほうも先方に合わせる顔がありません」

長渕と同年代ではないかと思われる男が必死になって懇願する。それで根負けして、会ってみることにした。そこはもとサラリーマン、自分がどのように評価されているか、興味がなくもないのだった。

意外なことは重なるもので、夜になって今度は北海道の秋庭から電話がかかってきた。

「これはどうも」

長渕のほうがうろたえた。

「先日はたいへんお世話になりました。一度ご挨拶にうかがわなきゃいけないと思っていたんですが、あいにくまだばたばたしてまして」

「いやいや、その節はこちらこそご丁寧にありがとうございました。たいしたこともしていないのに、気をつかっていただいて恐縮です。おからだのほうは、もうすっかりよくなられましたか」

「はい。おかげさまで、完全に回復しました」

東京にもどってきたあと、長文の礼状をしたためて送った。電話のほうがてっとり早かったが、それでは礼儀に欠けるような気がして、書きなれぬ手紙を書いた。

そしてこれまでのことをあらかた告白した。

妻を亡《な》くしたのちの自責と心労。さらにそのあとで襲ってきたたとえようのない喪失感。孤独と絶望。そういうものを正面から受けとめようとすれば、自分を追いつめていくしかなかった。

あのとき、疲労の極に達していたことはたしかだ。どこかで自分が罰せられることを望んでいた。自分に対する嫌悪感《けんおかん》、何日もつづいた不眠、雨に打たれ、発熱し、一時的な記憶喪失に陥っていたことは事実だった。自分が長渕琢巳という人間なのを認めたくない心理も働いていた。とにかく、明子が帰りたくて帰ろうとしなかった夕張に一度足を運び、そこで無心に祈ってみようと思った。

その傷がウエンナイでやわらげられ、とざされていたものがすこしずつほぐされていった。いま思いかえしてみても、あれはここ数十年ではじめて得た平安な日々だったと思うのである。

どこまで真意がつたえられたか心もとなかったが、くだくだしくなるのを承知で便箋《びんせん》十数枚に書きつづった。

あれきりウエンナイに帰らなかったのは、札幌の大通公園のベンチにひとり腰かけているとき、いきなり記憶が甦《よみがえ》ってきたからだと説明した。それをたしかめたくなって、すぐさま東京へもどってきたと。身辺の整理がついたらまたうかがうから、しばらく時間をくださいと結んだ。そしてこの間のお礼ということで、ビレッジの維持費のたしにと、いくばくかの金をつつんだ。

以後それきりになっていた。もう一か月になる。東京はその間に梅雨があけ、完全な夏になっていた。

「それで、突然お電話しましたのは、おりいってお願いしたいことができてしまいましてね。長渕さん、いまお忙しいですか」

「いえ、なにもしておりませんが」

「だったらどこか近くで、お会いするわけにいきませんか。じつはわたし、いま塩原にきているんです」

「塩原って、那須《なす》塩原の塩原ですか？」

「はい。じつはですね。ある席に、ある人の代理として、でていただけないかということなんです。あんまり人にお願いするような用件じゃないんですが、わたしがでるわけにいかないものですから」

「ぼくで用がたりることであればかまいませんが」

「ええ。立ち合っていただくだけでいいんです。内容はお会いしたときくわしくお話しします。もうしわけないですが、あすこちらまでおいでいただけませんか。部屋を用意しておきますから、こちらでお泊まりになるつもりでおいでください」

それくらいの手間は仕方ないだろう。長渕は承諾し、あすの夕方、宿までたずねてゆくことにした。

翌日午後、那須へでかけるまえに、新宿のホテルで大橋英道と会った。

　電話からうけた印象よりもっと若かった。たぶんまだ五十にはなっていないだろう。愛想がよくて、弁舌さわやかで、そのぶん人間としての深みや重さに欠けた。この手の人間はどう取りつくろってみたところで、口先で世渡りしている薄っぺらさが垣間《かいま》見えてしまうものなのだ。

「長渕さんをスカウトしたいという会社の名前は、とりあえず伏せさせてください。だれでも知っている大手の一流食品会社であることはまちがいありません。それで、きのうのお電話のようすですと、もう食品業界にもどるつもりはないということでしたが、これから起業でもなさるんですか」

「いや、働くつもりがないんだ。そんなにたくわえがあるわけじゃないが、自分ひとりくらいなら、この先なんとでもなる。いざとなったらいま住んでいるマンションを売りはらったっていいし。とにかく企業社会にもどる気はないんだ」

「もったいないじゃないですか。日栄フーズ時代の長渕さんの業績を高く評価して、ぜひ当社へと、三顧の礼でもって迎えたいという会社があるんです。一度先方と会って、話だけでも聞かれてはどうですか」

「高く評価してるって、いったいどれくらいの評価なのかね」

「わたしの聞いた範囲内ですと、近く設立する会社の社長になっていただきたいということでした」

「なるほど。それで、どれくらいの会社？」

「資本金十億円。社員は系列会社から選《え》りすぐりを四十人集めるということでした」

「わるくない話だ」

「そうですとも。わたしは日栄時代の長渕さんをぞんじあげませんが、破格の待遇だと思います」

「あとはやる気のある人を見つけることだな」

「え？」

「残念ながらぼくはもうその器じゃない。いまおたくの目の前にいるのは、過去の抜けがらだよ。現役に復帰することはない。帰って先方へそうつたえてください」

「最愛の奥さまを亡くされて、気落ちなさっているとうかがいました。その落胆はわかる、しかしこのまま消えてしまうような人ではない、というのが先様の見方なんです。時間はかかっても必ず立ち直ると。さしでがましいかもしれませんが、ここは必ずしも即答しなくてもいいんじゃないですか。検討しておきます、というくらいの、ふくみのある回答をなさったほうがいいように思うんですが」

「いや、考えはかわらない。断ってくれ」

話しているうちに、こういう話に耳を傾けようとした自分が腹立たしくなってきた。枯れる必要はないにしても、これでは自分が小さすぎる。

大橋とわかれると、埼京線に乗って大宮までいって新幹線に乗りかえた。東京駅まで行くのと時間はさほどかわらなかったし、第一料金が安くあがる。那須塩原についたのは午後の五時前。予定より遅れていたため、宿までタクシーに乗った。

塩原翠明館《すいめいかん》という宿は那珂川《なかがわ》の支流に面した温泉旅館だった。玄関前の植え込みに紅《あか》いアジサイが、築山《つきやま》にはヤマボウシの白い花が咲いていた。リニューアルしたばかりとみえ、内部はどこもあたらしく、磨きこまれた廊下や柱が黄金色に光っていた。

秋庭はでかけていた。

きのうの話だと、きょうは一日宿にいるということだった。急用ができたためでかけてきます、夕食までには帰ってきますから、という伝言が残されていた。

用意された部屋へ案内された。離れになっていて、次の間つき、小ぶりながら専用の露天風呂《ぶろ》まで設けてある。

「秋庭さんはおひとりですか？」

部屋のつくりを見てたずねた。

「いいえ。お連れさまとご一緒でございます」

朝からぐずついていた天気がそのころからくずれ、雨が降りはじめた。霧のような細かい雨だ。木製湯船の露天風呂につかり、日の暮れるのを見届けていた。視界が狭いものの渓谷風景はわるくない。木々の緑が洗われ、明るい宵闇《よいやみ》がおとずれようとしていた。

秋庭は六時になってももどってこなかった。六時半にひとりで夕食をとった。六時すぎに秋庭から電話があり、まだ宇都宮にいるので、わるいが先に夕食をすませてくれといってきたのだ。

「いや、なんともお待たせして、まことにもうしわけありません」

秋庭寛治が平謝りしながらもどってきたのは、夜も八時近くになってからだった。秋庭のうしろにひかえていた女性が、長渕に向かって頭をさげた。四十後半くらいだろうか。大柄で背丈があり、秋庭より大きくて、見栄えもした。ブラックのフォーマルスーツを着ていた。

ふたりとも食事がまだだった。それで、どうぞ先におすませくださいと長渕はいった。ぼくはこれから大浴場にいってきます。

「それじゃ、おことばにあまえて」

秋庭が振りかえっていったが、それは長渕にというより、女性に向けていった感じだった。慈愛に満ちたうれしそうな顔をしていた。

九時まえに、秋庭は女性をつれて長渕の部屋へやってきた。彼女は涼しそうなワンピースに着がえていた。

六月以来の挨拶をかわした。それから秋庭が女性を宮内さんだと紹介した。秋田の人だという。

「宮内幸江ともうします。このたびはご迷惑をおかけしまして、まことにもうしわけありません」

　ことばに訛《なま》りがなかった。目鼻立ちのはっきりした色白の顔、ひろい額、多い髪、眉《まゆ》は描き眉である。

「大館《おおだて》からちょっと入ったところに小坂という町があります。かつては小坂鉱山で有名でした。宮内さんはその小坂で、いまスナックを経営されてます。去年、べつの用で小坂へいったとき、たまたま店に寄る機会がありまして、以来向こうへいったときは寄らせてもらってます。今回長渕さんにお願いしようとしたのも、じつはこの方のプライベートな問題でして」

　回りくどい話になりそうだった。

「じつはあす、そのことで、上野まででかけなきゃならなかったんです。それに付添いが必要だった。ほかのところであれば、わたしがつとめるんですがね。東京へはあんまりいきたくなかった。それで、ここは内情をお話しして、長渕さんにお願いするしかないと思いまして」

「ぼくにできることであればよろこんで」

「それが、まことにもうしわけないことに、すべて終わっちゃったんです。思いがけない展開で、なにもかも片づいてしまいまして」

そういうとふたりは身をすくめた。とくに宮内のほうは恐縮しきっている。

「これまでのいきさつからすると、まだまだもつれそうな感じだったんです。それが急に風向きがかわりまして、きょう、ばたばたっと話がついてしまいました。長渕さんにはまったくむだ足を踏ませてしまったことになり、まことにもうしわけなくて」

その夜ふたりから聞いた話というのは大略つぎのような内容だった。

宮内幸江は二年まえまで宇都宮に住んでいた。それ以前は都内に住み、十数年にわたって代々木上原で夫の宮内康生《やすお》と割烹《かっぽう》店を経営していた。経営は順調だったが、あいにくふたりには子どもがなかった。それでいずれは店を継がせるということで、康生の姉の子を店に入れ、板前修業をさせていた。

ところが康生の姉の亭主がやっていた不動産会社に名義を貸したのがつまずきのもと。気がついたら倒産しており、しかも億をこす借財を背負わされていた。店もマンションも手放さざるを得ず、最後は都内にもいられなくなって、康生の郷里の宇都宮へ逃げるように引きあげてきた。

そしてアパート暮らしをしながら、康生は通いの板前、幸江はパートにでて再起をはかった。

しかしうち重なる不運で康生の人柄がすっかりかわっていた。もともと酒癖がよくなかったうえ、鬱積《うっせき》したものが腹にたまっているからつい自棄《やけ》酒になる。飲むと爆発する。

幸江に暴力をふるう。仕事はことごとくしくじる。処置なしというありさまになってきた。それでとうとう幸江も切れてしまい、夫を捨てて郷里の秋田へ帰ってしまった。

「でも籍はそのままだったんです。離婚してくれなどと口にしたら、それこそ殺されかねませんでしたから。それに、お酒をすっぱりやめて、詫《わ》びを入れてくるようなら、まだやり直せるんじゃないか、みたいなあまい気持ちもわたしのほうにあったんです。でも、だめでした。人格が完全に崩壊していました」

幸江がつらそうにいった。代々木上原にいたころは客の盃《さかずき》をうけるくらいで、自分からはけっして飲まなかったという。そういう自制のたがが外れてしまったのだ。

その康生が先月亡くなっていた。原因は交通事故。泥酔《でいすい》して車にはねられ、路肩から側溝へ転落して、その拍子に首の骨を折ってしまったのだ。幸江のほうはそれを、先々週アパートの家主から連絡をもらうまで知らなかった。部屋をあけわたしてくれといわれて、はじめて知ったのだ。

部屋代が一年分以上たまっていた。これまでにも家主に泣きつかれ、彼女が二回ほど送金している。パートにでていたときの失業保険をもらうため、家主には居所をあかしてあったのだ。

ところが幸江が部屋代を払ったと知ると、康生はそれをいいことに以後一銭も払わなくなった。女房にもらえの一点張り。幸江のほうもさすがに愛想がつき、以後は拒否していた。

ここで康生の妹の娘夫婦というのが登場してくる。同じ宇都宮市内に住んでいたからアパートを借りるとき保証人になってもらい、以後ときどきは顔を合わせていた。みどりという名のその姪《めい》夫婦が、幸江には知らせず、康生の遺族を名乗ってアパートの部屋のものを勝手に処分していたのだ。しかも事故の当事者であった先方から弔慰金まで受けとっていた。

ところが家主から、支払いの途絶えていた十四か月分の部屋代を請求されたことから話がこじれはじめた。みどり夫婦は部屋代のことまでは知らなかったようで、請求されたとたん、そんなものは払えない、と拒絶した。それで困った家主が幸江のところに連絡してきて、ことの次第があきらかになったのだった。

「しかもよくよく聞いてみると、その事故というのが相手に過失責任のない事故だったんです。アルバイト帰りの学生だったそうですけどね。仕事からの帰り、泥酔したご主人が道路へふらふらっとでてきて、それを避けそこねて電柱へぶつかり、怪我《けが》こそしなかったものの車は大破してるんです。ご主人には接触してないんですよ。コンビニの駐車場にいた人が見てるんだからまちがいありません。車がどしんとぶつかったとき、ご主人はわめきながら道路の向こう側に立っていたそうなんです。そのあと、バランスをくずして転落したみたいで。それなのに、道義的な責任がないとはいわせない、と姪夫婦が相手の親のところへねじ込んで、弔慰金という名目で百万円むしり取ってたんです」

「みどり夫婦は部屋代が八十万たまっていたことも、わたしの籍がそのままになっていたことも知らなかったみたいです。主人がわかれたといってたから、それを信じていたらしくて」

百万円取っているのだから、部屋代を払ってもまだ手間賃くらいは残る計算になるのだが、欲深い姪夫婦にはそれが我慢ならなかったのだろう。ごねたことで、かえってなにもかもが明るみにでてしまった。

「みどりさんのところへ電話をしたところ、お金を取りかえされると思ったんでしょう。えらい剣幕で、あんたが伯父さんを捨てたからわたしたちが大迷惑をこうむっただの、その後の面倒をみていただの、経済的援助までしていただの、大声をあげて怒鳴りまくるんです。狼狽《ろうばい》の裏返しだったのではないかと思います。わたしはなにも、お金がほしかったんじゃありません。法律的にも夫婦である以上、事後処理をする責任があると思ったものですから」

「その姪夫婦がいくらお金を受け取っていたか、じつはきのうまで知らなかったんです。それでわたしもつい余計な口を挟んでしまいましてね。いや、お恥ずかしい。もっと大金だと思ったものですから。それでつい、こういうことは弁護士を立ててきちんと処理しなさいとか、ひとりで話し合いの席にのぞむのは絶対にだめだとか、いろんな入れ知恵したようなわけでして。べつに欲をかいたわけじゃありません。宮内さんが不利にならないようにと思ったものですから」

とにかく双方が、康生の伯父という人の立ちあいのもとで、話し合おうということになった。その席にのぞむ幸江には立会人をつける。その日があすだったのである。

当初は会見場所が宇都宮だったため、秋庭が幸江の親戚《しんせき》として同席するつもりだった。それが直前になって、伯父の体調不良を理由に上野のホテルへ変更された。それで秋庭が困った。都内のホテルには、近づきたくなかったからだ。

それで思いあまって長渕に代わってもらおうと考えた。それがきのうの段階である。

ところがけさになって、当のみどり夫婦から急に会いたいという連絡が入ってきた。あすは都合がわるくなったのだという。もらった金も返すといいはじめた。

なにかあるとは思ったが、幸江もできたら伯父の前にはでたくなかった。それで同意して宇都宮まで出向き、ふたりに会ってきた。宇都宮ならかまわないだろう、ということで秋庭がついていった。

その結果、円満に話し合いがついて弔慰金も返してもらい、アパートの支払いもすませ、すべて決着したうえで帰ってきた。宇都宮へでかけるとき長渕に知らせようとしたのだが、大橋と会うためもう家をでていて、連絡がつかなかったのだという。

問題は姪夫婦がなぜ急に折れてきたかということだが、表ざたになったら法的責任を問われかねないとだれかが諭したらしいのだ。それに幸江がきょうアパートへいってみたところ、幸江の残していった私物はもちろん、家財道具もすべてなくなっていた。康生の商売道具だった庖丁《ほうちょう》類にしてもけっして安いものではなかったから、つつこうと思えばいくらでもつつくことができた。

「いいたいことはいっぱいあったんですけど、わたしのほうも疲れてしまいまして、ごたごたさえ片づいてくれたらそれだけでけっこうと思いまして、なにもいわないことにしたんです。葬式をはじめ、事後の処理をしてくれたことは事実ですから、それだけでもいいかと思いまして」

「泰山《たいざん》鳴動といいますか、終わってみると、いちばん目を血走らせていたのはわたしだったみたいで、なんともお恥ずかしいかぎりです」

秋庭もそういってうちしおれてみせた。

宮内幸江が先に部屋へ帰ると、秋庭から近況をたずねられた。

「ありがとうございました。体調のほうはすっかりもとにもどりました。まだ、気力のほうは、もどったといえないんですが」

「奥さんを亡《な》くされたとあっては、むりもないでしょう。いまからいうのもへんですが、あのとき、妙に引っかかるものを感じたんです。この方は心に深い傷を負ってるんじゃないか、みたいな気がしたものですから」

「自分でも、これほどダメージを受けているとは思いませんでした。亡くなったときは、こまごまとした雑用に追われ、それこそなにも考えなくてよかったんです。落ちついてからですね。ボディブローみたいに、じわじわと効いてきはじめたのは。自分の過去の、全人格が否定されてしまったんです。まあ、そういう罰をうけても仕方がないような男だったんですけど」

「わかります。わたしもわかれた女房には、いまでも忸怩《じくじ》とした気持ちを残していますから。機会さえ与えられるなら、土下座をして謝りたい気持ちです」

「とにかくあのとき、よくぞ拾ってくださったと、それだけはお礼のもうしようがありません。最後になって慈悲の手をさしのべられた気分です」

「いくらかでもお役にたったとしたら、うれしいですね。ただわたしのほうは、長渕さんがいなくなってめっきりさびしくなりました。お世辞じゃありません。最近ビレッジにきた人で、あなたくらい存在感のあった人はいなかった」

とはいうもののけっこう元気そうで、生き生きしていた。頬がつややかに光り、前回より若返った感じがする。その根源がどのあたりにあるかはいわずもがなとしても。

「宍倉さんともあれっきりになってます。一応手紙で報告はしたんですけど。ビレッジにはその後も見えてますか?」

「いえいえ、まったく。あの人は調子がいいときはビレッジを必要としない方ですから」

秋庭が曖昧《あいまい》な笑みを浮かべていった。

「調子がいいときとは？」

「文字通りハッピーなときです。なんといいますか、気分の浮き沈みのはげしい人でしてね。いいときはわたしたちなんか思いだしもしないんじゃないでしょうか」

「それほど気分屋には見えませんでしたが」

「いや、要するに、そのときの女性関係が、そのまま表面にでてくるということなんです。どういうわけか、女性に縁遠い人なんですよ。あの通り人柄はいいし、やさしいし、収入もある。もてないはずはないんです。事実もてる。ところがなぜか、ハッピーエンドにならないんですね。今度こそと思ってても、最後にはふられてしまう。これまでずっとその繰りかえしでした。女性にしてみたら、なにかものたりないものがあるみたいなんです」

秋庭が知っているだけでも数人の女性が、これまで現れては消えているという。とくに前回は今度こそゴールインかと思われ、ふたりでビレッジまでやってきて、事実上のお披露目までしたのだとか。

それが数か月たってみると、またもや同じ、最後はふられていた。

「ですからあの人がビレッジへこないときは、私生活がハッピーなときです。今回もたぶんそうだと思いますけどね。まわりとしては、黙って見てるほかありません。過去のことに触れたり、慰めたりしちゃいけません。かえって落ちこんでしまいます。なんにも気がつかなかった、あるいはなかったふりをして、そのときの気分に合わせてあげるだけです」

いわれてみると、わかるような気がしないでもなかった。宍倉には、うっとうしいというほどではないにしても、ある種の気詰まりを感じさせる、窮屈なものがつきまとっていた。

「近いうち、お礼がてら、病院へたずねてみようと思っていました。そのおり、きょう秋庭さんと会ったことはしゃべっていいんですか」

「さあ、どうしましょう。わたしもここまできて、挨拶もせず帰るのは、ちょっとうしろめたいんです。かまわなければ伏せといていただけますか」

あす、彼らはここを引きあげる。といっても、秋庭があすじゅうに北海道まで帰るかどうかはさだかでない。

「宮内さんのことも黙っててくれますか」

「わかりました」

「べつに隠すわけじゃないんですけどね。宍倉くんのほうが勝手に、わたしを仙人みたいに思い込んでいるもんですから」

　ふたりとは翌日の十時すぎ、新幹線の那須塩原駅でわかれた。彼らの乗る列車を先に見送り、長渕のほうはまだ時間があったから、その間に宍倉のところへ電話してみた。この際ついでだから帰りにより、昼めしでも一緒に食おうかと思ったのだ。

「やあ、どうも。お久しぶりです。お元気でしたか」

　五月晴《さつきば》れみたいな声が聞こえてきた。

「どうも。いつぞやはありがとうございました」

「いえいえ、こちらこそ、返事もださずにごめんなさい。記憶がもどってきてよかったですね。たぶん一過性のものじゃないかと思ってましたよ」

「それで突然ですが、きょうのご都合はどうですか。おかまいなければ、お昼ごはんでもと思ったんですが」

「食事ですか？　いいですよ。あ、そうだな。この際落ちついてお話ししたいですね。いっそ夕食にしません？　今夜だったらあいてるんですが」

　ということで昼食のつもりが夕食になった。しかも宍倉のほうがご馳走《ちそう》するという。電話での話しぶりからも、いまの彼が躁《そう》状態にあることはうたがいなかった。

　ひとまず阿佐谷の自宅に帰った。

　また留守電が入っていた。ヒューマン・フォーラムの大橋である。十一時にかけてきたことを考えると、またなにか口実を思いついたらしい。

四時すぎに、それらしい電話がかかってきた。面倒くさいから受話器をとらなかった。やはり彼だった。同じような口調で、もう一回会ってくれと伝言を残した。

六時半、新宿のデパートにある和食屋で宍倉と落ちあった。電話の感じからなにかありそうだと思っていたところ、やはり、ひとりではなかった。二十代後半と思われる女性を同伴していた。

仲谷《なかや》さんです、と宍倉が紹介した。女性は愛想のいい笑みをみせて頭をさげた。しかしなにもいわなかった。なんとなくとらえどころのない感じで、明確に自己主張するものが感じられない。以後も自分からはほとんどしゃべらなかった。

ファッションのセンスはわるくないし、持ち物だって金がかかっている。かといって良家の子女風でもないし、ＯＬというほど世慣れした陰影もない。よくいえばおっとり、わるくいえば現実感にとぼしい。

「きょうのここは、ぼくの招待ということですので」

宍倉がまたいった。

「それは困ります。先日のお礼もしてないのに」

「仲谷さんの手前、今夜はぼくに格好をつけさせてくださいよ。どうですか。その後、おからだの具合は？」

「おかげさまで、すっかりよくなりました。どうしてあのとき自分がわからなくなってしまったのか、いまでもそれが信じられません」

「治ってみるとみんなそうです。意識して記憶喪失にかかる、というほうがむしろおかしな話でしてね」

電話で話したことがまたむしかえされた。宍倉のしゃべりが女性を意識してのものであることはもちろんだ。しかたがないから長渕がそれに合わせた。

食事のあいだ、宍倉がひとりでしゃべっていた。仲谷のほうは微笑《ほほえ》んだりうなずいたり相づちをうったりする程度。面白がっているとは思えなかったが、かといって退屈しているふうでもない。食事のマナーは心得ていた。

宍倉がこれまで、最後にはふられていたという理由がなんとなくわかった。よく気がつくし、やさしいし、腰も軽い。身近にひとりいると、便利なことこのうえなしというタイプだ。

その一方で妙に鼻につくというか、わずらわしく、うるさく感じられるところがあった。軽すぎて、もうひとつ落ちつかないのだ。男友だちのなかにひとりいるとなにかと便利だが、夫として四六時中顔をつき合わせていられるかとなると、たしかに疑問符のつきそうなタイプなのである。

十時までつきあってわかれたが、その間宍倉ひとりが幸せそうで、あとのふたりはそれに相伴させられていた。

「長渕さんはいま、なにをなさってるんですか?」

話に関係のないところで仲谷からいきなり聞かれた。

「ぼくですか? 今風にいうと、フリーターです。なんにもしてません」

「あら、じゃわたしと一緒だわ」

そういうと彼女ははずむような声でころころと笑った。下がなんという名前なのか、とうとう聞かずじまいだった。宍倉がそこまで気をつかってくれなかったのである。

5

朝の十時にヒューマン・フォーラムの大橋が電話してきた。哀願するような声でもう一回会ってくれという。今回は先方の社名もだすというのだ。昨夜帰ってきたときは、さらに三回留守電が入っていた。

近くまでいくというから駅前の喫茶店で落ち合うことにした。雨模様のお天気だったから、あまりでていきたい気分ではなかったのだ。

だいぶ待っていたらしい。時間通りにいったところ、大橋の灰皿には三本も吸殻が入っていた。

「べつに逃げてたわけじゃない。おとといはあれから那須にでかけ、ゆうべ十一時すぎまで留守にしていたんだ」

「そうだったんですか。そうとは知らず、何回も電話してすみません。わたしのほうも必死だったものですから。おととい、先様からぼろくそに叱《しか》られましてね。まるで子どもの使いじゃないかって、もうくそみそです。最後は、もう一回いってこいって怒鳴られました。おまえが説得できないんなら、わたしがじかに会って話すから、そのための段取りだけでもつけてこいって」

長渕は黙って大橋の顔を見つめた。急激にある疑念が浮かびあがってきつつあった。

「こうなったら単刀直入にもうします。長渕さんに復帰していただきたいと望んでらっしゃる方は、日栄フーズの松原会長さんなんです」

ふくらんでいた風船に穴があいた感じといえばいいか。長渕のからだからみるみる力が抜けていった。すぐにはことばが返せなかった。疑念が的中したというより、動揺していた。たったいま、もしやと思いついたことなのだ。

「だったらなぜ、こんな回りくどいことをしたんだろう。じかに電話してくるのは抵抗があったとしても、ほかの方法だっていくらでも考えられただろうに」

「もっともだと思います。あえていわせていただきますと、断られたときの体面があったんじゃないでしょうか。こんな好条件にとびつかない人間がいるはずはない、という確信があったと同時に、あなただったら断るかもしれないという一抹の疑念もあったような気がするんです。おといお会いして、わたしも長渕さんに対する認識をあらためたくらいですから」

大橋の態度から、はったりめいたものがなくなっていた。きょうは忠実な部下みたいな印象すら与えている。

「社員には内密の行動だったこともあると思います。今回の依頼にしても、ふつうわたしのような人間が、会社のトップと電話でダイレクトに話し合うことなんかないんです。しかし今回は人を介して秘密裏に打診があり、以後は名指しで、直接お電話をいただいてます」

「それで、はじめのときは自分の名をだすなといわれたのか？」

「はい。断るかもしれないが、そのときはまた考えると」

「試されたとも思えないが」

「とにかくきょうの用件はただひとつ、一度ご本人に会っていただきたいということです。その承諾さえいただければ、わたしの役目は終わります」

すこし考えさせてくれ、といってその場は大橋を帰した。すぐに断る気はなかった。松原の胸のうちが読めなくて、もうすこし考えてみたかったのだ。

午後、大橋のところに電話して、会うとつたえた。

夕刻にその返事がきた。あさって午後四時。ホテルとルームナンバーが指定され、長渕がそこまで出向くことになった。

朝の九時すぎには、気温が三十度をこすというむし暑い日だった。ホテルへたどりつくだけで一リットルも汗をかいた。二十分早く着き、ラウンジでアイスコーヒーを飲み、からだを冷ましてから七階にあがった。

松原正信本人がドアを開けてくれた。

「おう、全然かわらんな」

わざと伝法にいって長渕を部屋に招じ入れた。

「会長こそおかわりなく」

長渕は硬い表情で挨拶《あいさつ》した。松原ひとりである。顔を合わせるのはほぼ二年ぶりだった。

「それだけが取り柄よ。もっとも最近は、それを老害というやつのほうが多くなったけどな。まあ、坐《すわ》れ。いま、コーヒーがくる」

たしか、去年が傘寿《さんじゅ》だった。するとことしは八十一だ。もともと頭髪がうすかったから、五十代以降はすすんで丸坊主《ぼうず》になった。それが石臼《いしうす》みたいな大頭。清盛もかくやといわんばかりの風貌《ふうぼう》だ。こめかみに浮かびあがっている血管、ガラスのような光を反射している眼、錆《さ》びた青銅のような顔色、前掛けにゴム長という格好をさせたらこれくらい似合う男も少なかった。たとえ一介の魚屋で終わっていたとしても、でるところへでたらそれなりのにらみはきかせていただろうと思うのだ。

それがいまでは風格、尊大さ、矜持《きょうじ》といったものに置き換えられていた。品格がないのは致し方ないとしても、押しの強さが補ってあまりある。肉体、脳とも、この二十年まったく老化していなかった。

「十五分しか時間がとれないんだ。早速用件に入ろう。小ざかしい細工をしたと思うかもしれんが、ほかの連中に知られたくなかったんだ。それ以外の意味はない。要するに、帰ってこんかということだ」

「ほかのものに知られたくなかったというのは、知られると支障をきたすことが予想されたからですか」

「それはない。わたしがこうするといやあ、みなそれに従うしかないだろうが。わたしに面と向かって反対意見がいえるやつなど、おまえぐらいしかいないよ」

「ぼくになにを望まれるんですか?」

「社長をやれ」

「まさか。それほどの器ですか」

「器だよ。まえまえからそう思っていた。こういう時代にゃ倫理や情実など必要ない。算盤《そろばん》がすべてだ。数字だけで判断すりゃあいいこと。数字の示す結果にしたがって、機械みたいに人を動かせる人物となると、ほかにはおらん。いまどきの社長というのは、人の和の上に立つ必要なんかないんだ。笑って大鉈《おおなた》のふるえる人間、それだけでいい。これはきみに対する最大の賛辞だと思ってくれ」

「ぼくに首切りをさせようということですか」

「いまはその必要がないとしても、あすはわからん。情勢がどう変化しようと、即座に対応できる人間がほしい」

「だったらぼくはもうだめです。この二年の間にすっかりしぼんでしまいました。見てわかるでしょう。以前のぼくじゃありません」

「そろそろ立ち直っていい時期だ。順序があとになったが、奥さんのことは気の毒だったな。心からお悔やみをいうよ。知らなかった。だれも知らなかった」

「ありがとうございます。しかし気持ちはかわりません。たぶんもう、世のなかから必要とされる人間にはなれないと思います。戦列に復帰しようという気が、まったくわいてこないんです」

「そんなのは簡単だ。舞台にあがりさえすりゃいい。すぐもとにもどる。きみはこれまでずっとそういう人間だった」

「会長、いまでも本当にそう思われますか。いまのぼくに、かつてのような覇気が残っていると感じられますか?」

そういうとあえて挑戦的な目を松原に向けた。松原も鋭く見返した。一瞬、ふたりはにらみ合った。

「木下のあとに坐ってもらおうと思っていたんだ」

木下貞吉がいまの社長だった。リモートコントロールするには手ごろな人物というか、もとはといえば小売業界にいた男だ。

「何度でもいうが、これからはわたしとつかみ合いをしてでも、自分の意見を主張できる人間でなきゃだめなんだ。幸一があああいう調子だからよ」

ようやくせがれの名前がでてきた。松原幸一は正信が四十歳になってもうけた子だった。それまで男子がなかったため、一旦《いったん》は娘婿《むすめむこ》を後継者にしようとしたこともある。

「きみは幸一をどう思う？　忌憚《きたん》のない意見を聞かせてくれ」

こういう質問をされて正直に答えるサラリーマンはばかである。正信が聞きたいのは息子に対する批判ではないからだ。わが子にこうなってもらいたいと願っている親心を、快くなぞってもらいたいだけなのである。

「だいぶ貫禄《かんろく》がでてきたんじゃありませんか。こないだテレビで見ましたけど、マスコミへの対応も堂々として立派なものでした」

「あれはわたしが責任を取らせたんだ。向こうでみそをつけてきたからな」

「向こうとは？」

「中国だよ。一年たらずでよびもどした」

「海外事業本部長を中国にいかせたんですか」

「経験を積ませようと思った」

「臼井くんをつけてやらなかったんですか」

「臼井をつけてやったんだ」

初耳だ。先日の臼井は、そのようなことをおくびにもださなかった。

「じゃいい勉強になったでしょう。これからその教訓が生きてきますよ」

「いつまで？　いったいいつまで待ちゃいいんだ。いいかげんしびれが切れてきたぞ」

松原の魂胆がだんだんあきらかになってきた。社内の大掃除をすませたうえで、せがれの幸一に政権を渡してやりたいのだ。いまの松原にはその大掃除をやってくれる汚れ役がいなかった。

「これまで、後継者を育てようとしなかったつけが回ってきたと思いませんか」

「わたしがわるかったというのか？」

「ほかのだれに責任があるんです」

むっとしたらしい。松原はぎょろ目をひん剝《む》いて長渕をにらみつけた。しかし長くはつづかなかった。

「悔しいがきみのいうとおりだろう」

鉾《ほこ》をおさめてしまった。そして自らをあざ笑うような口調になるといった。

「最近はな。その程度の逆ねじを食わせてくるやつだっていなくなってるんだ。ドングリの背比べみたいな茶坊主ばっかりよ。時代がそうなりつつあるから仕方ないことかもしれんが。わたしみたいな人間はもう必要なくなってしまったんだ」

「後継者として、本部長をもう認知していいんじゃないんですか。ぼくが見てきたところ、本部長は君臨すれど統治せず、というほうが向いているタイプではないかと思うんです。そういうシステムづくりさえしっかりやっておけば、あとはうまく回転していくと思います」

迎合したわけではないが、自分に復帰する意志のないことはつたえられたと思う。おそらく松原のことだ。長渕がかつての長渕でないことはもう感じとっているはずだ。

コーヒーには手をつけないまま、十五分後には帰途についた。

会社を辞めるとき、松原からは何度も話し合おうという電話をもらった。会えば話が面倒くさくなる。それで明子の病勢が進んでいることを口実に、とうとう会わなかった。辞表だけをだして最後は逃げるように辞めた。それも結果としてはマイナスに働いた。彼の猜疑心《さいぎしん》をあおったことはまちがいない。しかしその後の仕打ちについての詫《わ》びのことばはとうとうなかった。

新聞の人事欄で、臼井俊之の名前を見つけたのは、松原正信に会って十日ほどのちのことだった。

日栄デイ・サービスの社長というのが、臼井に与えられたあたらしい肩書きだった。デイ・サービスなる会社のあることすら長渕は知らなかった。長渕のいたころは、そのような会社の必要性など口の端《は》にものぼりはしなかったからだ。

どうやら突発的な異動だったらしい。ほかにもひとり名前がでていた。その男もやはり子会社へ転出させられている。

翌日、日栄に電話してデイ・サービスの電話番号を教えてもらった。

若い男が電話口にでてきた。

「社長ですか。はい、いま電話をそちらへ回しますから」

どうやら秘書がいるほどの規模ではないらしい。

臼井がでてきた。

「長渕だけど。新聞で記事を見たもんだから」

「ああ、先日はどうも。ごらんのとおりよ。まだばたばたしてるとこだけどさ」

「栄転なんだろうな」

「どうだかね。気にはしてないよ」

思ったより明るかった。

「落ちついてからでいいんだが、めしでも食わないか。先日の非礼を詫びたい」

「そんなことは気にしてないが、会うというのはいいな。いつでもいいか？　じゃちょっと待ってくれ。えー、しあさっての夜はどうだ？　日本橋あたりまでできてくれるとありがたいんだが。会社が人形町なんだ」

相かわらずかんかん照りの日だった。ビルの屋上から立ちのぼっている放射熱が、視界を陽炎《かげろう》のようにゆがませていた。

ヒヨドリが頻繁にベランダへきて水浴びしていった。しまい忘れて雨水のたまった洗面器に、水を飲みにきたのがはじまりだった。いまでは毎日水をかえてやっている。

一応上着を持ってでかけた。冷房にはつよいほうだ。ぎんぎんに冷えた部屋に、半袖《はんそで》シャツ一枚で一日いて平気だった。暑ければ暑いでだらだらと汗を流し、これまた平気。要は繊細でないということ、根が頑健なのだ。

割烹《かっぽう》の個室が用意されていた。五分と待たず臼井がやってきた。

たしかに表情が明るくなっていた。風呂《ふろ》あがりみたいなさっぱりした顔をしている。

「とりあえず」

ビールで乾杯した。

「社長就任おめでとう」

うん、と臼井は笑った。シニカルではあったがわるびれていなかった。

「どういうことなのか、聞いていいか」

「要するにお払い箱になったということさ。能吏が必要だった時代は去ったんだ。あとは花道をつくってやるから、適当に消えてしまえということだろう」

「幸一の采配《さいはい》か」

「いや、会長だ。じきじき呼びつけられて宣告された」

「いつ？」

「内示があったのは先月」

長渕が会ったときよりだいぶまえのことだ。それでまた松原の真意がわからなくなった。幸一のお守役なら、まだしばらくはその必要があるはずなのだ。あのじじい、いったいなにを考えているんだか。正信のやり口は知りつくしているつもりだが、いつも裏をかかれている。

日栄デイ・サービスという会社がなにをやっているかは、名を聞いただけで想像はつく。世間の風潮に遅れないようにということで急造されたのだろうが、それほど大きな規模になることは考えられない分野だった。

「社員は何人いるんだ？」

「いま三十三人。パートもいれると百人近くになる。手ごろな大きさだよ」

「明るいな」

「だろう？　自分でもびっくりしてるんだ。会長から引導を渡されたときは、悲愴《ひそう》な気持ちだったんだよ。ついにくるべきときがきたと思ってさ。それがたった二、三日で吹っ切れちまった。むしろ器としちゃこれくらいがおれに合ってるんだ。おやじと同じだよ。町工場くらいが身分相応だった」

「それほど卑下することもないだろう。しかしほっとしたよ。こないだ、あんなふうにわかれたから、後味がわるかったんだ。たまたま新聞を見たもんだから、落ちこんでるかもしれないと思って電話してみたのさ」

「そいつはありがとよ。じつをいうと放りだされて、はじめて自由の身になれたことがわかったんだ。これまでのおれは、あまりにきゅうきゅうとしすぎていた。会社という枠のなかで生きてる以上、そのなかで自分を生かすしかないみたいな呪縛《じゅばく》にしばられすぎていた。だれの顔色をうかがう必要もない毎日が、これほど新鮮で快適だとは思ってもみなかった」

「サラリーマンはみんなそうさ。安逸な生活に慣れすぎてしまうと、そこから切り離されるのがものすごく恐ろしいんだ。おれだって会社をやめるときは、人間をやめるみたいな気がしたもの」

「しかし、いくらかみさんを看病するためだったとはいえ、おれなら会社まではやめない。妙な言い方かもしれんが、それがわかったときはきみを見直したよ」

「おやじが死んで、いくらか分け前をもらえたからできたことさ。多くを望まなきゃこの先食っていくくらいのことならなんとかなる、と思えたことがすごく大きかった。会社の株だっていちばんいいときに売り抜けたし」

「それだよ。いちばんうらやましいのは。おれなんか基本的にはいまだに経済音痴だからな。見ろよ、いまの株価を。後生大事に持ちつづけて、かつての一億円がいまじゃたったの四百万円だぞ」

日栄には社員の持ち株制度があって、長渕もこれまで延べにすると一万株近くは所有した計算になる。しかしマンションを買ったり車を買いかえたりしたとき、そのつど売りはらって代金や頭金にあててきた。こんな株安の時代になってみると、結果としては大正解だったことになる。最高値で八千円を突破したこともある日栄フーズの株価は、いま三百円をわずかに超えるあたりでうろうろしていた。

「話はかわるが、奥さんの病気はなんだったんだ?」

「ガンだよ」

「そうか。近ごろはみんなそうだな」

なにか思いあたるのか、急に表情が暗くなった。

「おばあさんという人が、やっぱりガンで亡《な》くなってるんだ。だから本人も、死ぬときはガンだろうと半分冗談でいっていた。それでもまさか、五十まえにお迎えがこようとは思ってなかったみたいだ」

「じつは、おれのわかれた女房のおふくろが、先週ガンで亡くなったんだ。家が近くだったからさ。おふくろ同士のつきあいはその後もつづいてたんだ。しようがないからお通夜《つや》にいってきた。顔がかわって、別人みたいになっていた」

「じゃ奥さんとも顔を合わせたのか」

「しようがないだろう。女房のほうは全然かわってなかったが」

臼井の最初のかみさんとは、一回顔を合わせたことがある。たまたま帰国していたとき、社員の家族の交流会があって、それに出席したとき臼井から紹介された。長渕の結婚から遅れること三年、臼井はたしか三十五になっていた。

そのとき受けたショックをまだ忘れていない。

顔つきからからだのプロポーションまで、なにもかも明子そっくりだったからだ。

しかし臼井は二年たらずで離婚した。原因は臼井の素行のせいだと聞いている。

第3章

少女と会う約束をしていた。

盆踊りの日だった。

午後の三時すぎから、会場にあてられたお宮の境内で笛や太鼓や鉦《かね》の音がひびきはじめた。紅白の幕をめぐらせた櫓《やぐら》の上にまだ人影はなく、幟《のぼり》ばかりが風にはためいている。

会場の周囲では、露店がテントを組みたてはじめたところだった。子どもたちがそわそわとのぞきにきたり、わざと知らん顔をして遠巻きに見守ったり、いまからおちつきを失っているのだった。

リズミカルな囃子《はやし》の音、提灯《ちょうちん》、ぼんぼり、垂れ幕などの明るい色は、黒くて無骨なこの街に、場ちがいな印象を与えた。それだけきょうは特別な日ということだった。子どもたちの期待も増そうというものだ。

一方お宮の向こうでは、今日もコンベアがガラガラと音をたてて、石炭やずり、と呼ばれているくず鉱石を運びつづけていた。蒸気機関車は休むことなく駅構内をいったりきたりしてきしみ音をあげている。ときおりひびく汽笛や吐きだされる蒸気の音。いつもの街の、いつもの日々であることがそれを見てもわかるのだった。

残っていた日差しが山のいただきから消えると、空が灰色になって夕もやが舞いおりてきた。家々の煙突から立ちのぼる煙が日暮れをさらに早めさせた。気の早い街灯がともりはじめ、草むらでは虫が鳴きはじめた。

境内の提灯やぼんぼりに灯がともった。すると一気に日が暮れた。流れつづけている囃子の音まで気のせいか高くなった。夕飯もそこそこに家を飛びだしてきた子どもたちが、みるみるふえて境内をいっぱいにした。

夜がきた。

おとながでてきはじめた。浴衣《ゆかた》や法被《はっぴ》やお祭り衣装で身を飾った小さな子どもたちが、おとなに手を引かれてやってきた。頬紅をつけている。おしろいを塗っている。鼻筋を白く浮き立たせている。だれもが晴れがましい顔をしていた。露店のアセチレンランプの匂《にお》いがひときわ鼻をついた。

男たちはぞろぞろと集団になってやってきた。浴衣にたすき掛け、鉢巻、女ものの着物をきて、化粧をしているものもいた。足もとは足袋か草履。手にうちわ。顔がぎらついているのは景気づけの冷酒を引っかけているからだ。本部とかかれたテント小屋で樽《たる》酒《ざけ》の接待がおこなわれていた。

櫓にのぼった男がみじかい挨拶《あいさつ》を、というより叫ぶような声で開会宣言をして、夏をしめくくる盆踊り大会がはじまった。

はじめは人数も少なく、踊り手の手つきもぎこちなかった。しかしふた回り目ぐらいから人数がふえ、踊りの輪も大きくなってきた。櫓の上と下でかけあいが飛びかうようになり、笑い声や、やじや、合いの手がタイミングよく起こって、人々の表情がくつろいで、楽しそうなものにかわってきた。

気がついたときは踊りの輪が二重になっていた。

女装している男がいる。男装している女がいる。衣装ばかりか、かつら、つけ髭《ひげ》、マスク、お面、仮装というか変装というか、なんでもありの無礼講大会になっていた。足どりのおぼつかなくなった男が、卑猥《ひわい》なしぐさでみんなを笑わせている。

少女はまだやってこなかった。

中学生になってからあまり踊らなくなったという。しかしお祭りは好きだった。昨年は誘われて何曲か踊った。気がついたらけっこう興奮していて、いつもとちがう自分がそこにいた。恥ずかしかったが、踊るのはきらいじゃなかった。

七時半になった。

八時になった。

少女は現れなかった。

人波に呑《の》まれてしまったかと、場内へ探しにいって一周してきた。しかしいなかった。

七時すぎにはくるといっていたのだ。

本殿の前で会う約束をしていた。

八時半になると、踊りは最高潮に達した。炸裂《さくれつ》する大音響、歌と音楽、声と人いきれが一体となって、うなりをあげはじめた。踊りの輪がふくらみすぎて前へすすむことができなくなった。

もう一回探しにゆき、人波をかきわけかきわけ、最後は疲れはててもどってきた。あとは敷石の上に腰をおろし、待つよりほかなかった。

どこからか、風が吹いてきたような気がした。これまでとちがう風だ。顔をあげると、前に少女が立っていた。

あわてて声をかけた。少女もびっくりした。お互いしばらく気がつかなかったのだ。やってきたばかりだろう。まだ表情が硬かった。襟のついた半袖《はんそで》シャツにズックという服装。学校帰りそのままみたいで、盆踊りにやってきた格好ではなかった。

「なにかあったの?」

声をかけると少女はこくんとうなずいて顔をこわばらせた。まばたきしている。抑えきれなくなったものがこみあげていた。少女はかろうじてうなずいた。

「お友だちのうちにいたんです」

「すると、その帰りなんだね」

目がそうだと語った。いつもの輝きがなく、疲れているみたいだった。

「じゃ夕飯もまだなんだ」

「いいえ。それは向こうでいただいてきました」

「じゃここへ坐《すわ》りなさい。すこし休んだらいいよ」

そうすすめると素直に横へきて腰をおろした。踊りのほうに、焦点が合わないような目を向けている。もちろん人垣で、ここから踊りは見えなかった。

「なにがあったか、かまわなかったらしゃべってごらん」

「お友だちのおとうさんが亡《な》くなったんです。きょうの夕方、病院で。ご遺体を家まで送っていって、そのあとみんなで、一緒に泣いていました。わたしの、いちばん仲よしのお友だちです」

「それはつらかっただろう。それで、おとうさんやおかあさんは、きみが先方の家にいることを知ってるんだね」

「おとうさんもきてましたから」

口をつぐむと、うつむいた。動かなくなった。肩がわずかにふるえていた。

「おとうさんと同じ職場の人？」

「はい。合唱と音楽のサークルの仲間でした」

「ひょっとして、事故だったの？」

少女ははげしくうなずくと、こらえきれなくなって手で顔をおおった。そして泣き声をだした。

「その人のおとうさんも事故で亡くなってるんです。それで、家族にそういう悲しみはさせたくないからって、地上で働いていたんです。それが、土場の材木がくずれて」

返すことばがなかった。黙って彼女がしゃくりあげるのを聞いているほかないのだった。

泣きやんでからも、少女はうつむいて、地面に目を落としつづけていた。両手で膝《ひざ》をかかえていた。

九時をすぎると、歌と踊りの内容がかわった。子ども向けになってきたのだ。夕張子ども盆踊りですとアナウンスがあった。それが子どもたちのためのフィナーレなのだった。

踊りが終わると、子どもたちにお菓子が配られ、踊りはいったん小休止に入った。人垣がくずれ、幼い子どもたちが手を引かれて帰りはじめた。

少女はようやく顔をあげた。そして帰ってゆく子どもたちを涙の乾いた目で見送っていた。

さあこれからが本番だ、といったアナウンスがあり、交代した歌い手や囃子方が櫓にのぼっていった。

「帰ります」

いきなりいうと、少女は立ちあがった。

「話を聞いてくれて、ありがとうございました。だれかに聞いてもらいたかったんです。盆踊りはあしたもありますから」

少女を石段のところまで送っていった。

本部のテント小屋でだみ声があがっていた。酒樽をとりかこんで男たちが騒いでいる。少女が足をとめた。その目が男のひとりにそそがれた。

その男もいまやってきたばかりだった。まだ半袖シャツ姿だったが、それをみんなが寄ってたかって剝《は》ぎとった。そして女ものの着物をむりやり着せた。つぎは柄杓《ひしゃく》。くんだばかりの樽酒だ。これもむりやり飲ませた。

「栗橋の弔い合戦だろうが」

と叫び声が飛んだ。一瞬座がしゅんとなった。

「歌えよ、酒井。あいつのために歌ってやれよ」

それまでとまどっていた男の顔が、その一言で引きしまった。男はつめたい決意を浮かべるともう一杯冷酒をあおり、口許《くちもと》をぬぐって櫓に向かった。

待ってました、大統領、という声が周囲から飛んだ。

囃子がはじまった。櫓にのぼった男がマイクを握ってなにか叫んだ。おう、おう、おうと怒声のようなどよめきがこたえた。男どもが吼《ほ》えたてた。

男が唄《うた》いはじめた。

叩きつけるような、怒りをぶっつけるような声で唄いはじめた。踊りが動きはじめた。少女は目をふせた。うつむくと歩きだし、石段の人ごみのなかに消えていった。テントのなかにいた男たちが一緒になって唄っていた。

かぜはそよかぜ　ずりやまこえて
はなのたよりも　ちらほらり
なびくかすみに　れいすいざんは
ちょいとひとはけ　うすげしょう
ゆうばりよいとこ　はんじょうどこ
すがたえになる　うたになる

I

タイの国土を縦貫して流れているメナム川は、バンコクでチャオプラヤ川と名をかえてタイ湾にそそいでいる。市の中心部にほどちかいクロントイに貿易埠頭《ふとう》があることからもわかるように、市内まで大型貨物船が入港してくる大河である。船舶の交通を確保するため、ラーマ九世橋より下流の三十キロには橋がかけられていなかった。

日栄食品のタイ事務所があるサムットト・プラカン漁港は、河口から二十キロ上流へあがったチャオプラヤ川の左岸にあった。

バンコクに着任してからの長渕は、週単位で定期的に、事務所と自分の設けた作業所との間を往復していた。作業場のほうは、チャオプラヤ川の右岸から七十キロ南西にいったサムット・ソンクラムというところにある。メナム川の河口にできた大デルタ地帯の端っこのほうである。

ふたつの職場を行き来しようとすると、本来ならいちいち市内までもどらなければならない。川をわたる橋がないからだ。

しかし唯一《ゆいいつ》車でわたることのできるフェリーが、サムット・プラカン漁港の近くから対岸へでていた。川幅はそのあたりがいちばん狭くなって五、六百メートル。どんなに混雑しようが市内へ引きかえすよりは楽だから、いつもこちらを利用していた。

フェリーといっても手すりすらない浮き桟橋みたいな箱である。乗用車を三列に並べて十五台程度収容できるが、ほかにもバイクや人間がいまにもこぼれ落ちんばかりに乗りこんでくるから、よくぞこれまで事故が起きなかったものだと乗るたびにひやひやする。

漁港はサムット・プラカンの中心地にあるが、繁華街だからぎりぎりまで家がたてこんでいる。甲板を何層も重ねた遣唐使船みたいな漁船が目につかなかったら、そばを通っても港とは気がつかないかもしれない。

事務所へは週に一回、金曜日の夕方に顔をだしていた。事務所は埠頭の上を細長くおっている上屋のなかにある。夕方なので港は閑散としていた。子どもたちが水浴びをしているだけである。

埠頭には赤、青、黄色と、原色をふんだんに塗りたくったタイ独特の漁船が舷《げん》を接してならんでいる。それにまじって一隻《せき》、レーダーとビーコンアンテナをそなえつけた真白な船体が見える。

日本からタイへ贈られたトロール漁船「ホワイトエンジェル」号だった。といってもそれは日本側の名称で、船尾にはタイ語しか記されていない。カーウテープという発音になるそうだが、白い天使のタイ語訳である。発音しにくいので長渕たちはもっぱら「エンゼル」ですませていた。

事務所の明かりがついていた。

所長の岸本はいなかった。たぶんもう帰ったあとだろう。タイ人スタッフであるヌアンがデスクに足をあげ、そっくり返って電話をしていた。

かつては五人いたタイ人社員も、いまではヌアンとダオ、ふたりになっている。ヌアンはそこそこ日本語が話せるから、タイ語がしゃべれない岸本の通訳として残れたのだ。

仕事で居残っているはずはないから、おおかた私用電話だろう。この分だと一時間以上話しつづけているみたいだが、ヌアンは長渕を見てもいっこう気にするようすはない。愛想よく手を振って、おしゃべりをつづけている。

長渕は車からおろしてきたバッグを自分のデスクでひろげた。これから本社に送る荷物のセットをしなければならない。週に一回、養殖池の水を容器につめて送っているのだ。これに一日三回定時観測をした水温表のデータをつける。また二週間に一回は、捕獲したエビの平均個体の重量や寸法などの測定データを添える。いまの長渕にとって、最も重要な仕事がこれだった。

当初はもっといろいろなことができた。しかし半年もすると、本社からの徹底的な干渉、制限、拘束をうけるようになり、ただのデータ採集係になりさがっていた。使える金は大幅にカットされ、したくても事実上なにもできなくなっていた。

駐在所も事業所と名は変えたものの縮小され、漁業指導員の岸本が残っているだけ。もうひとりいた広川は呼びもどされ、南勢の養殖試験場で主任という名の閑職をあてがわれていた。その岸本もいまではすっかりやる気をなくしていた。撤退を前提にした存続では、だれだってやる気がなくなるというものだ。

会社としては、いまや金食い虫でしかないトロール漁から、一刻も早く手を引きたいのが本音だった。政府間協定をむすんでの進出だったから、おいそれとやめられなかっただけである。

一方の長渕の現状は、自分で招いた結果だといえなくもなかった。スタート当初は全権をまかされたつもりになって舞いあがってしまい、月々数百万円におよぶ経費を惜しげもなく注ぎこんでしまったのだ。

「きみは会社をつぶす気か」

部長が電話で怒鳴りこんできた。

「これくらいのリスクははじめからおりこみずみだったはずです」

「こんなのがリスクといえるか。どぶに捨ててるだけじゃないか」

「社長に三年は目をつぶるから、自由にやれといわれてます」

「その社長が頭をかかえてるんだ。あんなことをいわなきゃよかったって。好き勝手にやりたい放題やっていい、という意味でおっしゃったんじゃないぞ。あたらしいことをはじめるには、それなりの順序や手続きというものが必要だろうが。闇夜《やみよ》に鉄砲、金さえばら撒《ま》きゃ結果がついてくるなんてそんな甘いものじゃない」

「わかりましたよ。そんなにぼくが頭痛の種なら、さっさと呼びもどしゃいいじゃないですか。首にだってできるはずです」

「わたしにその権限があったらとっくにしてるよ」

一日に四リットルもの汗を流し、炎天下で十時間も働いていながらねぎらいのことばはただの一度もかけられたことがない。

独り身だから夜の発散はいくらでもできたが、コンドミニアムでの炊事、洗濯は自分でやらなければならない。なんでこの年になって学生みたいな暮らしをしなきゃならんのかと、思いかえすたびに腹がたち、いっそ辞表を叩きつけてやろうかと何度も思った。

東京にいたら多分そうしていただろう。しかしタイでは距離が遠すぎて、返ってくる反応があまりにも鈍かった。そのうちなしくずしに気分がおさまってしまうの繰りかえしで、最後はその怒りや悔しさを、闘志や反発心にすりかえてしまうしかないのだった。

こうなったら歯を食いしばってでも実績をあげ、連中を見返してやらなければ気がすまなかった。やめるのはそれからでいいと、考えが変わった。

それからはなにも感じなくなった。義務づけられている仕事を黙ってこなし、余力のすべてを細々とつづけていたエビ養殖へぶつけた。

電話を終えたヌアンが洗面所からもどってきた。頭に櫛《くし》を入れ、シャツを着がえて、これからおでかけのようだ。家に帰るのでないことは、頭につけた香料の匂《にお》いでわかる。タイ人というのはなぜか香料にひどくこだわるのだ。

「どこへ行くんだ?」

「サニーズ」

ヌアンはうれしそうにいった。サニーズとは、ここから遠くないところにあるマーケットの名前だった。タイのマーケットではなんだって売っている。食いもの、日用品、雑貨、麻薬、女、ときによっては人の命まで。ヌアンが私生活でどういう顔を持っていようが、ここはマイペンライ「ま、いいか」というしかなかった。この男、三十まえだがすでに三人の子持ちである。

ヌアンがでていったあと、資料をダンボール箱に入れ、クッション材をつめ、ガムテープで留めて外箱に紐《ひも》をかけた。これをダオのデスクの上に置いておくと、あした発送してくれるという仕組みだ。

東京のきょうの市況がテレックスで届いていた。はじめのころはいちいち目を通していたが、最近は手をだしもしない。世の中すべてが、長渕に関係のないところで動いているとしか思えないからだ。

郵便物が何通か届いていた。Ａ４サイズの封書は社内報だ。

封を切ってなにげなく最初のページをめくった。

一枚の写真が目に飛びこんできた。

「新時代を切り拓《ひら》く日台合弁事業がスタート！　高雄《たかお》に最新鋭のエビ養殖場が完成」

竣工式《しゅんこうしき》のテープカットの写真が掲載されていた。

中央で得意満面、鋏《はさみ》を入れているひとりが社長の松原正信だった。

その夜、長渕は東京の明子に電話をして、めずらしく愚痴をこぼした。

離れて暮らしているとはいえ妻である。夫としての唯一の誠意はこまめに電話をすることだと思うから、電話代がいくら嵩《かさ》もうがその出費は惜しまなかった。

「どうしたの？」

その夜ばかりはようすがおかしかったのか、明子からたずねられた。

「なにが？」

「ようすがおかしいわよ。なにかあったの？」

「そんなにへんか？」

「わかるわよ、それくらいのことは。声からしてへんじゃない」

問いつめられた。しかたなく、きょう送られてきた社内報のことをしゃべった。長渕にしてみたら、これほどショックなこともなかったのだ。自分がタイで孤軍奮闘しているのに、会社は長渕など、まったくあてにしていないことがこれだけでもよくわかったからだ。

「人をこけにするにもほどがあるだろうが。ぼくをタイへ島流しにしといて、上の連中は一方でせっせと台湾に日参していたんだ。タイへきた上役なんてただのひとりもいやしないんだぞ」

べつに慰めてもらおうとは思っていなかった。とはいえ、返ってきた明子のことばは予想外に冷たかった。

「そんなの、あたりまえじゃない。なにかあたらしい事業をはじめようというとき、会社がいちいち平社員のごきげんをうかがう？」

「ものがものだろうが。もともとエビの養殖は、ぼくがいいはじめたことなんだぞ」

「それがそもそもおかしいわよ。ハマチの養殖からスタートした会社が、あなたにいわれるまで、エビの養殖をまったく考えてなかったと思うの？」

「じゃぼくはいったいなんなんだ。なぜタイにいなきゃならないんだ」

「そりゃ会社にそれなりの考えがあってのことでしょうけど。とにかく会社の目標が、はじめから台湾にあったことはたしかだと思うわ。そのチームにあなたは呼ばれなかったということ」

「ずいぶんずけずけいってくれるじゃないか。それって、ぼくがいかに小ものかってことだぞ」

「自分じゃ大ものだと思ってたの？」

さすがにむっとしてことばがなかった。明子は思ったことを割合はっきりいうタイプで、悪意があってのことではないにしても、ときがときだけにこたえた。

「けなしてるんじゃないわよ。わたし、あなたがもっと腹をくくって、いまの状況を受けいれているのかと思った」

「くくってるつもりだよ。いつかは開き直ってやろうと思っている。問題はそれがいつかってことだ。きみだったらこういうとき、どうする?」

「どうするって?」

「このまま黙って辛抱するか、それとも辞めてしまうかってことだ」

明子はちょっとびっくりしたみたいだ。

「辞めることまで考えてたの?」

「いつも考えてるよ。最後の切り札じゃないか。いちばんいいところで使いたい」

「じゃ辞める?」

「きみが望むならそうしてもいい」

「わたしに責任をとらせたいのね」

「そういうわけじゃないよ」

「でもそういってもらいたいんでしょ?」

ことばにつまった。電話だからずけずけいえるのか、長渕に失望してのことばなのか、顔の見えないのが残念だった。

長渕は息をつめて数秒間考えていた。

それからいった。

「わるかった。いまのことばはすべて取り消す。結果をだすまで辞めない。いま辞めたら負け犬になってしまう」

「そのほうがあなたらしいわ」

励まされたというのではなかったかもしれない。自分のなかにあった甘ったれた部分を、明子が明るみに出してくれたということだ。それで目がさめた。

それからである。どんなことがあっても辞めようと思わなくなったのは。

本社は本社、自分は自分、要はこれまでの失敗を今後に生かしていくことなのだ。

考えてみると、なまじ台湾で仕入れたなまはんかな知識があったために、かえって仇《あだ》になっていたのだ。

台湾とタイでは風土がまったくちがうのである。水槽で畜養していた五千尾のエビが、どこからか飛んできたサギの群れにひと晩で食いつくされてしまうなんて、タイ以外の国では想像もできないことだった。

また当時はアサリのむきみを飼料にしていたが、輸入アサリに貝毒がふくまれていて、わずか三日ですべてのエビが全滅したこともある。

ようやくぶじに育ってくれたと思ったら、殻や尻尾《しっぽ》に見慣れない模様が入っている。皮膚病の一種にかかってしまったのだ。こうなったらもちろん一尾として商品にならない。

なにもかもが手探りだった。一方で知識や経験はゼロといってよかった。これはやはり基礎研究をきちんとやり、数年がかりでとりくむべき仕事だと反省したのは四か月たってからだ。

そこでプランを練りなおし、詳細な計画書をつくって提出したところ、ものの見事に却下された。自らまいた種とはいえ、狼《おおかみ》少年を信用してくれる人間はもう社内にいなかったのだった。

しかし社内報の記事から類推してみると、長渕の業績に関係なく、台湾での合弁事業はそのころから目鼻がついていたのかもしれない。長渕ははじめから当てにされていなかった。というより、ひょっとするとその意図を同業他社に気づかれないための、カモフラージュだった可能性すらある。

もともとタイでは、マングローブ林につくった池を利用して、エビの自然養殖がむかしからおこなわれていた。自然まかせだから粗放養殖と呼ばれているが、工業生産的な集約養殖の対極にある素朴な飼育法といっていい。

潮が満ちてきたとき池の水門を開き、流れにのって入ってきたエビを閉じこめて、成長するまで育てるのである。

この間餌《えさ》はやらない。とくに管理もしない。エビは現に水中にあるものを食って成長する。もちろんはじめに水を入れるとき、エビを餌にする魚やその卵まで一緒に入ってきてともに成長する。その魚も商品になるのだ。

だいたい三か月から六か月で池をさらって捕獲、出荷する。干した池にはふたたび水を入れ、つぎの養殖がはじめられる。水が汚れたり薬品で汚染されたりしないから、何回でも繰りかえすことができる。自然の摂理に反しない循環型の養殖といっていいだろう。

粗放養殖の泣きどころは、なんといっても収獲量が劣ることだ。一ヘクタールの池あたり五十キログラムのエビがとれたら大漁。平均値は四十キログラム内外でしかない。

もうすこし効率をあげることはできないか、ということで餌を与えたり害魚を駆除したりして、半人工的な管理をする方法もある。準集約型養殖といって、池の水をかき回して酸素を供給する水車の導入もこの段階からおこなわれる。

準集約型になると一ヘクタールで粗放養殖の十倍、約五百キログラムのエビが収獲できる。ときには一トンちかい収量をあげることもまれではない。

もちろんそうなると餌代、管理費等もはねあがる。なおかつ一収獲ごとに池を完全に乾燥させ、ときには消毒したり、ヘドロを取りのぞいたりする作業も必要となる。それを怠ると数回で池がだめになってしまうのだ。だめになった池は、二度ともとにはもどせないのである。

長渕がとりあえず目指したのが、この準集約型の養殖だった。一アールから二アールくらいの小規模な池を用意し、粗放養殖にちかいものから、かなり高密度な準集約型養殖まで、三つの段階にわけて実験的養殖を試みた。そして一回ごとにそのレベルをかえていった。

繊細で神経質なエビは環境の変化やストレスに弱く、養殖をはじめたら目をはなすことができない。それこそ二十四時間見守っていなければならない。

そこで近くに住んでいたヤントラという農民一家をまるがかえでやとい、敷地内にあった家を改修してそこに住まわせた。ヤントラは五十すぎ、妻と三人の息子がいて、いちばん上のハップは十九歳になる。ヤントラが専属の作業員ならハップはその助手。下の子ふたりも十四歳と十一歳。いずれよき協力者になってくれることだろう。

2

昭和五十五年の正月には、明子をバンコクに呼んではじめてふたりきりの、水入らずの一週間をすごした。事実上のハネムーンであった。

それまでは都内のホテルで一、二泊したり、小松へ帰ったとき金沢で一泊したりして新婚気分らしいものは味わっていた。しかし本格的な旅行まではしたことがなかった。一生一度のことだから、どうせヨーロッパかオーストラリアあたりを希望するだろうと思っていたところ、明子はそういうありきたりなコースにまったく興味を示さなかった。

「あんなところへはいきたくないわ。あっちを見ても、こっちを見てもそれらしい日本人カップルばかりで、そんななかに自分がいるなんて耐えられない」

はじめは最初の年の正月に、明子をバンコクに呼ぼうと思っていた。ところが明子は、例年のように小松で正月をすごすことを希望した。拗《す》ねたわけではないが、長渕はその年の正月に日本へ帰らなかった。明子がひとりで小松へいった。亭主と一緒にいるより、甥《おい》や姪《めい》と再会するほうを選んだということだ。

それがことしは自分から、バンコクへいってもいいといいはじめた。長渕家の名物だった正月の団欒《だんらん》も年がたつにつれて変化し、いまでは以前ほど無心な笑いや歓声があがらなくなっていた。無理もない。あのころ小学校へあがったばかりだった小百合や桃子が、いまでは四年生になっている。金沢の姉のところの翔一ときたら高一。話しかけてもろくに返事がかえってこない若者になってしまった。

そういううつろいを味わったうえでのバンコクだったからか、明子ののりはいまひとつだった。運河巡りをしたり古都のアユタヤ見物をしたり、長渕としては目いっぱいのサービスをしたつもりだが、本心から楽しんでいるようには見えなかった。

「つまんない」

いきなりそういいだしたときはあわてた。バンコクへきてまだ三日目のことだったからだ。

「どうしたんだ？」

「どうしたってこともないけど、つまんないからつまんないのよ」

まるで長渕の責任みたいにほほをふくらませてにらみつけている。

「気に入らないことがあったらいってくれ。あらためるべきところがあったらあらためるから」

「やっぱり小松へいったほうがよかったんじゃないかしら」

「ことしはもういいって、いいだしたのはきみだよ」

「だって、つまんなくなっちゃったんだもの。毎年あれほど楽しみにしてたのに。ああいう日が、これからもずっとつづくものだとばかり思っていた」

「子どもたちのことだったらもうあきらめなさいよ。みんなぼくらが考える以上のスピードで成長しているんだ。いずれぼくらには見向きもしなくなる日がくる。しかたがない。ぼくらだってそうやって大きくなってきたんだ」

「だからつまんないんじゃない」

口許《くちもと》をふくらませて半べそまでかいている。目はまだ長渕をにらんでいた。

「わたし、このごろときどき、まちがえたんじゃないかって思いはじめてる」

「なにを？」

「結婚相手」

まるでいいがかりだ。対応をまずくするともっと火の手が大きくなると思ったから、おだやかに、しかしことばに気をつけながらいった。

「びっくりさせないでくれよ。ぼくたち、まだ事実上結婚生活をはじめてないんだぞ」

「だってそう思ってるんだもの」

「ぼくのどこが気に入らないんだ？」

「全部。あなたはエビと結婚したらよかったんだわ」

「おいおい、勘弁してくれよ。ぼくがどういう立場に置かれているか、わかってるだろうが。ぼくはサラリーマンなんだよ。月々給料をもらう代償として、与えられた仕事のノルマを果たさなきゃならない。そのノルマを、まだクリアーしているとはいえないんだ」

「そのノルマがクリアーできたらつぎはどうなるのよ」

「どうなるって、それはぼくが決めることじゃないじゃないか。ひとつノルマを果たしたら、またつぎの課題が提示されるだろうよ。すると今度もまたしゃかりきになって、それに向かってつきすすむというわけだ」

「だったらあなたは仕事と結婚すればよかったのよ。わたしなんていらないじゃない。エビを奥さんにすればよかったんだわ」

「むちゃをいわないでくれよ。それじゃまるでいいがかりじゃないか。ぼくの立場なんて、どこにもないよ」

「それくらいわかってるわよ。わかっていってるんじゃないの。あなたが精力的で、たくましくて、バイタリティあふれる人間だということは、だれよりも認めてるわ。あなたという人は、後を見たり、ふりかえったり、ためらったりはけっしてしない人なの。目標に向かってひたすら突きすすむ。目標をひとつクリアーしたら、またつぎの目標が現れる。するとまたそれをクリアーする。あなたはわたしを手に入れた。つぎに手に入れなきゃならないものはエビ。エビが手に入ったらまたつぎのもの。永遠にその繰りかえし」

「お願いだよ。ぼくという人間をそう決めつけないでくれ。たしかにぼくは猪突《ちょとつ》猛進するしか能のない人間だよ。がさつで、せっかちで、品がなくて、デリカシーに欠ける鈍感な人間だ。しかもいまは仕事に結果がともなってないからあせっている。だけど、そんなぼくにも感情はあるんだ。きみにはカバかサイみたいに見えるかもしれんが、弱みを見せるのはいやだから感じないふりをしているだけなんだ。ぼくだってときには心細くなったり、自信を失ったり、泣きたくなったりすることはあるんだよ。そんなぼくの、唯一《ゆいいつ》の支えであり、慰めであり、あすのエネルギーの源になってくれるのはだれなんだ。きみ以外にないじゃないか」

「…………」

「このコンドミニアムを見てごらん。東京なら月に五十万円は取られてもおかしくない豪華アパートだ。面積百二十平米。プールもあれば掃除や洗濯をやってくれる専門のメイドだって雇うことができる。これで中級クラスなんだよ。この周りに住んでる日本の商社の駐在員は、みんな二百から三百平米もある超豪華コンドミニアムに住んでいる。冷房の効いたこの心地よい部屋で、ぼくが毎日のうのうと暮らしていると思うかい？現実には毎日百二十キロもの道を、車やバイクや自転車をかき分けながら往復してるんだ。冷房はおろか扇風機すらないところで、一日十五時間から二十時間働いてる。それも、どんな仕事だと思う？　ひと晩じゅう寝もしないで、池の周りをぐるぐる回っているだけだったりするんだ。池の底からあがってくる小さなあぶくに神経をすり減らして、それを見ているだけなんだ。水を酸素不足にしてしまうと、一晩で何十万尾というエビが全滅してしまうからだよ。掘っ立て小屋で二、三時間もごろ寝できたら上出来。そんな男に支えが必要だとしたら、それはいったいなんなんだ？」

「………」

「ほんとはきみと一刻も早く一緒に暮らしたいんだ。しかしいまの実情からいうと、きみに割いてあげられる時間は、一日一時間もないだろう。家にはめしを食うためと、寝るために帰ってくるだけ。それこそほんとに、わたしはいったいなんのために結婚したのって、いわれてしまいそうなんだ。きみが家族というものをどんなにたいせつにしたいと思っているか、よくわかっているつもりだ。ぼくの家族をあんなに好いてくれていることを、本当にありがたいと思っている。心から感謝している。だがいまのぼくは、きみの願いをなにひとつかなえてあげられそうにないんだ」

明子が顔をそらした。というより視線を落とした。うつむいて、動かなくなってしまった。

うなじを見ていた。そこから背にのびるやわらかな曲線に目をそそいだ。それからくびれたウエスト、かたちよくふくらんだヒップ。それを見るたびにからだのなかがうずいてくる。先ほど抱いたばかりだった。心ゆくまで愛撫《あいぶ》して、最後は腕のなかにその肉体を抱きしめて思うさま果てた。

そしたらいきなり、つまんないということばがでてきたのだ。

明子が目を落としているテーブルの上になにか落ちた。

涙だった。

「あかちゃんが欲しいの」

うつむいたまま明子はいった。

「あなたには仕事があるけど、わたしにはなんにもないのよ。わたしにつくることのできるものがあるとしたら、子どもだけ。家庭。家族。わたしの子どもたち。小市民的だっていわれてもかまわない。わたしは子どもたちに囲まれて、自分の家庭が安全で、平和だったらそれでいいの。世のなかがどうなろうが、自分の家庭さえ明るくて、やすらぎに満ちていたらそれでいい人間よ。わたし、いつになったらあかちゃんを産めるの？ もう二十七なのよ。だんだんあとがなくなってきたじゃない」

「わかった。よし、きみの気持ちはよくわかった。こうなったら一刻も早く一緒に暮らそう。来週会社に出社したら、すぐ辞表をだしなさい。もう隠さなくていいから、ぼくと結婚していると公表しなさい。おやじの意向も聞いてみなきゃならないが、秋には結婚式を挙げよう。きみにはそれから安心して赤ちゃんを産んでもらう」

「ひとりなんていやよ。最低三人。できたら五人」

長渕はうなずきながら明子を引き寄せた。背中に手を回すとやわらかくなでた。耳元に口をよせてささやくようにいった。

「きみのことをなにもかも知りたいんだ。なんでもいいから、思ったこと、感じたことをしゃべってくれないか。夕張時代の話も聞きたい。どんな小さな思い出でもいい。話が重複しようが、前後しようが、記憶が曖昧《あいまい》だろうが、気にしなくていい。きみが見たこと、聞いたこと、感じたこと、うれしかったこと、悲しかったこと、なんでも聞かせてもらいたいんだ。ぼくはきみのすべてを知りたい」

「特別なことなんてなにもなかったわ。平凡で、退屈で、きまりきった毎日だった。いま思うと、ただ待っていたみたいな気がする。なにを待っていたのか、わからないんだけど。自分がなにかを待っている、ってことだけはわかっていた」

「それを聞きたいんだ。ぼくたちはもっと自分たちの心の内をさらけだすべきだと思うんだよ。きみが感じたことを、ぼくも感じてみたいんだ」

明子の耳たぶを軽く噛《か》んだ。ほおずりをすると、わずかに顔をあげた。唇に触れた。二度、三度。明子がうなずいた。そして唇が開いた。唇を重ねた。背に回した手をさらに下へとおろしていった。

3

タイでの生活が二年目に入ったあたりから、偶然と幸運にあとおしされたとはいえ、目に見えて成果があがってきた。わずか二アールの実験池の結果にすぎなかったが、二期つづけて二百キロの収獲をあげることができたのだ。一ヘクタールに換算すると約一トン。準集約型の養殖としては大成功といっていい数字だった。

それが評価されたのだろう。会社での扱いもかわってきた。経費が増額され、小型冷凍設備や倉庫をそなえた現場事務所を建ててもらうことができた。日栄食品タイ水産試験場の看板が誕生したのもそのとき。待望の電話も引いてもらえた。それまではポケットベルしかなかったのである。

四月には入社三年目という村上勝也《かつや》が配属されてきた。はじめて部下ができたことになる。当然仕事もふえ、さらに詳細なデータ測定や、日計表の提出などが要求されるようになった。一方で本社が手に入れたさまざまのデータも、リアルタイムに送られてくるようになった。配合飼料が手に入るようになり、餌《えさ》づくりの苦労から解放されたのもこのころからだ。

七月のはじめに休暇をとり、二年ぶりに日本へ帰った。明子との結婚式を十一月にひかえていたから二度手間になるが、父親が胃潰瘍《いかいよう》を手術して入院していたから打ち合わせと見舞いを兼ねてだった。

東京にもどった翌日、本社へ挨拶にいった。休暇中だからその義務はないのだが、そこはサラリーマン、素通りするわけにいかないのだ。

「社長がお時間をつくってくださるそうだ。ちょっと待っててくれ」

部長のところへいったらそういわれた。ためらいの色を浮かべ、長渕をどう扱ったらいいか、困っているみたいな顔だ。このまえまで頭痛の種だった男の評価が、最近見直されているのを感じとっているのである。

松原正信はデスクで書類をひろげていた。長渕が毎月送っている月例報告にほかならない。おととい、バンコクをでてくる日に送ったものだ。

長渕を見るなり破顔した。

「おう、すっかり日本人ばなれした顔色になってきたじゃねえか。貫禄《かんろく》もついてきた」

「おかげさまで、なんとか生きながらえてます」

わざと無愛想にいったつもりだが、あとのことばがでてこなくなった。胸がつまり、目頭になにかこみあげてきそうになった。

「やってくれたな」

松原が書類をひらひらさせながらいった。目が笑っていた。

「そういってもらえるとありがたいです。やっと、とば口にたどりついたかな、というところです」

「三年はかかるとみていたんだ。タイ原産のオニテナガエビという淡水産のエビを知ってるだろう。あれを台湾が導入し、ものにするのに三年かかってる。だいたい三年なんだ。どこでもそれくらいはかかっている」

「それは金と人間をおしげもなく投入しての話じゃないですか。ぼくみたいにたったひとり、島流しにされて、というのとはだいぶ条件がちがうはずです。給料がもらえただけでもありがたいとは思いますが」

べつに恨みつらみをいうつもりはなかった。しかし自然とそういうことばがでてきた。

松原がにやっと笑った。

「だいぶ恨んでるみたいだな。枠にはめたり頭をおさえたりするより、自由にやらせたほうがおまえには向いてると思ったんだ。しかものびのびやらせるよりは、ある程度頭をおさえつけたり、制約やストレスを与えたりしたほうがいい。おれだって人間を選んで使ってるつもりだよ。素っ裸にして放りだされ、それでも猛然と反発できるやつなんて、そうはおらん」

「じゃあなんですか。ぼくに期待していたとでもいうんですか」

「胸をおどらせて朗報を待っていた、というほどの期待はしてなかった。おまえなら、ひょっとするとやるかな、とは思ったが」

「ぼくがけつを捲《まく》って、逃げだすかもしれないとは考えなかったんですか」

「経営者というのはそこまで考えんよ。どういう結果がでようが、おどろかんだけだ」

「その書類でもお願いしましたが、施設の拡充の件を最優先して考えてください。小金を貯《た》めこんでいる連中が、最近足しげく偵察にきはじめています。見よう見真似《みまね》ではじめたやつまででてきました。いまのうちに手当てをしておかないと、まとまった土地は手に入らなくなるかもしれません。バンコクの近辺では、あのあたりが一等地なんです」

「知ってるよ。エビは儲《もう》かる、とわかって台湾がいま沸騰《ふっとう》している。あと二、三年たったらえらい騒ぎになってるだろう。目端のきくやつはもうタイに目をつけている。台湾のつぎはタイというわけよ」

びっくりした。ブラックタイガーの養殖がこれから本格化しようとしているとき、松原がまさかつぎのことまで考えていようとは思ってもみなかったのだ。

「タイにいま華僑《かきよう》はどれくらいいるんだ?」

「六百何十万だったと思います。人口の十一パーセントを占めると聞いたことがあります」

「半端《はんぱ》な数字じゃねえな。タイの経済が牛耳られてるのもむりはねえや。よしわかった。金と人間を投入すべきときがきたらそうする」

社長室からもどってきたときの心境は、まえより複雑になっていた。このままやれ、ということばこそもらえたものの、性格を逆手にとられ、いつもいいように利用されている気がしないでもない。いつも先へ、先へと手を打たれている気がしてならないのだ。

三日ほど都内にとどまり、明子の母親に会ったり、弟夫婦と一緒にめしを食ったりした。明子の弟健一は、一時はぐれかけたこともあるが、いまではすっかり落ちついて運送会社で働いていた。妻となった女性は同僚の妹で、この五月に女の子が生まれたばかり。いわゆる、できちゃった婚だった。

そのあと明子をつれて加賀へ帰った。

はじめに金沢へゆき、入院中の父親を見舞った。父親は一日四万円もするバストイレつきの個室で退屈の虫を嚙《か》み殺していた。手術は一週間まえに終わり、経過も順調、本人は来週にも家へ帰るつもりでいる。母親と、市内にいる上の姉とが交代でつきそっていた。

小松の実家に帰った夜、兄とふたりで酒を飲んだ。はじめは明子もいたが、そのときはなにもいわなかった。

ふたりきりになったときはじめていった。

「おやじの病気、なにか気がつかなかったか？」

「え？　なにも思わなかったが」

「ガンなんだ」

とっさに思いだしたのは姉の顔だった。病院でときおり、母とはちがう表情を見せていたような気がしたのだ。

「わるいのか？」

「一応患部の摘出はしたが、いずれ再発するだろうって」

「何年ぐらいもつんだ？」

「長くて五年。九十パーセントまでは三年以内に死んでる」

「それを知ってるのは？」

「おれたち、子どもだけ。おふくろには知らせてない」

あとで知ったら母はたぶん恨むだろう。しかし弟としては、兄の肩を持つしかなかった。母が父の前で知らん顔をしているのは、むずかしかろうと思うのだ。

「おまえたちの結婚式には出席できるだろう。最後の親孝行になるかもしれんが、まだしもよかったと思うよ。明子さんにはおまえからいっといてくれ」

「おれはなんにもできないけど、いいのか？　またしばらく帰ってこれそうにないんだ。いままでよりもっと忙しくなるかもしれん」

「おやじの世話だったらおれたちで見るから心配いらん。しかし、おまえもずいぶんかわったな。たくましくなって、貫禄までついてきた。いつ辞めるかいつ辞めるかと思ってたんだが、最近は口にもしなくなった」

「意地だよ。いまやりかけてる仕事がものになるまでは、辞めたくっても辞められない」

　明子にはその夜のうちに知らせた。

　小松に三泊してまた金沢へゆき、そこで二泊した。父親を見舞い、話し相手になって、結婚式のすすめ方や、父親の意向を聞いてやった。父親はよろこんだ。結婚したら郷里へ帰ってくるものとばかり思いこんでいるみたいなのだ。これからの事業計画なるものを、繰りかえししゃべった。なかには三度も四度も聞いた話までまじっていた。そしてだれと、だれに会え、といった細かい指図をいくつかした。

「紹介状ぐらいもらってあげたほうがよかったんじゃないの」

　東京へ帰る飛行機のなかで明子がいった。国会議員のルートで、ある財界人に会うよう父親からいわれたのだ。生返事はしたものの、長渕にははじめからその気がなかったのを咎《とが》めているのだった。

「心配ない。あしたになったらなにをいったか、忘れてるよ。しかし、なんか気の重い帰省になっちゃったな」

夏休みまえだったので、今回は子どもたちにも会えなかった。兄のところの小百合までが、いまでは塾通いでろくろく家にいなかった。中学校は金沢にでて、姉の家から私立中学校へ通うという。地元の公立中学校では、大学進学に不利だからというのだった。

歳々年々、人同じからず。

「変わってないのはわたしたちだけかもね」

なにかを振りきってしまうような思いをいだきながら、長渕はふたたびバンコクへもどった。

4

松原正信から、バンコクへ視察にゆくという思いがけない電話をもらったのは、雨期明けの十月末のことだった。突然すぎる話で、その日までわずか、五日しか時間がなかった。

とりあえずホテルの手配をしようとすると、すませてあるという。出迎えも、歓迎の宴もいらない。到着した日のスケジュールも決まっているとかで、長渕が依頼されたのは翌日の、試験場の視察と車の手配だけだった。

つぎの日の朝はもう日本へ帰るというのだ。つまり二泊三日。長渕がお相手できる時間はまる一日しかなかった。

秘書の小笠原に電話をしても、口をにごしてはっきりしたことをいわない。口ぶりから察すると、どうやらお忍び旅行のようだ。当初は女でも買いにくるのかと、その目的を疑ったくらいだった。

「ただし当日は、いつ連絡するかもしれませんから待機しててください」

といわれたものの、日中はなんの連絡もなかった。夜の九時すぎになって、当の小笠原から、コンドミニアムへ電話がかかってきた。

「社長が会いたいとおっしゃってます。これからオリエンタルホテルまで出てこられますか?」

「すぐいきます。十五分で着けるといってください」

タクシーにのってチャオプラヤ川の河畔にあるホテルにむかった。オリエンタルホテルはバンコクの最高級ホテルで、長渕が手配していたとしてもいちばん先に考えたところだ。

松原と小笠原は二階のバーで待っていた。松原はブランデーグラスを傾けている。表情からすると一杯目ではなさそうだ。

おう、と長渕を見るなり野太い声をあげた。上機嫌のようだ。一方の小笠原はグラスのビールに口をつけた程度。秘書だから当然かもしれないが。

「あしたは一日おれの身柄をあずけるから、見せておきたいところがあったら全部案内しろ。ロートルだからって遠慮しなくていいぞ。つぎはいつこられるかわからんからな」

「わかりました。午前中はうちの試験場を見ていただきます。午後は界隈《かいわい》のマングローブ林や、近在の農村を見ていただくつもりです。あと時間が許せば、サムット・プラカン地区の工業地帯も見ておいていただきたいんです。ほかになにか、とくに希望されるものはありますか」

「ないよ。マングローブ林ならきょう空から見たが、地上から見るのもまた感じがちがうだろう」

「ドン・ムアン空港に着くときごらんになったんですか」

「そうじゃないよ。タイについてすぐ、空から視察なさったんだ」

小笠原がいった。長渕は運ばれてきたビールに口をつけながら松原の顔をうかがった。

「ほんとはおまえもつれていくべきだったけどな。うっかりして、手つづきするのを忘れたんだ。タイ政府が飛ばしてくれた飛行機だから、むりもいえなくて」

「政府差しまわしの飛行機ですか」

「そうよ。一年以上まえから根回ししていたんだ。それがやっと実現して、国王の側近の、政府高官に会えるところまでこぎつけた。むこうから日にちを指定してきたからよ。ほかの約束をすべてキャンセルして、駆けつけてきたというわけだ」

「そうでしたか。空の上からタイの国土をごらんになったんですね」

「双発のセスナで一時間、じっくり見せてもらった。ご本人も同席だ。口からつばきを飛ばして演説したよ。僭越《せんえつ》ながら、タイが外貨を獲得している輸出商品の第一位はなにか、閣下はごぞんじですかって。三十年以上にわたって第一位となっているのが米です。二位がキャッサバ、三位がキャッサバのでんぷんからつくるタピオカ。完全な農業国です。その第一位の品目を、米からエビに替えてみるお気持ちはありませんか。十年でまちがいなく替えられます。重点的な資本投下と、効果的なノウハウがあればの話ですが。わたしどもはいつでも、それを提供できる用意があります」

上体を揺すり、声色をまじえながら松原はしゃべった。

背筋がぞくりとした。松原がなにを狙《ねら》っていたか、はじめてわかったからだ。

いかにもあくのつよそうな赤ら顔を、長渕ははじめて見るような目で見直した。叡智《えいち》という表現は当たらないにしても、読みの深さや計算高さでは底しれないものを秘めている顔だ。

「いい返事がもらえましたか?」

「もちろん即答はなかった。しかし国王に伝える、と明言してくれた。今夜、会食しながら、さらに細かいことまで進言したんだ。もうしわけないが、タイの経済はかなりな部分を華人に握られているんじゃありませんか。エビの養殖は、それをタイ人の手にとりもどす方法のひとつになるかもしれません、と」

「その方はエビ養殖について知識を持ってました?」

「台湾でのブラックタイガーの養殖を、耳にしている程度だった。そういうことを、自分の国に当てはめては考えたことがないみたいなんだ。経済力がちがいすぎると思っているのか、台湾にははなから太刀打ちできないと考えているかだろう。だからそうじゃありません、と教えてやったんだ。台湾だってほんのこのまえまでは、砂糖しか輸出するものがなかった国です」

「それはずいぶんまえの話ですけど」

「いいんだ。もののたとえだから」

「しかし後発のタイが台湾に追いつくのは、現実問題としてかなりむずかしいと思います」

「そんなことはねえよ。台湾の養殖は早晩ゆきづまる。これは保証してやる」

口調をかえると、決めつけるようにいった。魚屋のおやじの顔にもどっていた。

「なぜかというとだな。台湾には汽水域がないんだ。ブラックタイガーは汽水を好む。そのため台湾じゃ地下水をくみあげて海水をうすめている。みんながみんな、大量の水をくみあげてみろ。なにが起こるか、わかってるだろうが。もうすでに、地盤沈下を起こしている工場があらわれてるんだ」

初耳だった。というよりそこまで注意を払ったことがなかった。

「データがあるんですか?」

「ねえよ。たまたま浜で、漁師がこのごろ渚《なぎさ》があがってきた、といったのを小耳にはさんだんだ」

六月に台湾へ視察にいったときのことだという。そのあと現場へいって、事務所の建物の基礎に大きなひび割れが走っているのを見つけた。池のコンクリート堤防のひとつには亀裂《きれつ》が走り、その補修に追われていた。

地盤が沈下しているんじゃないか、松原にはピンときた。

ハマチからはじまり、エビからタイからヒラメまで、いまや魚介類で養殖できないものはない時代になろうとしていた。いずれマグロまで養殖ものしか食えない時代がやってくるだろう。

そうなった場合、いちばんネックになりそうな問題はなにか。けっして技術的な問題ではなかった。開発によって起こる自然の変化というやつなのだ。

松原はこれまで、赤潮で養殖ハマチが全滅し、一夜にして全財産を失うといった辛酸を何度もなめていた。環境の変化に対しては、それだけ敏感なのだ。そこらの環境論者たちのいう環境問題ではない。事業に悪影響をおよぼすかもしれない自然の変化には、経験によって裏づけられた並はずれた嗅覚《きゅうかく》を持っているということだ。

台湾から帰ってきてのちも、彼は継続的にその種の情報を集めた。そして地下水のくみあげは、いずれ大きな社会問題になると確信した。

長渕たちが養殖しようとしているブラックタイガーは、車エビの一種であるが分類上はウシエビと呼ばれている。じょうぶで飼いやすいうえ、成長が早く、三か月で三十グラムの大きさになる。味のほうは車エビにだいぶ劣るが、大量生産が可能という点でこれ以上のエビはなかった。

しかもこのブラックタイガーは海水より汽水、すんだ水よりにごった水、コンクリート製の水槽より泥や草木の生えた自然の池をより好んだ。タイのマングローブ林は、そういう意味でも養殖にもっとも適したところだった。べつな言い方をすると、台湾はその適地といえなかった。

その夜長渕は興奮してなかなか寝つけなかった。これまでになく奮い立っていた。松原正信という男に畏敬《いけい》の念すらおぼえたのだ。

翌日チャーターした車で試験場へ案内した。といってとくに注釈が必要な施設はない。松原にとってはすべて手の内にある知識にすぎず、現場を追認する意味しか持っていなかった。

「あれは？」

と松原が指さしたのは、水抜きをして乾燥中の池だった。干《ひ》からびた池の底がむきだしになっていた。そこに散布してある白い粉末を見てたずねたのだ。

「消毒用の消石灰です」

「ずいぶん少ないな。ほかになにか手当てをしているのか？」

「今回は石灰だけですみます。しかし次回は塩素で洗わなきゃならないだろうと思ってます」

「おやおや、牧歌的だなあ。サポニンやロテノンは使ったことがないのか」

「そのことでくわしいことをうかがおうと思ってました。それらの安全性に関するデータはあるんですか」

「そんなものはなくったっていい。必要かどうか、それがすべてだろうが」

麦藁《むぎわら》帽の下からじろっとにらまれた。用意してあったゴム長靴《ちょうか》をよろこんではいた。麻のズボンに跳ねが飛ぼうが泥がつこうがおかまいなし。汗をだらだら流し、いまではシャツの胸元までべったりぬらしていた。

松原と長渕の後に小笠原、さらにそのあとから村上、ヤントラと息子のハップ、みんながぞろぞろとついてきた。

「台湾ではいま、どれくらいまで高密度飼育が可能になってるんですか?」

「一平方メートルあたり平均五十尾だな」

信じられない数字だった。ここではまだ、十尾がやっとなのである。

「それで、よく問題が起きませんね」

「起こることもある。起こらないこともある。だからやっかいなんだ。七十尾も八十尾も密飼いして、それでなにごともなかったところだってある。そういう話だけはぱっと伝わるんだ。そしてたちまち、じゃあうちは九十尾でやってみよう、百尾でやってみようということになる。そりゃそうだろう。一ヘクタール三トンか四トンの収量でおおよろこびしていたのが、よそじゃ七トン、八トン、十トンも揚げていると聞いてみろ。みんな目の色がかわる。人間の欲にはきりがねえ。池のなかに金貨が沈んでるとなりゃなおさらだ」

「すると台湾工場はかなり収益率がいいんですね」

「あれは儲《もう》かってねえ。うちのほうにうまみはねえんだ。はじめから授業料を払うつもりでだした金だから惜しくはねえが」

さめたことばが返ってきた。いまいましそうな口ぶりととれなくもなかった。そういえば台湾との合弁事業は、日栄側がずいぶん不利な条件になっていると聞いた。松原がそういう条件を呑《の》むとはふつうなら考えられなかった。授業料を払うつもりだったのはたしかだろう。長渕のところに送られてくるデータがその証明だった。

稼動《かどう》中の池に網をおろして養殖中のエビをさらって見せた。四つ手網のような金網に、体長十センチほどに育ったブラックタイガーが四尾あがってきた。これで二か月。あと一か月で出荷できる。

ほかには種苗と呼ばれている稚エビの水槽しか見せるものがなかった。池がにごっているうえエビは夜行性だから、昼間はなにも見えないのである。

「次回は二十尾ぐらいでやってみるつもりですが、五十尾のレベルへ達するには、まだ時間がかかると思います。いいですか」

「それぐらいわかってるよ。いまおれがいったのは極端な数字ばかりで、そんなのにまどわされることはねえんだ。気をつけてもらいたいのは、飼料要求率と生存率の兼ね合いだ。そいつをどうやって高めていくか、気を抜かずにデータをとってくれ」

現在は敷地が五ヘクタール、池が大小十二あった。周囲にはマングローブ林がひろがっている。その境界線まで松原を連れていった。といっても平坦地《へいたんち》だから、クリークがあって木立が見えるだけ、視界はまるできかない。一キロほど先に海があるのだが、見えないし、音も聞こえないのだ。

「この先に二ヘクタール、さらに右へ七ヘクタールの土地があります。何度もいいますが、いまのうちに手当てをしておいたほうがいいと思うんです」

「まあ、たいした金額じゃないからそれくらいはだしてもいいが。しかし目の色を変えて土地を買いあさる必要はねえよ。おいおい説明はするが」

昼食には小笠原をふくめ三人で、サムット・ソンクラムの近くにある水上レストランへでかけた。

といってもクリークみたいな川の上に、テラスが突きだしている大衆食堂にすぎない。客の九十九パーセントまでがタイ人だ。唯一《ゆいいつ》のとりえが、川風があってまだしも涼しいこと。冷房つきのレストランなど望むべくもないところだった。

ちなみにサムットとは海岸という意味。海沿いにはこの名のついた街がいくつかある。

「さっきのつづきだが、あの試験場は、エビを育てるにゃいいとこかもしれんが、会社を置くとこじゃねえな。あんなとこじゃ人を集められんだろう」

食事まえのビールを飲みながら松原がいった。

「かといって、バンコク近辺にはもう土地がないんです」

「あったじゃないか。くるとき、だだっぴろい農村を横切ってきたぞ」

「あそこは淡水地帯です。米しかつくれません。農民は土地を手放したがらないんです。かといって、エビづくりをやってみようというものもいません。保守的で、臆病《おくびょう》なんです。第一資金を持っていません」

「そんなのは結果を突きつけてやりゃ簡単だよ。米の十倍の収入になるとわかってみろ。みんな飛びついてくる。そのためには実績と、やってみたくなる条件を整えてやることだ。養殖のノウハウはもちろん、道路、電力、港湾、冷凍加工設備、インフラの整備が欠かせん」

「インフラまで日栄がやるんですか」

「タイにやらせる。だからのりこんできたんじゃないか」

「すると日栄はどこで商売をするんです？」

「種苗の提供と、飼料と薬品の供給、それから買いつけだ。金融をそれにつけくわえてもいい。もう養殖で食う時代じゃねえよ。土地を買いあさる必要はねえといったのもそのためだ。ノウハウはこれからも積みかさねてゆくが、養殖は人にやらせる」

脱養殖。松原の考えていたことは、つくって売ることではなく、つくらせたものを右から左へ動かすことだったのだ。つまり日栄の商社化が目標だったのである。

エビの養殖は、たしかにエビさえ育てればいいというものではなかった。それを商品として出荷するためには、冷凍、加工、流通、電力、飼料といったものの安定供給が絶対的に欠かせなかった。工業的なインフラの整ったところでないとできない事業なのである。

「いまはまだ、日本人とアメリカ人しか食ってねえけどよ。見てろ。そのうち世界中の人間がエビを食いはじめるから」

帰途、運転手に命じて農村に車を乗りいれさせた。適当なところでとめさせ、松原に車からおりてもらった。

道路が土手になっているところだった。一本の土手をはさんで両側に二本の水路が走っていた。左側は水田、右側はマングローブ林とクリーク、緑一色。クリークを流れるにごった水に緑が映っている。

「おわかりになりますか。右側にあるのはマングローブ林、左側にあるのは水田です。つまりこの道路をはさんで流れている二本の水路は、右が海水、左が淡水。ふたつの水面の高低差はほとんどありません。つまりものすごく微妙なところでこの環境が保たれているということです」

「なるほど。百姓というのはええもんだな。何百年かかったかしらんが、こうやって営々とマングローブ林を拓《ひら》いてきたんだ。食わんがための執念よ。食うためにはなんだってするのが人間なんだ」

「それで、最近考えはじめたことなんですが、マングローブ林だって無尽蔵にあるわけではありません。開発しすぎたらそれはそれでまた問題が起こります。一方で無尽蔵といっていいほどたくさんあるものもある。水田です。この水田でエビを育てる手もあるんじゃないかと思うんです」

「ブラックタイガーをか？」

「そうです。真水ならふんだんにあります。水田を養殖用の池にして、海水はトラックで運べばいい」

「排水はどうする？」

「無害になるまで希釈して流します」

「わかった。そいつも視野に入れとこう」

「それともうひとつ、エビだけで終わらせるのはもったいないものがあります。無尽蔵にある人手です。いずれ日本は、野菜づくりまで国外に供給を求めなければならなくなると思います。そのときタイはいい農場になるはずです。農民にとっても、米づくりよりはるかに儲かる。水田をつぶしてエビの養殖をするより抵抗も少ない」

「おうおう、おまえからそういうせりふが聞けようとは思ってもみなかったな。事業というものが、やっとわかってきたじゃないか」

松原がおもしろそうに、豪快に笑った。

長渕琢巳は十一月に結婚式を挙げた。

東京では内輪にすませ、加賀で盛大なお披露目をした。その席へ松原が長文の祝電を送ってきてくれた。

バンコクでのあたらしい生活がはじまった。試験場のスタッフが四人に増強されたのは翌年春のことだ。名ばかりだったとはいえタイ事業部なるものが誕生し、長渕は部長という肩書きを得た。

5

九月のなかば。長渕は宍倉文則という人物から結婚披露宴の招待状をうけとった。新郎宍倉徳夫、新婦仲谷絵美、十一月三日に都内赤坂の某ホテルで挙式とある。皮肉なことにそれは、長渕と明子とが加賀で披露宴をした日でもあった。

宍倉のためにはよろこんでやるべきだろうが、招待のほうは当惑した。出席したところで見知っている顔はひとつもないはずなのだ。このぶんだと秋庭も招待されているだろうが、彼がでてくることも考えられない。

とにかく秋庭の意見を聞いてみようと思った。電話をしてみたところ、留守だった。ゲストハウスにかけてみたが、これまただれもでてこない。夜、秋庭のところへかけなおしてみた。いぜんコール音だけだ。たしか録音機能のある電話機を使っていたと思うのに、その設定もされていなかった。

那須で会ってからほぼ二か月。まさかあのまま秋田に居つづけているということもないだろうと、ゲストハウスにかけなおした。

すると今度は応答があった。若い男がでてきた。

「六月にお世話になった長渕といいます。秋庭さんはいま、そちらですか?」

「だれもいないんですけど」

自信のなさそうなぼそぼそした声が答えた。はじめの印象では三十代かと思ったが、この分だと二十代はじめくらいまでさがるかもしれない。

「いないというのは、どこかでかけているんですか」

「知らないんです。だれもいません」

「失礼ですが、あなたは?」

「坪内といいますけど」

「ビレッジのメンバーの方でしょう?」

「………」

「ちがうんですか?」

「メンバーでないとだめなんですか?」

しどろもどろになっている。これまできちんとした会話などしたことがないような応答だ。

「いつそこへきたんですか？」

「きょうです」

「どういう関係でそこへきました？」

「関係？」

「とがめてるわけじゃないんです。どなたかの紹介できたと思うんだけど、ちがいますか？」

「ぼくは、その、ただで泊まれると聞いたもんだから」

「すると、秋庭さんには会ってないんだね。前の家に住んでる人だけど」

「前の家は留守みたいです」

「じゃ、おたくがそこへきたとき、ハウスは無人だったの？」

「はい。だれもいませんでした」

北海道をツアーちゅうのライダーだという。羽幌《はぼろ》で知り合った男から、設備のいい無料宿泊所があると聞いてやってきた。それだけのことらしい。

どうやってなかへ入ったか聞くと、テラスの土台の柱に鍵《かぎ》が隠してあると教えられたそうだ。事実そうだった。引き継ぐ人がいない場合、最後にハウスをでる人がそこへ鍵を置いておくシステムになっている。

男の話によると、もう何日も無人状態がつづいているようだとか。

要領を得ないまま電話をきったが、気になると頭から離れなくなった。まったく関係のないものが、勝手に入り込んで無料宿泊所代わりに使うとは、どう考えてもおかしいのだ。

ひと晩考えた。朝を迎えたときは、現地へいってみる気になっていた。むろん明子のことも頭にある。夕張へいってみようとしたらどうなるか、それをもう一回体験してみたい気もあった。

朝一番の函館《はこだて》行きの便に乗った。函館から列車。これがなんとも接続がわるかった。長万部《おしゃまんべ》でたっぷりと待たされて普通列車に乗り換えた。黒松内についたのは午後の一時。朝五時に家をでたから八時間もかかっていた。

黒松内からはタクシーを使った。天気のいい日で、空の果てまで晴れわたっていた。気温も高く、直射日光は北海道にいると思えないくらい強かった。それでも空気の肌触りがちがった。湿度が低いからだ。

ウエンナイのふたつの建物は、猛々《たけだけ》しく繁《しげ》った緑の海に呑みこまれかけていた。手入れをうけた形跡のない道路脇《わき》のフキやオオイタドリが、わがもの顔に葉をひろげている。森のみどりはいまや繁《しげ》りすぎて黒ずみかけていた。

取りつけ道路の草までのび放題だった。ほとんど手入れをされていないということだろうか。

秋庭の家の庭にあるサルビアが真っ赤に咲いていた。郵便受けをのぞいてみた。村役場からの封書が一通と、宍倉からの結婚披露宴の招待状が入っていた。カーテン越しにのぞいてみると、祭壇のあった部屋のなかはすっかり片づけられている。ゲストハウスの物干しに上下つなぎのライダースーツがぶらさがっていた。下着が数点。ヤマハのバイク。軽自動車はそのまま置いてある。

テラスに落ち葉がたまっていた。

テレビの音が外まで響いていた。サッカーの実況をやっている。タクシーを乗りつけてきたのにだれもでてこなかったのは、音が大きすぎて聞こえなかったのだろう。ふたつ重ねたクッションに頭をのせ、床に足を投げだして男がテレビを見ていた。というよりそのまま寝入っていた。

拳《こぶし》でガラスを叩《たた》いた。

五、六回叩くとやっと気がついた。首をねじまげて振りかえり、ばねじかけみたいに飛びあがった。よほどおどろいたらしい。テレビを消すなり駆けよってきた。

「びっくりさせてごめん。ゆうべ電話した長渕だけど」

二十四、五くらいだろうか。あどけない顔をした若者は首を突きだすみたいにして頭をさげた。背丈は百八十近くありそうだが、鍛えたという体軀《たいく》ではない。ぬーっとただ大きくなった感じ。頭髪はのびているものの顔はつるつる。髭《ひげ》をそったばかりのようだ。

トレパンにTシャツという姿だった。

男はおろおろして、自己弁解じみたことをいった。ことば遣いがなんとも幼い。あらたまった会話はしたことがないようなのだ。

「べつに非難してるわけじゃないから、正直にいってもらいたいんだ。きみたちライダーのあいだに、ここへくればただで泊まれる、という情報が流れてるのかね？」

部屋の使い方は、とくに乱雑ということもなかった。流しに食器が積みあげてある以外、目立った破綻《はたん》はない。

「いえ、ここを教えてもらったとき、だれかれかまわず教えるなよって、何回もいわれました。とくにグループで動いてるやつらは絶対やめとけって。どうしてあのとき、ぼくにだけ教えてくれたのか、わからないんですけど」

「それはありがとう。しかしここは、見たらわかると思うが、だれもが自由に使える施設ということじゃないんだ。会員制の研修施設みたいなところでね。たしかに無料だけど、利用するからにはそれなりの義務を果たす決まりになってる。テラスの落ち葉を掃除するだけでもいいし、庭の草を刈るだけでもいい。つぎにやってくる人が気持ちよく利用できるよう、なんでもいいからできることを自発的にやってもらいたいんだ。そのうえで、今後はいかなるライダーにも、ここは教えないでもらいたい。できたらきみが最後になってもらいたいんだ」

男はわかりましたと答えてテラスへでていった。泣きだしそうな顔になっていた。この程度の注意すらされたことがないらしいのだ。

家のなかを点検した。冷蔵庫に根菜が若干残っているものの生ものはない。調味料、米、一通りあるがかなり古くなっている。男は自分のコッフェルでめしを焚《た》いていた。食事は自前のものですませたらしく、レトルト食品の空き袋とカップラーメンの残骸《ざんがい》がビニール袋に突っこんであるくらい。とくに汚れてはいなかった。

だが浴室が汚かった。浴槽を洗った形跡はないし、床にも垢《あか》がこびりついていた。流し口には大量の抜け毛がたまっている。

バスマットをテラスへ干しにいくと、男がうろうろしていた。手に拾った落ち葉をかかえていた。

「これ、どうしたらいいですか?」

あきれて顔を見なおした。それから黙って前の林を指さした。

「草刈り鎌《がま》を使ったことはあるか?」

ないというから風呂場《ふろば》を洗うよう命じた。男はからだをすくめて浴室に入っていった。根は従順なのだ。

長渕は作業用のジャンパーに着替え、庭にでていった。はじめに軽自動車のエンジンをかけた。それから電動草刈り鎌をもちだし、周辺の雑草を刈りはじめた。ついでに山の道のほうへ向かっていった。

一時間ほどかけてもどってくると、物干しにかかっていた洗濯物が消えていた。バイクも見えない。

男がいなくなっていた。長渕が草を刈っているあいだに逃げだしたのだ。

浴室の掃除はしてあった。

シャワーを浴びてさっぱりすると、急に山へいってみたくなった。それであたらしいTシャツに着替えてでかけた。

赤とんぼが飛んでいた。

仔細《しさい》にながめてみると、やはりもう夏ではなかった。落葉、野菊、種を飛ばし終えて枯れたフキ、日陰に入るとひやりとする気温、秋がそこまできていた。

上の洞窟《どうくつ》で瞑想《めいそう》をはじめた。

十分ぐらいたってからだったと思う。なにか異変を感じた。物音がしたとか、気配がしたとかいうことではなかった。本能的な感覚というか、不安のようなものをおぼえた。悪意、ないし疑いを持った目がどこかでこちらを見張っている感じなのだ。

なぜ？　いったいだれが？

そう思うと、みるみる心が乱れた。身におぼえがないからである。瞑想をつづけているのがつらくなってきた。いままでは演技としてつづけているだけ。ほんとは目をあけ、近くになにがいるか、その正体を突きとめたくてたまらなかった。

なんとか我慢して三十分しのいだ。

深呼吸をしてからだの力を抜き、一礼して目を開いた。風と、そよいでいる葉ずれの音が耳によみがえってきた。小鳥の動きやさえずりが、夕方をむかえて活発になっていた。

なにもなかったふりをして立ちあがった。しかしそのときはもう、さっきの緊張感はなくなっていた。異分子は去ってしまったのだ。

山をおりながら先ほどの感覚を思いだそうとした。ビレッジに到着したときから、前回とはちがう違和感につきまとわれていた。建物も、山道も、洞窟も、以前のままだったにもかかわらず、なにかが変質していた。荒廃の兆候といえばいいだろうか、ビレッジが以前のそれではなくなっていた。

部屋の感じからしても、最近はあまり人が訪れていないようだ。だれかが滞在していた期間より、だれもいなくなっていた時期のほうがはるかに長そうなのである。秋庭の家からして、見るからに留守がちの感じになっている。

廃墟《はいきょ》のアパートの前までできたときだった。森のなかをなにものかが突進してきたかと思うと、目の前にいきなり人が飛びだしてきた。長渕を見て、ぎょっとしたのは向こうのほうだ。男だった。五十か六十ぐらい。長袖《ながそで》のジャンパー、赤い毛糸の帽子、軍手、背中にリュック、足元が長靴。ズボンもジャンパーも洗濯をしたことがないかと思うくらい汚れていた。顔には藪《やぶ》でつけた引っかき傷。

「おー、びっくりした。熊《くま》かと思った」

男は大きな声をあげると、むりやり笑ってみせた。湿った泥のような顔色、大きな顔に大まかな目鼻立ち。なれなれしくて、鈍そうで、口許《くちもと》に冷笑が浮かんでいた。

「ぼくのほうこそびっくりしました。熊だったらどうしようかと思った」

「よかったよな、お互い人間で。おたく、見かけん顔だけど、秋庭さんとこにきてる人か」

「そうです。といっても二回目ですが」

「気がつかなかった。いつきたんだ？」

「きょう。さっき」

「ああ、それで。さっきあの前を通ったんだ。きのこを採りにきたんだけどよ。おととい雨が降ったから、そろそろかなと思って。けど、まだ早かった。はしりの天然ものがいちばん高く売れるんだ」

「どうして走ってきたんですか？」

「くだり坂じゃないか。ゆっくりおりてくるより走ったほうが楽だろうが」

泊《とまり》の原発で働いているといった。家は栄浜《さかえはま》というところ。秋庭とは顔見知り程度、話をしたことはないという。

車を先にとめてある、といって男は帰っていった。耳をすませていたが車の音は聞こえなかった。

日が暮れるまえに車で村営の温泉へでかけた。夕食も外ですませてきた。養殖ものだが村の食堂でアワビが食える。

夜、ひさしぶりに締めつけてくるような静けさを味わった。静寂という森の鼓動が、目、耳、肌を通してじかにつたわってくる。頭を空っぽにしてそれを受け入れた。これが本来の自然であることをなにより感じた。

朝は六時に目をさました。火の気がほしいつめたさだ。テラスの温度計をのぞくと八度しかなかった。口をゆすぎ、あえて素足になって山へのぼり、四十分ほど瞑想してきた。帰ってくると熱いシャワーを浴びてからだを温め、それから寝なおした。いくらでも寝られた。つぎに目をさましたときは十一時半だった。食うものがない。それで車にのって黒松内まででかけ、道の駅で食事をして、パンと肉製品をすこし買ってきた。

もどってきてみると、秋庭の家のまえに大型乗用車がとまっていた。札幌ナンバーだが、見たこともない車だ。

軽乗用車の音が聞こえたのだろう、ハウスのテラスに人がでてきた。頭を五分刈りにした老人だった。鼻の下に髭をたくわえていた。ごつごつした顔、鋭い目つき、長渕に向けた目は、それほど寛容にあふれたものではなかった。

「先生は?」

頭ごなしという態度で声をかけてきた。七十が近そうだ。チェックのシャツにアウトドア用のチョッキ。まるで似合っていなかった。下には折り目のついたふつうのズボンをはいているのだ。

「あいにく、知らないんです。きのうきたばかりなもんで」

「ここのメンバーなんだろう? わたしは小山田というんだけど」

「それは失礼しました。まえに一回、電話でお話ししたことがあります。ここの建物を寄贈なさった小山田さんですよね。六月でした」

「ああそう。すまんが、おぼえてないんだ。ここへはよくくるのかね?」

「いえ。これで二回目です」

「先生は?」

「それが知らないんです。予告なしにきたものですから」

「困るなあ。忙しいのはわかるけど。先生も先生だ。携帯電話くらい持ってくれりゃいいのに。道内にいるのかな?」

「それが、見当もつきません」

「さきおといから電話してるんだ。何回電話してもでてこないからさ。こうなりゃきたほうが早いかと思って、ようすを見にきたんだけど」

「それはもうしわけありません。わざわざ東京からいらしたんですか？」

「いまこっちにいるんだ。あさって帰らなきゃならん。そのまえに一度お会いしたくってさ。あんた、名前は？」

「長渕といいます。長渕琢巳」

「今回、どれくらいいるのかね」

「わかりません。二、三日はいるつもりですが」

「北海道じゃないのか？」

「ぼくも東京です」

「仕事は？」

「フリーター。サラリーマンをやめて二年になります」

「それで、食えるの？」

「食ってます」

「そりゃけっこう。ここへはなんできた？」

「函館まで航空機。あとは列車を乗り継いで」

「そりゃ大変だったろう。いまの函館本線にゃろくろく列車が走ってないからな」

「東京から八時間かかりました」

「だろうなあ。そういうアクセスのわるさが、いちばんのネックになってるんだ。ここが関東近辺にあったらさ。門前市《いち》をなす状態にしてみせるんだが」

携帯電話が鳴り、小山田はテラスにでていって話しはじめた。部下からの電話だろう。口調でわかる。長渕はその間に買ってきた食いものを冷蔵庫に入れた。小山田が持ってきたのか、包装紙につつんだものが入っていた。

「それ、肉だ。きょうはほかにだれかくるのかね？」

「さあ。いまのところ連絡は入っていませんが」

「じゃ、あんた食べろ。それから携帯の電話番号を知らせておくから、先生が帰ってきたら電話をくれるようにいってくれんか。こっちにいるうちでなきゃ意味がないんだけどさ」

自分の名刺をとりだすと、電話番号を書きこんで長渕にわたした。北海道へよくくるのかと聞くと、しょっちゅうだと答えた。自社系列のゴルフ場をふたつ持っているそうだ。そのため、ゴルフ場へ送りこむ客を必死になってかき集めなきゃならないとか。

小山田が帰ってから、冷蔵庫の包みをあけてみた。ラップにくるまれた霜降りのステーキ肉が五枚入っていた。一枚が五千円はすると思われる松阪牛だ。

それから十分とたたないうちに車の音が聞こえてきた。てっきり小山田が引き返してきたのかと思って顔をだした。

そうではなく、秋庭が帰ってきたのだった。

6

長渕を見たときの秋庭のおどろきようといったらなかった。口がぽかんとあいたのだ。信じられないとばかり数回まばたきをした。

「これは、これは、おどろきました。まさか、ここでお目にかかろうとは夢にも思いませんでした。いついらっしゃいました」

「きのうです」

「それはどうも失礼しました。お見えになるとわかっていたら、もっと早く帰ってくるんでした」

「だいぶ長いこと、お留守だったんですか?」

「ええ、まあ、十日くらいになりますか」

ややばつがわるそうにいった。まえよりいっそう身ぎれいになっていた。シャツとブルゾンは新品だし、靴だってそうかもしれない。散髪をして、顔を磨き、眼鏡までかわっていた。

「途中で小山田さんとお会いになりませんでしたか？　さっき、入れちがいくらいの差で帰られたところです。いま北海道へきてるとかで」

「そうですか。そういえば、まえに一度電話をもらいました」

「お土産をいただいてます。食べろというから、なかをのぞいて見ましたけど」

「ステーキでしょう。あの人、お土産というと必ずステーキを持ってくるんです。食べもののランクづけをすると、ステーキが一番と信じこんでいるみたいでしてね。だいぶ待ってたみたいですか？」

「一時間くらいでしょうか。ぼくが買い物にでかけている間に見えたみたいです」

「すると、お山へは登っていませんね」

「そんな時間はなかったと思います。けっこうせっかちな方ですね。秋庭さんがいなきゃこんなとこに用はないみたいな感じで」

「いつもそうです。二時間といたことはありません」

「お帰りになったら電話をくださいと、携帯電話の番号を残していかれました。あとでステーキと一緒に持っていきます」

「それならひかえてあると思います。まえにも電話をもらってますから」

ことばのニュアンスから、あまり乗り気ではない気がした。以前彼のことが話題になったときと、空気が微妙にちがう。とにかく長渕のほうは、ステーキと名刺を届けにいった。

窓が開け放してあった。車からおろしたダンボール箱がふたつ、上がりがまちに並べてある。秋庭は奥からでてきた。

「祭壇を片づけられましたね」

「いや、お恥ずかしい。この際と思って、なにもかも燃やしてしまいました。なにもそこまで、という気がしないでもなかったんですけど、ゼロにしたほうがさっぱりすると思いまして」

「その決意は、今後のビレッジの方針変更を意味するんですか？」

「ビレッジがなくなるか、ということでしたらなくなりません。商売にするのをやめた、ということです。要するにわたしの姿勢の問題ですが」

「じつはきのうきたとき、道内を旅行中だというライダーがハウスで昼寝してたんです。聞くと、ライダー仲間から教えてもらったというんですね。まるで無料宿泊所みたいな感覚で。いつからそんなことになってしまったのかと思って」

「もうしわけない。もとはといえば、それもわたしのせいです。困ってるものを見ると、黙ってられない性分なものですからね。雨の日に、ずぶ濡《ぬ》れになってパンクを直しているライダーを見て、気の毒だと思ってつい声をかけたのがはじまりでして」

そのときの若者は礼儀正しく、お礼のかわりにということで、部屋の掃除から草刈りまで半日も働いてくれたそうだ。それでまた気を許してしまい、困ったときはいつでもたずねてこいといって送りだした。それがライダー仲間に伝えられるうち、だんだんゆがめられ、無料ということばかり強調されてひとり歩きしはじめたのだろうという。

「といっても、これまできたのは三人にすぎませんでしたけどね。何時間かの勤労奉仕を条件に泊まらせて、帰るときはこれ以上吹聴《ふいちょう》しないよう釘《くぎ》をさして送りだしました」

「するとビレッジのメンバーの方と重なったことはないんですね」

「ええ、それは全然。このところまるっきり来訪者がないんです。月に二、三人くればいいほう。先月なんかたったひとり、それも一泊だけでした。不況がもろにひびいてるみたいです。いきたいいんだが、その余裕がないという人ばかりで」

「じゃ宍倉さんもあれっきり?」

「もちろん」

「結婚披露宴の招待状が入っていたと思いますが、ごらんになりました?」

「ええ、さっき」

「出席、どうされます?」

「それで困ってます。なにか理由をつけて、お断りしようと思ってますけど」

もらったステーキはとりあえず今夜一枚ずつ食い、あとは冷凍しておこうということになった。このつぎ、ハウスにきたものがおかずにすればよい。長渕も秋庭も、もうステーキをありがたがる年ではなくなっていた。

今夜は食事を一緒にしようということになり、調理は長渕が担当した。秋庭がスープ用にと比内地鶏をさしだした。それを見ただけで、いままでどこにいたかわかろうというものだ。

スープをつくって肉を焼くぐらいだから調理といってもしれている。これに秋庭が秋田からもらってきた漬物と男鹿《おが》の地酒が加わった。

食事はハウスのテーブルでとった。夕方になるとめっきり気温が落ち、もうテラスで食事のできる季節ではなくなっていた。

長渕のほうは、秋庭の口から宮内幸江の名前がでてくるまで、用心して彼女を話題にしなかった。男と女のことばかりはわからない。ひと月もあれば、相手が変わっていることはめずらしくないからだ。

お開きにして、秋庭が自宅へ引きあげたのが九時半。食後の片づけをすませ、コーヒーを飲みながら十時のテレビニュースを見ていた。するとそこへまた秋庭がやってきた。

「長渕さん、あなた、あしたご用がありますか?」

迎合とも困惑ともとれるあいまいな笑みを浮かべていた。吉凶、どちらの用なのかはっきりしない。

「なにもありませんが」

「だったらわたしと一緒に、羊蹄山《ようていざん》の麓《ふもと》までいってもらえませんか？　半日がかりになるかもしれませんが」

「いいですよ」

「いえね。あした、小山田さんと会うことになったんです。それで、あなたについていってもらえないかなと思って」

「ぼくが同行してもいいんですか？」

「それは了解を得ました。わたしのほうはあなたに同行してもらいたいんです。あの方がわざわざたずねてきたのも、どんな用か、だいたい見当はついてますから。まえに電話をもらったとき、ちらとその話がでたんです。お世話になっている人だから、あまりむげにもできなくて」

「ついていくだけでいいんですね」

「ええ。事情はあした、道中にでもお話しします」

その夜は風があった。

明かりを消して部屋のなかにうずくまっていると、ざわざわという森の音が声高な会話のように聞こえた。夜になるとあらゆるものが多弁になる。かつては人間もその会話に加わっていたはずだ。文明を過信したことでその能力を退化させてしまい、いまでは自然のことばさえ聞きとる力を失ってしまった。

はじめてここへ足を踏み入れた夜のことを思いだした。あれから三か月しかたっていない。悠久の流れからいえばほんの一瞬。あのときの若葉がまだ紅葉にもなっていない。それなのに人間のほうは確実に変わっている。

自分のことを考えた。

できたら夕張をたずねたかった。

しかしまた失敗するだろう。

その力がまだ自分にはないような気がしてならない。

翌日十一時すぎ、秋庭の車に乗って羊蹄山へ向かった。以前札幌へつれていってもらったときと、ほぼ同じコースをたどることになる。

きょうは風がなかった。空も晴れわたって遠くまで視界がきいた。山のひだがむらさきの濃淡となって隅々まで見えた。

「これはここだけの話ですけどね。小山田さんをあなた、どういうふうに思われました?」

出発後しばらくして秋庭がいった。満を持しての質問という感じだ。

「そうですね。土建屋ということばのイメージに、あまりにもはまりすぎている気はしましたが」

「その通りなんです。腹ぐろい人じゃないし、性格もさっぱりしているし、味方にしたらこれくらい心強い人もいないんですが。一方で思いこみがつよく、強引で、実行力に結果のついてくる人ですから、最近引きずりまわされてるんです。おかあさんが元気なあいだはそうじゃなかったんですが、いまではブレーキをかける人がいなくなっているんですね。今回だって本人は、それがわたしのためになると本気で思いこんでいるみたいで」

「なにをいいだしたんですか?」

「本拠地を羊蹄山の麓に移したらどうかというんです。そのほうが札幌からも、千歳《ちとせ》からも近いと。どっちからいっても一時間そこそこでこられる。たずねてくる人もきやすいと」

「しかし洞窟《どうくつ》は持っていけないじゃないですか」

「それが、羊蹄山には似たような風穴《ふうけつ》がいっぱいあるそうなんです。条件が合わなきゃ掘ったらいいと。マイナスイオンの湧《わ》くところ、癒《いや》しの里。キャッチフレーズまでできてるんです」

「いかにも土建屋的な発想ですね。レジャーランドののりだ。これからそういう施設をつくるつもりなんですか?」

「もともと塩づけになってる土地があったみたいなんです。その土地から最近湧水《ゆうすい》がでた。それで、これこそ天佑《てんゆう》だと張りきってしまったんです。羊蹄山には日本の名水百選に入ってる有名な湧水があります。それも一か所じゃない。周辺で十数か所も湧いているとかで。それが自分の敷地からでてきた。これは流しっぱなしにして捨ててしまうのはもったいない、ということからでてきたアイディアだと思うんです。本人はそこまでいいませんが」

　山間からむらさき色がかった独立峰が見えてきた。あれが羊蹄山ですと秋庭がいった。まさに小富士。そういえば蝦夷《えぞ》富士という別名がついていた。

「京極の湧水を見たことはありますか？」

「いいえ」

「じゃあついでだからご案内します。数ある湧水のなかでも、京極の湧水がいちばん規模が大きいんです」

　十二時になったので、ニセコのそば屋で昼食をとった。羊蹄山は絵にかいたようなコニーデのかたちをゆきつく先々で見せてくれた。標高二千メートルたらずしかないせいか圧迫感がなく、そのぶん優美さが強調されている。

　頂上に周囲五キロほどのお釜《かま》があるそうなのだ。その池にたまった水が地下にしみこみ、何年か何十年かかかって麓のあちらこちらへ噴きだしてくるのだという。

　そば屋をでたあと、京極町の「噴きだし公園」に案内された。

　なるほど、半端《はんぱ》な湧水ではなかった。なんの変哲もない岩の間から大量の清水が滝みたいに噴出していた。ただただ湧いてきて、川となって流れ落ちているだけだ。人口三十万クラスの都市の上水道がまかなえる量とかで、その九十九・九パーセントまでがむだに流れて川となっていた。東京の水道のまずさにへきえきしている人間にとっては、腹だたしいほどもったいない光景だ。

ポリタンクをさげた善男善女がひきもきらずやってきては水を汲《く》んでいた。何十人押しかけてこようが待つこともない。あっという間にさばけてしまう。試みに手をひたしてみたらしびれるほど冷たかった。

もう一か所ちがうところにある湧水ものぞきにいった。こちらは京極よりやや小ぶり。しかし水場までじかに車を乗りつけられるとあって、賑《にぎ》わいはむしろ上だった。業務用なのか、大量のポリタンクを積んだ車がつぎつぎにやってくる。それがまたたくまにさばけてしまうのだ。

周囲四十キロ、その段階で羊蹄山の周りをほぼ一周していた。山麓《さんろく》にはいかにも北海道という広大な風景がひろがっていて、土地も肥沃《ひよく》そうだし、農家の暮らし向きもわるくなさそうだ。黒松内あたりで多く見られる農家の廃墟《はいきょ》がここにはまったくなかった。

小山田興産の所有地はニセコ町にもどってから道道をはずれ、山裾《やますそ》へ向かって十分ぐらい入っていったところにあった。途中からは道路も未舗装。それもだんだんひどくなり、最後は這《は》うぐらいのスピードでようやくすすめるでこぼこ道になった。

地形はゆるい登り、樹林になっているので視界はきかない。といっても白樺《しらかば》の木ばかりで大木はなかった。もとの森林が伐採され、そのまま放置されてふたたび森にもどろうとしているところなのだ。大木が育つまであと百年はかかるだろう。

草むらのなかに、ニセコグリーンピア分譲地という看板が倒れていた。塗料がはげて描いてあった図面が読みとれなくなっている。それでここが、その敷地内らしいとはじめてわかった。そういえばところどころ区画割したひろがりがある。砂利を敷いた道路跡のようなものもあった。だがこれではウエンナイの別荘地を笑えない。電気や水道のきている形跡はどこにもないのだ。

いきなり工事現場みたいなところにでた。広場になって、巨大な岩が数か所土手状に積みかさねられていた。色の黒いところを見ると玄武岩《げんぶがん》のようだ。地中から掘りだしたものである。

ユンボが一台稼動《かどう》していた。ブルドーザーが二台。働いている男が七、八人。ユンボが岩を動かして、石庭のようなものがつくられていた。

駐車場らしいところで車からおりた。秋庭が現場監督風の男をつかまえ、なにかたずねた。男は前方にあるコンテナを指さした。それが現場事務所だった。発電機がうなり、なかに明かりがともっていた。

事務所のなかからニッカボッカーズの男がでてきた。ほかならぬ小山田だ。これでハンチングでもかぶっていれば完璧《かんぺき》というスタイルである。

小山田は顔じゅうを笑いにして秋庭を迎えた。長渕には目もくれない。秋庭を案内すると、ユンボが作業しているところへつれていった。長渕は置き去りにされたところからそれを見ていた。

岩のあいだから水の噴出しているのが見えた。きょう見てきたふたつの噴水に比べたらささやかなものだが、それでも噴きだした水の勢いはつよく、掘りくずしたばかりの水路を濁流となって流れくだっていた。水路の開削はまだはじまったばかりのようだ。

秋庭が振りかえって手招いた。長渕は目礼してから近づいた。

「岩を取りのぞいていたら突然湧きだしたんだそうです。はじめはそれほどでもなかったが、だんだん水量がふえてきたそうで」

「毎分八百リットル、ドラム缶四本分になってやっと落ちついた」

小山田が横柄《おうへい》に、だがうれしそうに向かいの大岩を指さした。

「どうもこれまで、あの岩が蓋《ふた》をしていたみたいなんだな。天《あま》の岩戸が開いて、悠久の水がはじめて日の目を見たんです」

今度は秋庭の肩に手をそえるようにして、三十メートルくらい上に見えている岩の塊を指さした。

「おあつらえ向きに、あそこに風穴まであります。ぬかってますから、板を敷いて、あとでご案内しますよ。すこしですが冷気も噴きだしてます。ただ、奥行きがあんまりない。十メートルたらずですかね。穴もキツネがもぐりこめるくらい。しかしこれはいくらでもひろげられます。大量の冷気でマイナスイオン浴ができるくらいのことなら簡単にできます」

長渕は秋庭の顔を盗み見た。秋庭はおだやかにほほえんでいたが、いまのところ黙っていた。その秋庭のようすに、小山田のほうは気づいていなかった。たしかに典型的な土建屋だ。羊蹄山が噴火でもしたらここに見物用の桟敷《さじき》席だってつくりかねなかった。

山のいただきに雲がかかりはじめた。それはみるみる厚みをまし、羊蹄山をつつんで山の下へとおりてきた。天候がかわりかけている。気のせいか生ぬるい風が吹いてきた。

十分後には帰りの車に乗っていた。

ふたりとも黙りこくっていた。長渕にしてみたら、自分のほうからはいうべきことばがなかった。

秋庭が小山田の提案を断ったのである。

それもきわめて明快に、妥協の余地がない口調で。

「せっかくのお申し出ですが、この件ははっきりお断りさせてください。わたしはウエンナイを動くつもりはありません。ウエンナイから切り離されて、わたしという人間は成り立たないと思うからです」

小山田のほうは、それくらいでひるむ玉ではなかった。即座にきりかえした。

「だったらときどききていただくだけでいいですよ。月に一回ぐらいきて、出張指導してくだされば、それですむ態勢をつくります」

「それはちょっとちがうと思うんです。わたしは人を教えたり、導いたりできる人間じゃありません。立場としてはみなさんと同じ。大地から湧いてくる力に、ほかの人より多少早く触れたというにすぎません」

「先駆者であることに変わりはないじゃありませんか。その経験をですね。癒しを求めながら、その方法がわからなくて、迷ったり苦しんだりしている人に教えてやってくださったらいいんです」

「人さまの力になれるものならなります。しかしこのようなことは、よりひろく普及させようとか、ひろめようとかするものとは、すこしちがうように思うんですよ。自分でその気になって、なにかを求めようとしている人にしか意味のないものです」

「救いを求めている人間というのはですね。どうやって救われたらいいか、わからないから苦しんでるんです。先覚者がそれに、ちょっと口ぞえしてやるだけで救われるんです。現に先生はそうやってわたしの母を救ってくださったじゃないですか。わたしはその手をほかの人にもさしのべてやってください、といってるだけです」

「けどね、小山田さん。それは金儲《もう》けじゃありませんでした」

ったぶんそれは、いってはならない禁句だったのだ。それを秋庭は明るみにだしてしまった。さすがの小山田も黙ってしまい、その後の会話は成りたたないまま、ふたりは怱々《そうそう》に引きあげてきた。

「あの石、ひょっとすると盗掘じゃないんですかねぇ」

なにを考えていたか、秋庭がそんなことをいいだした。

「積みあげてあった石ですか？」

「ええ。いまは河川の石も勝手に取っちゃいけない時代ですからね。庭石が絶対的に不足してるんです。大きな石だったらなんでも売れると聞いたことがあります。土地は売れないから、それなら石を、ということだったんじゃないかと思うんですが」

「しかしあの人に、あそこまでいってよかったんですか」

「というより、もっと早くいうべきでした。そうしたら、造園工事まではは じめなかったと思うんです。わたしの生返事がいちばんいけなかった。あそこまですすめさせてしまったわけですから。機嫌をそこねて、賛助金がもらえなくなるのを恐れたんです。小山田興産からの金が当てにできなくなると、ビレッジの維持がむずかしくなりますので」

長渕は秋庭の顔を盗み見た。ことばの深刻さほどには、秋庭が後悔しているように思えなかった。むしろほっとしている顔だ。

「小山田興産からもらう賛助金が、ビレッジの維持費に占める割合は大きいんですか」

「ほぼ半分になります」

「それは大きいですね」

「しかたありません。もともとあの人とは、おかあさんを介在してつながっていただけですから。お金をだしてくれたのも、絶対的な存在だった母親に背けなかったからです。以後はわたしの使い道を、あれこれ考えていたと思いますよ。あの人の流儀でいえば、まだ元を取っていなかった」

「維持できなくなると、ビレッジはどうなります？」

「活動できなくなるかもしれません。残念だが、やむをえません。ビレッジがあろうがなかろうが、洞窟には関係ないことです。必要な人には必要。たずねたい人がたずねてくればすむことです。もともとそういうかたちがいちばん望ましかったはずですから」

　道の駅に寄ってあすのパンを買い、コーヒーを飲みながら休息をとった。窓の外がパターゴルフ場になっている。数組の老人がプレーをしていた。いちばん近くにいる男女は夫婦のようだ。足のわるい夫を妻がいたわっていた。

「長渕さん、あなたは人を信じたことがありますか？」

　ふたりを見ていた秋庭がいった。

「人ですか。どういう風な信じ方です」

「たとえば人の道にはずれたようなことをした人間が、その人の前でなにもかも正直に懺悔《ざんげ》して許しを乞《こ》う、といったことです」

「ありません。だいたいぼくは、人に本心を見せないで世渡りしてきた人間ですから」

「わたしもそうなんです。自分の周りに塀をめぐらして、自分の領分には人を一歩も踏みこませなかった。もとはといえば、それがここまで落ちぶれた原因になってるんですけどね。いまになって、信じることで救われるという経験をはじめてしました」

「ウエンナイの洞窟がハードだとすれば、その人がソフトの部分ですね」

「そうです」

「幸江さんですか」

「はい」

見ると顔を赤らめていた。

「お恥ずかしい話ですが、あの人といると癒されるんです。この年になってはじめて得た心境です」

「秋庭さんみたいな人でも癒しが必要ですか」

「そりゃ男ですから。男にとって最後の癒しはやはり女しかありません」

宮内幸江の顔を思いだした。それほど特徴のある女性とも思えなかった。容貌《ようぼう》、個性、印象、飛びぬけたものが感じられなかったのだ。

しかしそれをいいだしたら、明子だって同じかもしれない。よそ目で見たら、とりたてて目だつ女ではなかった。実際世の中には、第三者の目から見たらどうしてこんな組み合わせが、と思うようなカップルは予想以上に多い。本人にだけ、とくべつなものに見えているのだ。似たもの同士、節穴のカップル。

明子の場合は、平凡な日常性みたいなものが持ち味になっていた。それが多分、長渕の持っている資質と釣りあっていたのだろう。けっして御しやすい女ではなかったが、添い遂げることに悔いはないくらいの懐《ふところ》のひろさは持っていた。失ってからそれに気づいたのがなんとも情けないのだが。

「彼女と一緒に暮らす気はないんですか」

「わたしはそうしたいんです。しかしおかあさんが相当な年ですし、店もあるから郷里を離れられないって。そうなると自然、わたしのほうがいかざるを得なくなりまして」

「最近は相当頻繁に通われているみたいですね」

「いや、お恥ずかしい。なにもかも、ばればれですね。白状しますと、いままでは月のうち半分くらいいってます。管理人が半月も家を空けるようじゃ失格ですわね。ビレッジがさびれたとすれば、その責任はすべてわたしにあります」

突然、あすは東京へ帰ろう、と長渕は思った。自分の役割が終わってしまったのを感じた。ここへくることも、もうないのではないか、という気がした。

あとは、このまま夕張へいけるだろうか、ということだったが、それはこれから考えてみようと思った。

ウエンナイまでもどってきたとき、秋庭がさりげなくいった。

「長渕さんがきたとき滞在していたライダーというのは、信用できそうな人物でしたか」

「ふつうの若者でしたけど。どうかしました?」

「いいえ。留守中にだれか、家のなかに入ってきたような気がしたものですから」

「鍵《かぎ》をかけてなかったんですか?」

「かけてます。それでもだれか、入ってきたみたいなんです。なにか盗まれたということではないんですが」

「昨日の夕方、山で妙な男に会いました」

「山?」

「瞑想《めいそう》していたとき、だれかに見られているような気がしたんです。そのあと、鉱山のほうからおりてきた男と鉢合わせしそうになりました。キノコ探しにきたようなことをいってましたけど」

「どんな男でした?」

「五十ぐらいでしたかね。聞きもしないのに、泊の原発で働いてて、栄浜に住んでるといいました。秋庭さんとは顔見知りだけど、話したことはないとかで」

それだけのことだったが、なぜか印象に残った。秋庭のうなずいた顔がなんだか暗かったからだ。明らかに動揺していた。

翌日、長渕は引き止められたにもかかわらず、口実をもうけてウエンナイを去った。夕張へは向かうことなく、東京へもどってきたのだった。

第4章

明子が編み物をはじめた。なにを編んでいるのかいわない。「恥ずかしいから聞かないでよ」といっていたが、そのうち隠すようになった。手芸がむかしから大の苦手だったという。タイでは用のない毛糸を素材にしていたところを見ると、なにを編んでいるか想像はつく。

妊娠していた。

出産予定日は半年先の五十八年二月。明子はそのとき三十歳になっている。べつにセーブしたわけではなかった。欲しくてもできなかったのだ。

二年たったときはさすがに我慢できなくなり、ふたりで診察をうけにいった。長渕の精子が若干少ない傾向はあるものの異常はないという診断だった。「こういうものは授かりものですから、あまり気にしないで待つんですね」と慰められて帰ってきた。

それが、ようやく授かったということだ。これまでの経過から考えると、この先もそ

なかった。これが最初で最後の子どもになるかもしれ
ない。五人くらいはほしかったのだが、もう多くは望めないだろうと思う。としたら、これが最初で最後の子どもになるかもしれ

「こればっかりは計算ちがいだったわ。わが人生最大の誤算よ。五人くらいはほしかったんだから」

とはいうものの、妊娠してからの明子は目だって機嫌がよくなり、明るくなり、自信に満ちた動きをするようになった。母親になれるという安心感と充実感が、性格まで変えたように思われた。

新年をタイですごしたあと、明子は出産のため日本に帰る。それも母親のいる東京ではなく、小松の近くにある産院へ入ることが決まっていた。この夏、父親の見舞いがてら帰ったとき、診てもらった病院の紹介で、温泉つきの、望めば出産後一か月予後の保養をさせてくれる産院を見つけてきたのだった。

タイよりも、東京よりも、雪の降る小松のほうが生まれてくる子にはいいというのが明子の主張だった。日本人なのだから、冬の感覚をからだに刷り込んで生まれてきたほうがいいに決まっていると言うのだ。

バンコクを苦にはしていないまでも、暑さに対する慣れはもうひとつだった。冬が恋しいとしきりにいった。冬のない国は楽しみも少ないという。凍《い》てついた夜、外から家に帰ってくると暖かい火が待っている、というのが家庭の醍醐味《だいごみ》だというのだ。それは

たしかだとしても、ないものねだりというものだろう。それをいえばバンコクだって、プールでひと泳ぎしたあと冷たいビールをあおる楽しみだってあるわけだし。

明子の決めつけにはこのような、思い込みからきたものが少なくなかった。多くは明子の幼少時代、つまり北海道時代の記憶からきていた。炭住での単調な日々が、ほかの地域の子どもたちに比べてそれほど豊かだったはずはない。多分明子はそれを知っていた。だからこだわることで、自分の子ども時代への補償をしてやっていたのだと思う。十五までしかいなかった夕張が、いまでは明子の聖域になっていた。

もうひとつタブーになっているものがあった。母親のことだ。母親の登美子とは折り合いがわるいというほどではなかったが、傍目で見るとある種のよそよそしさがつきまとっていた。今回の出産場所に東京が除外されたことも、母親の世話をうけたくない、という気持ちが働いていたはずなのだ。

それはおそらく、明子が大滝さんと呼んでいる男のせいではないかと思う。母親のところへ挨拶《あいさつ》にいったとき、たまたまその場にいて一度会ったきりだが、風采《ふうさい》のあがらない、頭の薄くなった老人だった。明子がいないところでお祝いをくれたから辞退したところ「わたしはこれくらいのことしかできない人間ですから」といった。そのせりふをなぜかいまでもよくおぼえている。

母親は飾りけのないざっくばらんな人柄で、気をつかわなくてすむぶん長渕には楽だった。しかし弟の健一はいまでもほとんど出入りしていないらしいから、子どもにしてみたらほかにまだなにかあるということだろう。自分の力では育てることができなかったふたりの子どもに、育てたのちは捨てられてしまった母親だった。

編み物はその後、はかどったようすがなかった。試作品だというゴルフクラブのヘッドカバーをもらったが、それ以外の完成品は見たことがない。未完成品がほかに転がっているわけでもないところをみると、ほどいては編みなおしているようだ。

スクンビットにかまえた新居は高層マンションの十八階にあり、入居者の二割近くが日本人だった。これでも日本人の少ないところを選んだ。長渕も明子も、タイ駐在の日本人グループとはあまりつき合いをしなかった。企業のランクがタイでもそのまま通用しているようなところがあり、入ってもうちとけることができなかったのだ。

いま入っているマンションの日本人には、リタイアした老後を、物価の安いタイですごしている老夫婦が何人かいた。そういう人たちのほうが、生臭い企業社会から身を引いているぶん、つき合いやすかった。

同じフロアに住んでいる兵頭《ひょうどう》という夫婦は、タイと山形で半々に暮らしている元教員のカップルだった。夫人のほうがなにを教えていたか知らないが、年齢からいっても編み物くらいは知っていそうだ。聞けば教えてくれたと思うが、明子はそれもしなかった。教えてもらう以前のレベルなのだと、ちらともらしたことがある。

「手芸は一度もやったことがないのよ。母がそうだったから」

「家庭科の授業でならったろうが」

「授業はいつもごまかしてたわ。作品を提出するときは友だちからもらったし。だから点はわるくなかったのよ」

「それほど不器用には見えないけど」

「不器用じゃないわよ。辛気臭いことがきらいなだけ。手先よりからだを使うほうが好きだったから、運動は得意だったのよ。小学校のころは男の子とばかり遊んでたし。なぜかうちの近くには、男の子しかいなかったのよね。そのなかにまじって、めったなことでは負けなかったわ」

「けっこうお転婆《てんば》だったんだ」

「負けず嫌いだったことはたしかね。夏だったらぞっとする高い屋根の上からでも、冬なら平気で飛びおりられたもの。一度飛んで度胸がつくと、あとは平気になるの」

「なんだよ。その、屋根の上って？」

「雪が積もったときの遊びよ。二メートルも三メートルも雪が積もるから、高いところから飛びおりても怪我《けが》をしないの。それで、いろんなところから飛びおりたわ。頭のてっぺんまで、ずぼっと埋まってしまうことだってあったんだから。一回靴がどうしても取れなくなって、はだしで家に帰ったことがあった。あとでひどいしもやけになった」

「あぶないなあ。雪おろしの老人が、毎年屋根から落ちて何人も亡《な》くなってるんだぞ」

「むかしはそんな事故なんてなかったわよ。おとしよりがいる家には、働きざかりから若いのまで、いろんな年齢の家族がそろってたんだもの。としよりひとりが屋根にあがるなんてことは絶対なかった。人手のない家には近所から応援が駆けつけたものよ」

「それでも屋根から落ちて怪我をする人間はしょっちゅういた」

「落ちるのと、飛びおりるのとはちがいます。飛びおりて怪我した子どもなんかいなかったわよ」

「そのぶんだと、自分の子どもとも、一緒に屋根から飛びおりて遊びそうだな」

「あら、それ、わるくないわね。絶対おもしろいもの。小松でもそれくらい積もる?」

「むかしは降ったらしいが、いまは全然だ。ぼくのころは、もうそんなに降らなくなっていた。だいたい雪を、そういう風に楽しいという感覚でとらえたことはなかったよ。寒くて、冷たくて、湿っぽくて、ただただ春がきてくれるのをひたすら待ちのぞんでいた」

「そんなことをいったら、夕張の冬はもっと長かったわ。だからこそ逃げ回ってたってしようがないでしょうが。炭住にはお風呂《ふろ》がないからみんな共同浴場に行くのね。冬の夜だと帰るときはタオルが凍ってしまうの。で、それを刀にしてちゃんばらごっこをして」

女の子らしい遊びが明子の口から語られたことはあまりなかった。長渕のほうはふたりの姉がおはじきをしたり、お手玉をしたりして遊ぶのを見てきたが、明子にはそういう経験がないらしいのだ。花札、オイチョカブ、八八《はちはち》からコイコイまで知っていた。

「それって、なんか、殺伐としてないか」

うっかりいうと背筋がぴんとのびた。

「あっ、人を軽蔑《けいべつ》したな」

「そうじゃないよ。地域差みたいなものがつよいなと思って。それで、中学生になってからはどんな楽しみがあったの？」

あわてて話をそらした。藪《やぶ》をつつくつもりは毛頭なかった。

「やっぱり映画ね。なんといってもいちばんの娯楽だったから。夕張市内だけで三十いくつも映画館があったのよ」

「ほう。かつての映画青年としては、映画ファンと聞いちゃ捨てておけないな。きみのごひいき俳優は？」

するると明子は一瞬間を置いた。それから恥ずかしそうな顔をしていった。

「いちばん好きだったのは『卒業』のダスティン・ホフマン」

「これはこれは、お見それしました」

「なによ。そんな言い方ってないでしょう。どうせミーハーだったわよ。ほかの選択肢なんてなかったんだもの」
「そんな意味でいったんじゃないよ。ぼくとだいぶちがうなあと思ってさ。ぼくなんか007のショーン・コネリーだぞ。ミーハーもいいとこだった。そのわりに裕次郎の洗礼は受けなかった。というよりあいつはかっこよすぎて、反発しかおぼえなかった」
「それはわたしも同じ。洋画の主人公のほうが現実とかけ離れすぎて、かえって素直に感情移入ができたわ」

一度もいったことのない夕張を明子の口から何度も語らせるうち、おしまいには自分が生まれた街みたいな感覚ができてしまった。それがふたりの間の潤滑油になっていたことはたしかだ。記憶というものはけっして古びはしない。それは繰りかえされることによってよりあたらしくなる。一方で現実から目をそらしてくれる。

2

ヤントラのところの三男ピャックが、兄のハップを呼びにきたのは雨期も終わりに近い十月末のことだった。エビのようすがおかしいから見にきてくれという。顔がひきつっていた。

けさになってエビが浮きはじめ、岸に寄ってきはじめたという。酸素不足になったときの典型的な兆候だ。ヤントラの池は、あと一か月もすれば出荷できる状態だったはずなのだ。

「すぐいってやれ。ぼくもあとからようすを見にいく」

ハップにいってやった。ハップは買ったばかりの中古バイクにピャックを乗せ、あわてて飛びだしていった。

長渕のところで三年働いたあと、ヤントラは昨年独立して念願の自分の池を持った。労働者から経営者への道を歩きはじめたことになる。貯金だけではたりず、資金を一族郎党からかき集めたと聞いている。

ヤントラは日栄のセンターから四キロはなれたところに土地を買い、マングローブ林を造成して大小四つ、合わせて三ヘクタールの池をこしらえた。そしてハップをのぞく一家四人で移り住んでいった。

ハップのほうはいまでも長渕の助手をつとめていたが、二十三歳になったのでこの際独立することになり、引きつづきもとの家に住んでいた。来年は結婚する予定だ。

資金の面倒までは見てやれなかったが、ヤントラの独立に際しては日栄もかなりバックアップをしてやった。稚エビや飼料などを安く卸してやったのだ。ヤントラの池はいわばモデルルームのようなものだから、日栄としても成功してもらわないと困るのである。

だがヤントラの技量には不安があったため、よくよくいいきかせてはじめはむりをさせなかった。それでもヤントラは一・五ヘクタールの池でいきなり五万尾の収獲をあげた。一ヘクタールあたり約一・二トン。収入四万五千バーツ。これは諸経費をさしひいた純益である。

二回目は一ヘクタールあたり一・七トン、六万七千バーツの水揚げになった。予想外の好結果である。それまで日当四百バーツの労働者にすぎなかったヤントラにしてみたら、夢のような成功だったにちがいない。ただそれだけに目の色が変わってしまい、以後拡大思考が顕著になりはじめたから、抑えるのに苦労していた。

だいたいヤントラという男は単純素朴、けっしてよこしまな性格ではなかったが、タイの国民性というかずぼらで大まかなところがあり、くわえて教育がないときているから、目を光らせていないと手を抜いてしまうことがよくあった。絶対手を抜いてはいけないことと、単なる手順みたいなものとの見分けがつかないのである。

ヤントラの池が気になったものの、午前中はほかの仕事に追われ、見にゆくことができなかった。暇をみて車を走らせたときは午後の二時になっていた。

けさがた、雨期の終わりのつよい雨が降り、地面にはまだその水たまりが残っていた。雨期になると養殖池の塩分濃度がうすくなり、エビの活動は鈍りがちになる。ただ水量がふえるから酸素不足は起こりにくい。

ヤントラ一家がかみさんも入れて五人、汗みどろになって働いていた。池のなかにスコップで過酸化石灰の粉末を投げこんでいる。

過酸化石灰は水にとけると酸素を発生させる。もともとは水稲栽培用に開発された技術だが、養殖業界でもいちはやくその利点に注目し、何種類か専用商品が開発されていた。養殖池が酸素不足に陥ったときのもっとも有効なカンフル剤である。ただしカンフル剤はあくまでもカンフル剤であって、事態を根底から変えてしまう力は持っていない。

酸素不足の起きるいちばんの原因は水車の故障だが、見たところポンプ小屋では、日本の中古自動車のエンジンがうなりをあげてフル回転していた。

ハップが絶望的な顔をしてやってきた。そして手にしていたものを見せた。死んだエビ、ないしは絶望的なまでに弱ったエビだった。見ると池の水面に微妙なさざ波がたっていた。エビが苦しがって浮いてきたのだ。

予想以上の深刻な事態。というより絶望的な状況だ。

「あっちの池は?」

「調整池です」

「じゃいまのうちに網を入れて、元気なエビをすこしでも移せ。こうなったらいくらかでも救いだすしか手はない。このままだとまちがいなく全滅するぞ。死んだエビはすべて引き上げろ。池のなかには絶対残すな」

即刻作戦を切りかえ、網で池をさらわせることにした。ここまできたら事態の好転は望めない。一割救えるか、二割救えるか、莫大《ばくだい》な損害になることはあきらかだが、それでも全滅させるよりはまし、と頭を切り替えるほかなかった。

四つあるうちのいちばん大きな池だった。約七十アールある。ヤントラのほうはもっと大きな池をつくりたがったが、長渕が許さなかった。こういう異変が起こったときの犠牲の大きさを考えたからだ。

「なぜこんなことになったんだ？」

ヤントラを呼びつけて詰問《きつもん》した。ヤントラは心当たりがないと大声で弁解した。

「水車はちゃんと動いていたのか」

「動いていた。絶対に止まっていない」

「日計表を見せてみろ」

ことし十八になる中の子のチャトリが日計表を持ってきた。給餌《きゆうじ》時間、給餌量、水温、水質等、毎日の作業をこと細かに記録した表である。表面的にはただの数字の羅列だが、水のなかを実際に目でたしかめることができない以上、これが唯一《ゆいいつ》のデータでありカルテとなる。

不審なところはどこにもなかった。決められた通りのことをやっている。だとすれば、水質がこれほど一気に劣化するはずがない。

ひとりになってから、長渕は池の泥を採集してみた。サンプル採取用の網を入れてすくってみると、黒くてざらついた汚泥《おでい》があがってきた。鼻を近づけると腐臭がした。残餌が発酵して腐りはじめているのだ。養殖開始後二か月もたった池ならある程度沈殿物がたまることは避けられないが、これは多すぎる。

ハップを呼んで泥を見せた。もう一度日計表を見る。

ハップがチャトリを呼びつけた。

「これはおまえが記入したんだな」

チャトリは兄の剣幕におされておそるおそるうなずいた。

「ほんとにこの通りやったのか」

「…………」

「大事なことなんだ。正直に答えろ！」

「おやじが、決められた数字だけ書いとけというもんだから」

「すると、嘘《うそ》っぱちか」

チャトリは首をすくめてうなずいた。

「餌《えさ》か？」

長渕が聞いた。チャトリが肯定した。

「どれくらいやってたんだ？」

「バケツに五杯」

「一回にか」

ハップの目がおどろきでまるくなった。ずっと長渕の下で働いてきたから、ハップには基礎知識ができている。だからこそ仰天したのだ。小型ポリバケツに四杯と決められていた一回の量を、二十五パーセント増しの五杯やっていたというのである。それが一日五回なのだ。

エビの餌はさまざまな試行錯誤をへて、現在は珪藻《けいそう》に澱粉《でんぷん》やミネラル等をまぜてつくったペレットという配合飼料が使われていた。はじめのころは一日二回にわけて与えていたが、それでは残餌、つまり沈殿物が多くなることがわかったため、いまでは一日五回に分けて与えるようになっていた。そのぶん一回あたりの量は少なくなる。

養殖業者にとっていちばんの悩みの種が、じつはこの残餌なのである。投与された餌の大半が底に沈んでヘドロとなってしまうからだ。

エビの場合だと、全体の二割は最初から食い残しとなって沈殿する。残り八割は一旦《いったん》エビの胃袋に入るが、からだの成長用として消費されるのは全体の四分の一にすぎず、残りは排泄物《はいせつぶつ》となってやはり沈んでしまう。つまり与えた餌の四分の三までは池の底にたまってしまうのだ。

だからこそ給餌量は厳密に計算され、業者にはそれを厳守するよう命じる。ヤントラの場合は一回あたり小型ポリバケツで四杯といいわたしてあった。いちいち計量するのはまちがいのもとなので、わざわざそれに合うバケツを探してきて手順まで省略してやったのだ。ヤントラはそれを自分の一存で勝手に一杯ふやしていたのである。

「エビが腹いっぱいになるのはべつにわるいことじゃないと思って」

このときもヤントラは未練がましそうにそう答えた。ヤントラにしてみたらエビをすこしでも早く、大きくしようと考えてのことだったのだ。というより長渕たちがなぜそこまでうるさくいうのか、理解できなかったにちがいない。

このとき救いだすことができたエビは、全体の二割に満たなかった。自分でまいた種とはいえ、零細資本家ヤントラはものすごく高い授業料を払わされた。

そのヤントラが、だんなにお願いがある、といってオフィスにやってきたのは、それから一か月たってからだった。

夕方、ほかの社員があらかた引きあげたあとになって現れ、通訳としてハップをつれていた。ハップの仏頂面《ぶっちょうづら》を見れば、どのような用件かおおよその見当はつく。

ヤントラは口からつばきを飛ばしながらぶちはじめた。

「わたしら一家はこれまで四年間、だんなのために一生懸命働いてきました」

そもそもの出会いから説きおこすから、なかなか核心へすすまない。百も千ものことばをついやし、やっとつぎのような結論にたどりついた。

いまは長男のハップだけがご奉公しているが、次男のチャトリも、三男のピャックも、いずれだんなの下で働かせたいとわれわれは望んでいる。ついては将来、三人がだんなの下で働くことを前提にして、すこし融通してもらえないだろうか。

要はせがれ三人をさしだすから、その給料分を前借りさせてくれというのだった。

「いくらほしいんだ？」

「十万バーツあればなんとかなります」

もちろん養殖を再開するための資金である。

「十万バーツでたりるはずがないだろう。運転資金だって必要なんだぞ」

ヤントラはここぞとばかり腕を振りまわし、たりない分は企業努力でおぎなうみたいないいかたをした。一家全員死にものぐるいになって働けばなんとかなるというのだ。三人のせがれをいつ長渕のところで働かせるか、ということについての説明はまったくなかった。

「残念だが、あの池を元通りにして、養殖を再開しようと思ったら十万バーツじゃとてもたりない。まだしもあたらしい池を掘ったほうが安あがりだろう。マイナスをプラスにしようとするのは、ゼロからはじめるよりもっと金がかかるんだ」

長渕も身ぶり手ぶり、具体的に、こんこんと説明した。

「要するにきみの池は、想像していた以上に汚れているんだ。すぐ再開したい気持ちはわかる。しかしここで中途半端《はんぱ》なことをしたら、また必ず同じ問題がおこる」

調査の結果わかったことだが、ヤントラは長渕が指示したマニュアルをはじめから守っていなかった。

完全に無視していたわけではなく、基本的なところはたしかにおさえていた。そのうえで自分なりの創意工夫であみだした飼育法なるものを実践していた。それが、簡単にいってしまえば規定より多く餌をやるということだった。

人間の食欲が一様でないように、エビの食欲だってまちまちのはず。餌をすこし多めにやったからってなにがわるい、というのがヤントラの理屈だった。しかもこれは、なにもヤントラひとりの特殊なケースというわけではなかった。以後も似たような問題が頻発して長渕を悩ませることになる。

先祖の代から営々と、コメづくりだけしてきた農民に、工業的思考なるものを植えつけるのは、それくらい大変なことだったのである。サムット・ソンクラム近辺の農村では、当時まだ粗放養殖でとったエビとコメの物々交換さえおこなわれていた。

そういう村社会へいきなり商品経済が持ちこまれたのだから、ひずみのでないはずがなかった。欲望でふくれあがった儲《もう》け話や噂《うわさ》話ばかりが先行し、彼らをあおり、浮き足だたせたのだ。

その発信源となったのは、バンコクに本拠を置く華僑《かきょう》財閥系のとあるコングロマリットだった。肥料や農薬の供給分野でタイ農業に圧倒的なシェアを持っていたこの会社が、あらたな事業としていきなりエビ養殖をはじめたのだ。日栄に遅れることわずか一年。それもタイの風土や国民性にはなんの考慮もはらわず、はじめから台湾でのやり方をそのまま持ちこんできた。

要するにそれは、最短期間に、最大規模の、最多密飼いをすることによって、最大の利益をあげること以外のなにものでもなかった。長期的視野だとか、環境への配慮だとかいったものは、視野の片隅にも入っていない。台湾で儲かるならタイではもっと儲かるとばかり、絨毯《じゅうたん》爆撃のような資本投下をして短期に回収することしか頭になかった。

そういう目でタイという国をながめてみると、これほど絶好なところもなかったといっていい。バンコクのすぐ郊外から、無尽蔵といえる広大なマングローブ林がどこまでもひろがっていたからだ。

それまでマングローブ林は、なんの役にもたたない無価値な土地として見られていた。小規模なエビと魚の粗放養殖のほかは、せいぜい炭焼きがおこなわれていた程度。工業用地にはならないし、道路もつくれない、もちろんコメもできない、まったく使い道がない土地と見られていた。

しかしことエビの養殖場として考えてみたら、これほど恵まれたところもなかった。しかも値段はただ同然。土地代の負担が少ない投資ほど有利なものはない。しかもこのコングロマリットは、自分たちが直接経営することはせず、すべて人にやらせたのだ。

つまり農民が土地を提供し、エビの養殖をする。会社は稚エビや飼料はもちろん、養殖場の造成から機材、薬品、養殖方法まですべてのノウハウを提供し、収獲したエビを一手に買いあげる。見かけは資本と農民の対等な相互契約だが、農民側にエビの販売先を選ぶ権利がない以上、完全な下請け契約にすぎなかった。

しかもこのときの儲け話にぱっと飛びついてきたのは、目ざとい華僑系の小資本家や地主階級がほとんどで、タイ人の零細農民が乗りだしてきたのはずっとのちのことだ。そしてそのときは、初期投資のうまみをたっぷり吸った連中はさっさと手を引き、つぎの投資先をもとめていなくなっていた。

タイ社会を分析してみると、支配エリート層というのはたいてい軍人か官僚で占められている。目立った特徴としては、経済人の割りこむ余地がまったくないように見えることだ。では経済人は無力なのかというと、これがまったくちがった。支配層と陰に陽につながり、実権のおおどころをすべて押さえていた。

その支配層の大半が、じつは中国系だった。いまでは同化して名前もタイ風にあらためているから見分けにくいが、五代、六代あたり前まで家系を遡《さかのぼ》ると、タイの支配層は圧倒的に華僑の子孫で占められる。彼らの力を借りなければタイでできるものはない、といって過言ではなかった。

農業の分野でも華僑の優位は変わらない。地主階層も多くは中国系である。農村の縦横にはりめぐらされているクリークも、もとはといえばコメづくりのために彼らが開発したものなのだ。その彼らの開発した養殖場で働いているのが、タイ人労働者やビルマから移住してきたモン人たちだった。

なにはともあれ現地に溶けこみ、といかにも日本的なやり方でこつこつ努力してきた長渕たちをあざ笑うかのように、気がついたら後発のコングロマリットがタイのエビ養殖地図を完全に塗りかえていた。

もとはといえば、こういうかたちの事業展開は松原正信がひそかに狙《ねら》っていたのだ。しかしその松原にしても、しょせん日本人、その枠からはみだす実行力はとても持っていなかった。

タイ事情にうとかったのも誤算の元だ。まず政府高官に取り入って、といかにも日本的発想のコネクションづくりからはじめている間に、気がついたら実利は全部横取りされていた。

いまになってみると、金の撒《ま》きどころをまちがえていたとしかいいようがない。タイでなにかしようと思ったら、政権に取り入るのではなく、現場の権利を握っている者に直接金をばらまき、その見返りとしての利権や便宜を手に入れるべきだったのである。

とにかくこの一、二年に起こったことは、長渕たちを唖然《あぜん》とさせることばかりだった。

彼らのやり方を批判して、モノカルチャーの危険性だとかなんとか、そんなごたくを並べたところでなんの意味もなかった。最初から抗生物質や抗菌剤をぶっこみ、そのときよければそれでよし。収奪型経営であろうがなんであろうが、儲けてしまえばそいつが勝者なのである。

一方に厳としたそういう経営があり、それに見合う収獲や収益をあげているものがいる以上、ヤントラたちがそれに惑わされたとしてもむりはなかった。なぜ自分たちだけ低いレベルで満足しなければならないか、そう質問されたら長渕のほうに答えることばはないのである。

結局この日の話し合いを最後に、ヤントラは長渕のところから離脱していった。

新天地を求め、より南部のクロントン地区までいって事業を再開したという。費用のすべてをコングロマリットの紹介であらたに借りることができたからだ。しかしそれは、ヤントラが自営業から雇用労働者へと転落する第一歩でもあったのだ。

3

十一月のはじめ、五日間の休暇をとって長渕は日本へ帰った。夏についでことし二回目の帰国だった。父親の病状が進行し、このぶんだと年が越せないかもしれないというから、元気なうちにもう一回会っておこうと思ったのである。

帰国したときはいつも会社へ顔をだしている。今回もそのつもりで連絡を入れておいたところ、帰る二日まえになって臼井俊之から電話がかかってきた。

「あさって帰ってくるんだってな」

「うん。おやじがやばいんだ。それでもう一回顔を見せておこうと思って」

「社長のところに呼ばれてるんだろう？」

「呼ばれてるわけじゃないが、挨拶《あいさつ》ぐらいはしていく」

「じゃ今回は、そのまえにぼくのところへ寄ってくれんか。ちょっと聞きたいことがあるんだ」

どういう用件なのか、そのときはいわなかった。長渕は承諾して受話器を置いた。

臼井とはタイへ赴任してからほとんど交渉が絶えていた。消息もあまり聞かなくなっていた。それが今期になって久しぶりに、彼が海外事業部の開発部長になったという記事を社内報で見た。以来ときどき、電話がかかってくるようになった。とはいえ業務の内容がちがうらしく、直接の関係はなかった。自分の仕事がなにを目指しているのか、口をにごしてはっきりいわないのだ。

夜中にバンコクを発《た》ち、成田へは朝方ついた。機上からわずかに見た房総の紅葉が思いのほかきれいだった。季節感だとか、もののあわれだとかいったセンスとは縁遠い人間だし、まして常夏《とこなつ》のタイにいるとあって、秋というものをすっかり忘れていた。

こういうときはだれでも一時的なナショナリストになったり、感傷家になったりする。父親は病室の窓から紅葉を見ているだろうか、といったことまで考えた。

臼井の部署は海外事業部の端っこにあった。新設されたばかりの部だと聞いていたが、名前からしてもっと大きな部署だろうと思っていた。ところが部員は臼井を入れてたった三人しかいなかった。ふつうだと、こういうセクションは課どまりのはずなのだ。

臼井は長渕の姿を見ると自分から席を立ってやってきた。そして廊下の先にある会議室へ案内した。

「すまんが、人には聞かれたくないことなんだ」

顔を合わせるのは三、四年ぶりだが、ずいぶんおやじっぽくなっていた。体質が変わったのか顔が大きくなって分泌物《ぶんぴつぶつ》がまし、そのぶん脂《あぶら》ぎってきた。一方で頭のほうはうすくなりはじめている。

しかも退廃的なものまで身につけていた。結婚したという話は風の便りに聞いた。彼女がどういう女性かは知らない。

「来月国際エビ会議が開かれるだろう？　いまその対策を練らされてるところなんだ。ひょっとすると、ぼくが代表として出席するかもしれない」

「そいつは初耳だ。社長が乗りこんでくるとばかり思っていた」

「はじめはそのつもりだったみたいなんだ。だんだん風向きが変わってきた」

「本社の事情にうといからなにも知らないんだが、開発部というのはなにをやってるんだ？」

「ぼくにもわからないんだ」

まじめに笑ってみせた。自嘲《じちょう》のこもった笑いだった。

「要するに英語が読めて、話せて、訳せるやつが必要だったということだろう」

まぎれもない自嘲だ。しかもその裏に皮肉や怒りまでこめられていた。臼井がこれほど感情をあからさまにすることは珍しい。

本社の事情にうとくとも、人事の噂ならそれとなく耳に入ってくる。サラリーマンのいちばんの関心事は人事であり、社内での自分の位置づけだからである。そこに、このところ臼井の名はほとんど登場しなかった。今回の部長就任はまったくのだしぬけだったのだ。

来月バンコクでエビの国際会議が開かれるのは事実だった。すでに日程も決まっている。長渕にしてみたらそのため来月は時間を取られそうなので、予定を早めて今月帰ってきたのである。

国際会議といっても、そういうセレモニーを推進する機構や組織があるわけではなかった。タイでエビ養殖を手がけている業者が集まり、勝手につくりあげた談合会議みたいなものだ。その目的とするところはただひとつ、自分たちの金儲けが国家事業の一環でもあるかのような追認をタイ政府からとりつけ、自分たちの行為をより合法的なものにしようという一種の既得権分捕り会議だった。

あきれたことに臼井は、そういう背後関係や実情もよく知らなかった。エビの国際市場の開設や、コールドチェーン建設のための加盟各社の負担金といった命題に惑わされ、しごくまっとうな国際会議だと思っていたようなのだ。

「名を連ねている日本企業の名を見たらわかるだろうが。大手商社ばかりだぞ。そんなところになぜ日栄が名を連ねているんだ。タイで実績を残してるからじゃないぞ。彼らにしてみたら、要するに建設負担金をできるだけたくさんださせ、自分たちの負担をすこしでも減らしたいからだよ。国連や世界貿易機関での日本の扱いと同じさ。国としての評価はだれもしてないくせに、いざ金の話となると、だせー、だせーといってくるのとまったく同じだよ」

はじめは質問していた臼井も途中から黙りこんでしまった。あきらかにショックを受けていた。

「なにも聞いてないんだ」

「教えないほうもひどいな。いったいだれの管轄《かんかつ》下に入ってるんだ?」

「社長だよ」

これには長渕のほうがびっくりした。たしかに先月までは、社長の松原がじきじき乗りこんでくるようなことをいっていたのだ。電話で話したとき本人がそういったのを、長渕は自分の耳で聞いている。

「開発部というのは、ひょっとして今回の会議のためにつくった部署か?」

「たぶんそうじゃないかと思う」

「国際会議開催の趣旨が、当初の目的よりだんだん後退してきたことはたしかなんだ。あきらかにトーンダウンしてきた。社長もはじめは乗り気だったんだ。だからこそ乗りこんでこようとした。しかしそれが、自分のでる幕じゃないとわかってきたから、それできみにお鉢を回したんだ」

「おおかたそんなところだろうな」

「気になるんなら、社長にそれとなく探りを入れてみようか?」

「ありがとう。しかしそれはいいよ。もしばれたら、ぼくの立場はますますわるくなる。けさも似た質問をして怒鳴られたばかりなんだ」

「ご機嫌わるいのか?」

「わるいなんてもんじゃない。このごろとくに」

「まずいな。社長の不機嫌はおれにも原因の一端があるんだ」

臼井とわかれると社長室へ向かった。きょう挨拶にいくことは事前に申し入れてある。

その通り、秘書室にいってみると、松原は十分まえから待ち受けているといわれた。秘書室の空気がぴりぴりしていた。

松原正信はデスクの上で頬杖《ほおづえ》をついて一枚の写真に見入っていた。A3判くらいに拡大した紙焼きだ。数百メートル上空から撮った航空写真だった。

水を張った水田のような光景が写っていた。もちろん、水田なわけはない。すべてエビの養殖池だった。

「どこかわかるか?」

松原正信は顔をあげるなりいった。酷薄な顔をしていた。こめかみに青筋が浮いている。

「ここに川みたいなものが写ってますが、チャオプラヤ川ですか?」

空とぼけていった。

「河口だよ。二年まえ、おれが空から見たときは見渡すかぎりマングローブ林だったところだ」

「こういう写真で見るのははじめてです。おどろきました」

「おどろいた?」

「はい。うかつかもしれませんが、これほど開発されていたとは知りませんでした。地上を這《は》いまわっている人間には、こういう視野がありません。毎日何へクタールものマングローブ林がつぶされているのを、情報として耳にしているだけです」

「この池ひとつに十万尾のエビが放流されているんだ。そういう池がいったいいくつあると思う」

松原はそういうと拳《こぶし》をデスクにたたきつけた。

ほかにも何点か資料と思われるものをひろげていた。外国文献もあって、これには翻訳が添付されている。台湾の新聞の切り抜きもあった。

松原は新聞記事を指の先ではじきながらいった。

「こいつはもともと、おれが考えたことだったんだ。おれの青写真だと、五年後にこうなってるはずだった。その先頭に立っているのは、もちろんおれたち日栄だ。そいつが、なんでえ。気がついてみたらこのざまよ。この連中のなかにゃ、おれんとこへ技術指導を受けにきたやつだってまじってるんだぞ。右手で握手しながら、左手でぶん殴りやがった」

見出ししかわからなかったが、タイで新展開しはじめた最新エビ養殖事業といった記事だった。

「ぼくがタイでこの世界へ飛びこんだとき、養殖は殺しておぼえろ、ということばを社長からちょうだいしました。おことば通り、ぼくはからだでそれをおぼえてきました。ぼくのいまの知恵も、経験も、何十万、何百万、何千万というエビを殺して身につけたものです。しかしいまタイで養殖事業をはじめている連中は、エビを一匹も殺していません。放流したエビは百パーセント回収しています」

「…………」

「しょっぱなから強制的な餌《え》づけ、薬づけ、酸素づけの三点セット、死ぬことすらできないエビを育てているんです。それがどういう結果をもたらすか。おそらく三年もすればすべての施設がだめになり、あたらしいマングローブ林、あたらしい池が必要になってくるでしょう。だが彼らははじめからそのつもりです。資源も使い捨てなら、人間も使い捨て、かつての植民地経営とすこしもちがわない強奪型の経営です」

「問題はそこだ。養殖をあくまでもひとつの営利事業ととらえ、リスクをできるだけ少なくするとしたら、当然そういうやり方になる」

「社長もそのつもりだったんですか？」

「悔しいが、そこまでは徹底できなかっただろうな。鯨を食っちゃあ罪ほろぼしに鯨塚をたて、フグを食っちゃあフグ塚をたて、そういうことを二千年もやってきた日本人にゃできねえ発想なことはたしかだ。甘いんだ。日本人のやり方のほうが世界の非常識なのよ。べつに負けたとは思ってねえが、悔しいじゃねえか。おれたちがこれまでせっせとやってきたことは、いったいなんだったんだ？」

「いまになっていうのもなんですが、金の使い方をまちがえていたと思います」

「おれの責任だというのか？」

「そんなつもりでもうしあげているんじゃありません。われわれがあまりにもタイの実情を知らなかったということです。たとえばこの写真に写っているサムット・プラカンのマングローブ林。ほんとはわれわれが手に入れるべきだったんです。いちばん先に目をつけたんですから。あきれたことに、ほんのはした金で、すべての土地が自由に使えたんです」

「国有林だから手がつけられないといったじゃねえか」

「いいました。調べてみたらタイの土地制度は複雑怪奇で、われわれ外国人がうかつに手をだしたら火傷《やけど》すると思ったからです。だからこそはじめからこの地区を避け、七十キロ南のサムット・ソンクラムへいってはじめたんです」

「タイという国はな、これまで外国の植民地になったことはない国なんだ。それだけむかしの制度が残っている。土地制度がおそろしく入り組んでるという話はおれも聞いた」

「しかしそれは、まったくの建前だったんです。やり方次第でどうにでもなったんですよ。借用、委託、占有、名目はなんでもいいから、とにかく手に入れるべきでした。先に使うべきだったんです。タイの法律では土地使用者の権利がいちばんつよく、ほぼ百パーセント処分権があるそうです。つまりどう使おうが事実上自由ということ。もちろん外国人にまでその門戸が開かれているかどうかは知りませんが」

「だいたい、いつもそうなんだ。世のなかは、既成事実をつくったやつが勝ちと決まってる」

「だがそういうことは、この国に住んで、ふだんから法の目ぎりぎりのところで生きていないとわからないことなんです。われわれはまったくの素手でタイへ乗りこみました。そしてばか正直に、真正面から渡り合ってきました。愚直。お人よし。ばかまるだし。はじめからタイを食いものにするつもりで乗りこんできたほうが、まだしも好成績をあげていたと思います」

「なんでえ。そういう結論になると、やっぱりおれの責任が大きいということになるじゃねえか。おれの政治力のなさ、日本人の政治力のなさってことよ。しょせん村社会のレベルなんだ。そのやり方でもって国際社会へのこのこでていくから、いつもいいようにむしられる」

　苦笑してみせたものの見かけ以上に苦いものがまじっていた。彼の怒りもいらだちも、半分は自分に向けられている。村社会のレベルで、金をばらまいてきたのはほかならぬ松原だったからだ。

　タイの支配層へ食いこむことで、タイ社会に足場を築こうとしたことはまちがっていなかった。方法がまずかった。

日本人のフィクサーなる人物を通じて松原がタイとはじめて接触したのは、一九七七年に成立したクリアンサック政権のときだった。無血革命を起こして颯爽《さっそう》と登場し、日本にもきて政財界とこまめに懇談したから、だれもがタイに新しい時代がきたと思った。そしてこれは長期政権になるだろうと予想した。

実際は二年たってみると跡形もなくなっていた。だいたい政変劇そのものがタイでは日常茶飯事だったのだ。さらに彼が実力者と信じていた日本人フィクサーも、正体が割れてみれば金目当ての、ただの政治ゴロにすぎなかった。使った金がすべてむだになっていた。

「今度のエビ会議がいい見本だろう。まだ儲《もう》かるところまでいってねえのに、これまでの実績ということでまつりあげられ、日本企業じゃトップランクだとよ。なんでおれたちが三菱や三井の上に立たなきゃならんのだ」

「その件も今回お聞きしようと思ってました。会議にはどういう方針で臨まれるんですか」

「でないわけにもいかんし、金をださないわけにもいかんだろう。あとはその金をいかに少なくすませるか、対症療法しか残されてねえ。そうしてだ。その金をどうやって回収するか。これからはそれなりの戦術が必要だ。いい勉強をさせてもらったから、今後はすべて、おれたちの方法でやらせてもらう。黙って引きさがるわけにゃいかねえ」

松原はそういうとからだを起こし、背伸びして背もたれに背中をあずけた。冷静な顔にもどっていた。そして「坐《すわ》れ」と長渕に顎《あご》をしゃくった。

長渕は後にあるソファへいって腰をおろした。松原は立ちあがり、腰に手を当てて窓の前をいったりきたりしはじめた。短足、猫背。どう見ても着ているものに釣り合った足どりではなかった。しかしこの男の強みは、都心のこういうビジネス街からはでてこない発想ができることだ。

頭のなかにいつも海がひろがっていた。

「まえに水田でのエビ養殖の話をしたな」

「しました」

「その後検討してみたことはあるか」

「今回は資料を持ってきておりませんので、くわしい説明はできませんが、バンコクへ帰ったらいつでもお送りする用意はできています。いまのわれわれが本拠をかまえているサムット・ソンクラムの隣にラチャ・ブリという県があります。いまのところ見渡す限り水田のひろがっている農村地帯です。だがシンガポールへ通じる国道4号線のバイパス建設がすでに決まっています。何年か先にはバンコクまで一本道でつながります。先行投資をするとしたら、ここがいちばんの適地だと思います」

「デメリットは？」

「やはり排水でしょうか」

「解決策はあるか?」

「どれくらいまで希釈できるか、その程度にかかっています」

「使い捨てた池の跡地をもとの水田にもどすのは可能か?」

「むりでしょう。しかし可能だと思いこませることはできます」

「どのようにして?」

「できると言い張ることです。できないとわかるまで五年や六年はかかります。わかったときは手を引いていたらいいんです」

松原は黙って長渕の顔を見つめていた。それからうなずいた。

「早急に調査チームを派遣しよう。チームの編成はこっちでやるが、具体的になんの調査をするかは、全員に知らせる必要はない。指揮はきみがとれ。きみのいままでの仕事は、石川を昇格させてやつにやらせろ。調査チームの何人かときみには、つぎの仕事も視野に入れて取りくんでもらう」

「つぎの仕事とは?」

「陸《おか》の養殖だよ」

長渕はその一言ですべてを理解した。

4

父親が案山子《かかし》みたいに痩《や》せ細っているのを見たときはぎょっとした。ことしはこれで二回目だが、夏に帰ってきたときはまだ体型も変わらず、胸部もふっくらしていたし、頬もピンク色だったのだ。

それがいまでは骨格まで縮んだかと思えるほど小さくなっていた。変わっていないのは黒々とした頭髪だけ。干《ひ》からびてしまった顔とそれはあまりにも不釣り合いで、すわりのわるい鬘《かつら》をのせているみたいだった。

「琢巳よ、おとうさん」

気がつかなかったらしいので姉の久子がいった。小松空港から電話し、おおまかなことを聞いてからきた。ここ一週間小康状態がつづいているとかで、きょうは体調もいいほうだという。

父親は起こしたベッドに寄りかかり、姉に足裏の指圧をしてもらっていた。点滴管はつけているが、ベッド下にスリッパがあるところを見ると、まだトイレにも歩いていけるようだ。

父親は物憂《ものう》そうに顔をあげた。視線がなんとか長渕の姿をとらえたものの、目はほとんど動かなかった。わずかに口許《くちもと》が動いた。長渕を見たきりなにもいわない。息子も同じだ。父親にうなずきかけて荷物をおろし、そばにただ突っ立って見おろしている。

「なによ、あんた。挨拶《あいさつ》もしないの？」

「目を合わせたからいいじゃないか。息子です」

「あきれた」

「琢巳に挨拶されたことなんかないよ」

父親がしわがれた声でいった。抑揚はなかったがことばははっきり聞きとれた。もっとしゃべろうとしたが、声にならなかった。口のなかがねばついているのだ。長渕はサイドデスクの吸い飲みをとってふくませてやり、ティッシュで口許をぬぐってやった。サイドデスクには新聞と眼鏡が置いてあった。

「出張か？」

喉《のど》になにかつまっているような声だ。

「うん。急だったから今回はあまりいられないんだ。今度明子をつれて帰ってくるときは、一週間くらいいられるかな。子どもが生まれたら、また一週間」

「そんなに休めるの？」

「休むんだ。有給がだいぶたまってる」

「会社、業績がいいみたいだな。今期は五割の記念配当をやった」

「おかげさんで。おれのおかげもだいぶ入ってる」

「どうだか」

「ばかいっちゃいけない。帰ってきたら真っ先に社長室へ通される身だぞ。おれが入っていくのを社長が資料をそろえて待っている」

「もう何年になるの？　へー、四年、早いものねえ。でも海外があんまり長いのも、重宝がられるばかりで、出世コースには乗れないっていうじゃない」

「出世なんかどうだっていいよ。人のやってないことをやるからおもしろいんだ。おれの前に道はなく、おれの後に道ができる」

「そんなにおもしろおかしい仕事なの？」

「あのねえ、これはたとえ話。仕事がおもしろおかしいわけないじゃないか。実際は予想もしないハプニングの連続で、毎日きりきり舞いさせられてるよ。計画通りいくことはまれ。気の弱いやつだったらとっくに胃に穴があいてる。さいわい、親ゆずりの丈夫な胃袋に恵まれたもんでね。こうやってぴんぴんしてる」

胃袋といったとき、姉の顔が一瞬こわばったような気がした。しかし父親の表情は変わらなかった。むしろ気分よさそうに目を細めていた。長渕としては、反応を見るつもりでいってみた部分もあるのだ。

前回と同じ、金沢市郊外にある病院の個室だった。窓からうっすらと雪をかぶった初冬の立山連峰が見える。手前に金沢の市街。帰ってくるたびに高層建築がふえている。変化するもの、しないもの、いちばんうつろいやすいのはやはり人間だ。

三時に姉が帰ると、長渕ひとりになった。夕方、母と交代するまでいることにした。そのあといったん小松に帰るが、あすまたくる。

急に静かになった。考えてみると、父親とふたりきりになったことはあまりなかった。前回の入院のときも何回かきているが、それほど長居はしていない。きょうとあす、おそらくこれが父親とすごす最後の時間になるだろう。

父親は手を腹の上にのせて向かいの壁を見つめていた。息子とじかに目を合わせるでもない。というより長渕のほうが視線の正面に回るのを避けていた。いまの目で見つめられたら、狼狽《ろうばい》してしまうような気がするのだ。少なくとも息苦しくなって、座を外したくなってしまうだろう。

「やれるんだな？」

ぽつんと父親がいった。目は壁に向けられている。

「なにが？」

「会社だよ。いつ辞めるか、いつ辞めるか、と見ていたんだが」

「いまのところ、やれる気がしてる。さっきねえちゃんにいったのは嘘《うそ》じゃないよ。きびしいけど、やりがいはあるんだ。将来のことはともかく、こういう経験をさせてもらえるだけでもありがたいと思ってる」

「会社、まだ伸びるだろう」

「おれもそう思ってる」

自分がタイでなにをやっているか、説明らしい説明はしたことがない。質問されたら答えるつもりだが、聞かれたことがないのだ。兄の話では、日栄の株をだいぶ持っているという。

今回もそうだった。それ以上の話にはならなかった。しばらくして、ベッドを倒してくれといった。

「寝るか?」

「すこしな」

ベッドを倒し、毛布をかけなおしてやった。ありがとうと父親がいった。口をもう一回湿らせてやった。

すぐに目を閉じるかと思ったが、開けていた。天井を見ている。

長渕は横に腰をおろしてその顔を見守っていた。

部屋の空気を共有していた。その重さや温《ぬく》もりを、このときくらい如実《にょじつ》に感じたことはなかった。

「わからんもんだ」

だいぶたってからいった。

「なんだ？」

「おまえがいちばん商売に向いていたかもしれん」

そういっただけだった。父親は目を閉じ、やがて寝息をたてはじめた。長渕は身じろぎもせず、その顔を見つめていた。幼児にもどったような感覚を味わっていた。

夕方、母がタッパーウエアにおかずをつめて持ってきた。病院の食事は口に合わないと、まったく箸《はし》をつけないとか。母のつくってきた野菜の煮つけだとか、なますだとか、焼き魚だとかを少量食った。ほんのすこしだ。長渕がアイスクリームを買ってきてやると、これも数匙《さじ》食った。

「うまいか？」

「うまかぁねえ」

母親が能面のような顔をしてそれを見守っていた。母もいまでは父親の病勢を知っている。しかし兎《うさぎ》の毛の乱れほども表情をくずしていなかった。

夜、小松の兄のところへ帰っていると、姉から電話がかかってきた。

「琢ちゃん、きょうの話はなにぃ？　いくらなんでも冗談がすぎるわよ」

語尾があがっていた。

「なにが？　おれ、そんなにわるいことをいったか」

「おとうさんは十二月になったら家に帰るつもりでいるのよ。みんなで必死になって口裏を合わせてるのに、へんなことを口走らないでちょうだい。あなたはね、ときたま帰ってくるだけだからいいでしょうけど、わたしたちは毎日つき合ってるのよ」

「そいつはごめん。べつにそんなつもりでいったんじゃないんだけどな。軽率だったといわれたら、返すことばがない。考えなしだった。気をわるくしたんだったら謝るよ」

病院側の話では、持ってもあと一か月くらいだろうという。そのときがきたらまるで釣瓶《つるべ》落としみたいに早いから、それまで好きなようにさせてあげなさいと。

いまではだれもが父の死を間近いものとして待ちうけていた。

予定された死。秒読みに入っている命。

寝るまえに庭へおりていった。空を見あげると星がでていた。

オリオン座だ。

風はなく、夜気がとげを持っているみたいに冷たかった。犬の遠吠《とおぼ》えが聞こえる。

星を見つめていた。

涙があふれてきた。

自分の死が間近いのを父親は知っている、という思いがこみあげてきた。家族のために知らない振りをしているだけなのだ。

5

十一月三日。都内のホテルで開かれた宍倉徳夫の結婚披露宴に長渕は出席した。はじめは欠席のつもりだった。その旨《むね》返事もだしてあったのだが、宍倉から電話がかかってきたのだ。頼むからきてくれというのである。

「正直にいいます。ぼくのほうの出席者の九十九パーセントは、大学や病院や父親がらみの関係者なんです。ありがたくないとはいいません。しかしぼくが宍倉個人として、心からくつろいでおしゃべりを楽しめる人たちじゃけっしてありません。だからこそ、長渕さんにきていただきたいんです。敷かれたレールからはずれることを許されないぼくの人生ですが、それでも捨てたものじゃないと思える部分をどこかに確保しておきたいんです」

すこしオーバーではないかと思ったが、私生活のどこかに風穴をあけておきたいという気持ちはよくわかった。それで思い直し、じゃあでましょうといってしまったのだ。

でてよかった。おどろいたことにその席で、なんと、秋庭寛治、宮内幸江のふたりに出会ったのだ。

「やっぱり長渕さんも説得されたんですか。きてくれたらおどろかせてあげます、と宍倉くんがいったのはこれだったんですね。いや、思わぬところでお目にかかりました」

秋庭もだいぶ抵抗したそうだが、最後はやはり根負けしたとか。

「それに、ちょうどいい機会かなとも思ったんです。ぼくらのほうも、式こそ挙げませんが、みなさんへの正式なお披露目にさせていただこうと思いまして」

幸江が横から目礼を送ってきた。気のせいか、前回会ったときよりういういしく見えた。

ふたりとも和服だった。八人の招待客がテーブルを囲んでいたが、和服は彼らだけ。むろんほかの五人とは面識がない。

着なれているのだろう、幸江は和服がよく似合った。艶《つや》があって、妍《けん》がある。うれしそうで、誇らしそうだった。

それに比べると、秋庭のほうはいかにも借り衣装という感じ。品はわるくないとしても、ぎこちなくて落ちつかなかった。からだのすわりが和服のそれでないのだ。

長渕は何度も幸江を盗み見た。前回とあまりに印象がちがう。けっして美人ではないのだ。体型だって和服だからごまかせているが、スマートなほうでは断じてない。それが別人のように見える。

秋庭のほうは、そんな幸江に頬がゆるみっぱなし。幸江のことばに耳を傾けているときの顔ときたら、母親のまえの幼児のそれだった。

突然思いあたった。秋庭が、やっと自分の居場所を見つけたということになるのではないかと。すると、それまで頭のなかでもやもやしていたものがさーっと片づいてしまい、風通しがよくなってすっきりおさまってきた。

披露宴は盛大だったが、それに特別の感想はなかった。型通り進行して新婦が大学で所属していた合唱部の合唱があったり、新郎の高校時代の同級生で最近多少知られてきた芸能人が駆けつけてきてお笑いをとったり、それなりのパフォーマンスはあったものの、それほど沸いたり盛りあがったりもしなかった。みな品がよく、洗練され、温もりと真情に欠けていた。

パーティは予定通り五時に終わった。司会者側はスケジュールの進行ばかり気にしていた。宍倉とことばがかわせたのはこのときだけだった。会場の出口では新郎新婦の前に長い行列ができた。

「ありがとうございました。おふたりのおかげで、きょうはぼくのいちばん輝かしい日になりました。ほんとですよ。これからの人生を占うつもりだったんです」

宍倉は秋庭と長渕の手をにぎりしめてそういった。たぶん心からそう思っていたことはまちがいない。宍倉にはこういうおおげさな表現をしても、それほど違和感をだかせないところがあった。

幸江とはすでに知り合いだったらしい。

「その節はどうも。以前一度、ウエンナイでお目にかかりましたよね。ええ、よくおぼえていますとも」

後がひかえていたこともあって、このときの会話もそこまでだった。新郎新婦は今夜このホテルに泊まり、あすウィーンへ向けてハネムーンに飛びたつ。

「お茶でも飲みますか」

三人になると秋庭がいった。いわれるまでもなく中途半端《はんぱ》な気分だった。このままでは帰りにくい。

ティラウンジにいって腰をおろした。日が暮れたばかりで、水の流れている庭園がライトアップされてほのじろく浮かびあがっていた。ロビーではピアノ演奏がおこなわれている。

「しかし宍倉くん、うれしそうでしたね。あの人は感情表現が素直にできるから、ある意味じゃうらやましい」

と長渕がいうと、秋庭は浮かぬ顔で小首をかしげた。

「でも、ちょっとおかしかったですね。興奮していたのはわかりますが」

幸江も相槌《あいづち》をうった。

「ほんとはきょうが初対面だったんです」

「初対面？」

「電話をもらったとき、ふたり一緒ならでてもいいと条件をつけたんです。そのとき彼女のことを説明して、ウエンナイへもきたことがあるといったんですけどね。顔は合わせていません」

「わたしがうかがったときは、どなたもいらっしゃいませんでした」

「そうですか。すごい思いこみだな。三十何年の人生が、一日に凝縮してしまったからこんぐらがってしまったんだ」

「しかしおかげさまで、久しぶりに、思いもよらない東京見物をさせてもらいました」

秋庭が晴々した顔でいった。ふたりはべつのところにホテルをとっており、秋田へはあした帰る。

「何年ぶりですか？」

「ざっと十四年です。しかしいまじゃ田舎の人間になりきってますから、めまぐるしくて落ちつきませんわ。高層ビルがふえて、空の小さくなったのがいちばんいけませんね。圧迫感ばかりつよくて息がつまりそうです」

「東京ではどこにお住まいだったんです？」

「下町です。こないだ、たまたまテレビに映ってるのを見ましたけどね。すっかり垢抜《あか》けた街になって、懐《なつ》かしさをおぼえる余地もありませんでした」

ひとしきり東京の変貌《へんぼう》に話題がおよんだ。幸江のほうも若いころ猿江《さるえ》恩賜《おんし》公園の近くに住んでいたことがあるという。

鬼門だったはずの東京へなぜでてくる気になったか。宍倉に説得されて気が変わるような鬼門だったとは思えないが、秋庭はわるびれもせず、周囲の人目も気にしていなかった。

「しかしでてきてよかったと思います。解放感がかくべつなんです。このままホテルへ帰ってしまうのはもったいないですね。どうです、長渕さん？　これからちょっと、街へくりだしませんか」

「だめですよ。約束がちがうじゃありませんか」

幸江が眉《まゆ》をよせてたしなめた。

「その解放感、鬼門だった東京がそうじゃなくなったということですか」

「いや、ただの開き直りです。あすはどうだっていいじゃないかということだな。きょうがしあわせならそれでいい」

「酔っぱらってるんです。口当たりがいいからって、わたしのシャンペンまで飲んでしまって」

「あなたがくれたからですよ」

たしかにハイになっていた。

「これから先は、ウエンナイと秋田を行き来なさるんですか？」

「たぶんそうなります。できたら半々ぐらいにしたいと思ってますけど」

「小山田さんのほうはどうなりました？」

「ああ、あれは、あれっきりです。あきらめたんじゃないですか。あの人のことですから、そうなればなったで、もうつぎの手を考えてるでしょう。すごく変わり身の速い人ですから」

声が知らず大きくなっていた。幸江がはらはらしているのも当然だ。

「問題はウエンナイが、今後も維持できるかどうかですが、これはみなさんが必要としてくださるならつぶれないし、必要としないならもう役目を終えたということになります。わたしとしては、自分のすべきことをして、あとは自然の成り行きにまかせるしかありません」

七時すぎに彼らとわかれた。そのときは酔いもさめ、むしろ秋庭は苦しそうな顔をしていた。幸江の話によると、すこしだがトイレで吐いたそうだ。

秋庭が逮捕されたのは、それから十日のちのことだった。

新聞は取っていなかったし、テレビもろくに見なかったから、宍倉から電話をもらうまで知らなかった。

「ぼくもおととい帰ってきたばかりで、全然知らなかったんです」

病院からの電話だった。午後二時すぎのことだ。

「けさですよ。出勤前のワイドショーをなにげなく見ていたら、見たことのある建物が映ってるじゃないですか。そしたらこれが、犯人岩淵某が十数年潜んでいた北海道の隠れ家だとかなんとかいってるんです。そのあと顔写真がでてきてびっくり。秋庭さんだったんです」

「全然知りませんでした」

「妻殺しの逃走犯だったとはねえ。はじめは長渕さんにお聞きしようかと思ったんです。しかしその時間がなかったので、そのまま病院にいって、さっき、やっと新聞のまとめ読みをしたところです。時効の成立まであと一年たらずだったみたいですね」

「このところ、ろくすっぽテレビも見てなかったんです。とくにそういう猟奇ものには興味がないものですから。つけていても、そういう話題になったら即刻チャンネルを切り替えてました」

　電話を切ったあと、すぐさま高円寺の区立図書館に駆けつけて新聞を読んだ。

　事件は社会面のトップを数日にぎわせていた。

　それによると秋庭寛治は本名田代春信といい、福井県大野郡に本籍を持つ人物だった。中学卒業後上京、江東区北砂にある「テーラー・イワブチ」という紳士服の仕立て屋で修業をした。仕立て職としての腕はなかなかだったそうで、それを店の経営者岩淵幸三に見こまれ、娘の美也子の入り婿《むこ》として店を継がせてもらった。つまり婿養子だ。結婚後岩淵姓となったこの男の人生は、平凡ながらも順調、当初はいささかの狂いもなかった。

その「テーラー・イワブチ」が失火と思われる火事で全焼したのは平成元年冬のことだ。木造二階建て百二十平米の自宅兼店舗の焼け跡から、この家の主婦美也子の遺体が発見され、司法解剖の結果、絞殺後放火されていることがわかった。警察は姿が見えなくなった夫岩淵春信を重要参考人として指名手配した。

その後の捜査で、岩淵家は春信の不動産投資による失敗で夫婦間の争いが絶えず、半年ほどまえから店の営業も停止していたことが判明した。なお夫婦には子どもがいなかった。

平成元年といえばバブルの最終期である。日本中が総不動産屋化してだれもが土地ころがしに目の色を変えていた時期だ。そしてこのころはまだ、だれもがそれなりの利鞘《りざや》稼ぎに成功して有卦《うけ》に入っていた時代でもあった。

下町で地道に暮らしていたはずの仕立て職人が、どういう経緯で不動産投資に足を突っこむことになったか、大本のところは知らない。要は額に汗することなく、濡《ぬ》れ手で粟《あわ》の金を得はじめたら、人生がどのように狂ってしまうかという見本みたいなケースだった。春信も本業はそっちのけで、いつしか不動産投資に熱中するようになったらしいのである。

春信はある日、裁判所の競売《けいばい》物件のなかに目を見張るような超掘出し物件があるのを見つけた。春信の経済力では相当むりをしなければならない高額物件だったが、どのみち右から左へ転売してしまうのだから、ここは高利で金を借りても引き合うと思った。彼は必死になって落札情報をさぐり、読みどおりその物件を落札するのに成功したのである。

その土地に四重、五重の抵当権が設定され、しかも不法占拠者が占有して、プロの間では知らぬものがない不良物件だったことを知ったのはその後のことだ。つまり売ろうとしても売れない、事実上処分不可能な土地だったのである。だからこそ超安値だったのだ。

あわてふためいて処分しようとしたが、現実は甘くなかった。売れないのだ。最後は入手価格の半値で叩《たた》き売ろうとしたが、それでも売れない。一方で借りた金の返済はしなければならない。それまであった蓄えなどあっという間に吹き飛んでしまい、一気に破産、借金取りから逃げまわる日々となった。妻との間にいさかいが絶えなくなったのも、たぶんそのころからのことだろう。

自宅も差し押さえられ、追い立てをくって、ついには身の置きどころすらなくなってしまった。自宅明け渡しの強制執行が数日後に迫った日、追いつめられた春信は妻を殺し、自宅へ放火してそれまでの人生の清算をはかったのだった。

そういう男が北海道の片田舎とはいえ、なぜ十数年も隠れて生きることができたのか。

それは彼の名乗っていた秋庭寛治という人物が実在したからだ。秋庭寛治名で住民登録をし、住民税を払ったり車の免許を取得したりしていたから、だれも不審に思わなかったのである。

　春信という男はまじめ一方の堅物で、世間の評判もよく、むしろ妻美也子のほうが素行に問題があり、そのいざこざが結婚当初から絶えなかったことも判明した。店を継がせてもらいたさに、あばずれ女房を背負い込まされた、という声も当初からあったらしいのだ。そのため春信が人生を悲観し、妻を殺して自分も死のうとした。つまり一種の無理心中だった可能性がつよい、と見られていたらしいのである。

　実際の秋庭寛治という男は、三十数年前に青森県から出稼ぎにでたまま、消息が途絶えてしまった人物だった。犯罪歴がなかったし、家族から捜索願も出ていなかったから、行方が追求されることもなかったらしい。おそらく春信が本人から戸籍を買ったのだろうが、これは今後の取調べであきらかになるはずだ。なお秋庭寛治は六十四歳、岩淵春信の実年齢は五十八歳だった。

　その夜、長渕は秋田の宮内幸江に電話してみた。このまえ会ったとき、店の名刺をもらっていたのだ。しかし呼び出し音は鳴るものの、だれもでてこなかった。

　翌日から新聞を買い、テレビを見たり週刊誌を買ったりして関連記事に目を通した。

　しかし北海道時代の岩淵春信が、怪しげな加持《かじ》祈禱《きとう》行為で善良な人たちを欺《あざむ》いていたといったような飛ばし記事が多く、ほとんど参考にならなかった。

それに世間の関心はもうほかへ移っていた。ほんの一瞬茶の間に話題を提供したものの、事件そのものはありきたりだったから急速に忘れられようとしていたのだ。

二日後、また宍倉から電話があった。

「きましたよ、警察が」

「宍倉さんのとこへですか？」

「はい。ウエンナイのことを知りたいといって。しかたがないからこれまでのことを話してやりましたけどね。要するにあの人がウエンナイでどういう生活をしていたか、その背景を知りたかったみたいです。ご迷惑はかけませんというものですから」

「しかし、どうして宍倉さんの名前がでてきたんです？」

「寄せ書きのノートがあったでしょう？　あれにぼくの名前があったんです。向こうにあった書きつけ類はすべて警察が押収《おうしゅう》したみたいです」

「するとぼくのところへもきますかね」

「なにか、それらしい手がかりを残しましたか？　ほかにウエンナイの事情にくわしい人はいますか、と聞かれたから知らないと答えましたけどね。メンバーといってもときどきいく程度の人が多く、あの人と個人的な交際までしていた人はいないんじゃないですか、と答えておきましたけど。長渕さんの名前はだしておりません」

「それはすみません。しかし、きたとしてもべつに困りませんよ」

しかしなぜか、長渕のところには電話もかかってこなかった。秋庭の住所録を見れば、長渕の名もあるはずなのである。

数日おいてまた幸江の店に電話した。すると今回は老人がでてきた。

「いまちょっとたてこんでるものですから、店を閉めてるんです」

「お手間をとらせてすみません。長渕といいますが、今月の三日に東京でお目にかかってるものなんです。幸江さんはいま、どちらにいらっしゃいますか」

「幸江はいまでかけてまして、こちらにおりません。ときどき連絡はくれますから、そのとき伝えておきます」

父親がいるとは聞いていなかったが、声の感じからすればそれくらいの年配だ。

「ひょっとすると、幸江さんはいま、東京にいらっしゃるんじゃないですか？」

一瞬ためらいがあった。それから「そうです」という答え。

「そうですか。ご迷惑はかけませんから、東京での電話番号を教えていただけませんか」

「もうしわけないですが、それは、人には絶対教えるな、といわれてるもんですから。電話があったことはまちがいなく伝えておきますので」

それで自分の名をもう一回つたえて受話器を置いた。

するとニ時間ほどたった午後の十一時すぎ、電話がかかってきた。

「幸江でございます。このたびはご迷惑をおかけしてもうしわけございませんでした」

取り乱したり悲嘆にくれたりしている声ではなかった。幸江の声は落ちついていて、どちらかといえば事務的だった。

翌日午後、飯田橋の喫茶店で幸江と落ちあった。深川署に勾留《こうりゅう》されている秋庭寛治こと岩淵春信に面会してきた帰りだという。東京では巣鴨《すがも》の従姉《いとこ》のところに居候《いそうろう》しているとか。秋田へはあさって帰る。

「あさってというのは、特別な理由があるんですか」

「いいえ。きりがありませんから、とりあえず一回帰ってこようと思ってるだけです」

きのう電話で聞いた以上にさめた声だった。

えんじのツーピースにニットのカーディガン。みすぼらしくはないものの、先日の和服に比べたらやぼったくて泥くさい服装をしていた。化粧もそれほどうまくない。田舎のおばさんにもどってしまった感じだ。

「秋庭さんは元気でした?」

「ええ、それなりに。覚悟はしていたといいますか、ある程度の心づもりはしてましたから、それほどまいってはいないみたいです。どちらかというと明るかった、といっていいと思います。こないだ、すごくはしゃいでたでしょう? あれがまだつづいてる感じなんです」

「覚悟していたとは、つかまることを覚悟していたということですか？」

「はい。逃げようと思えば逃げられたと思うんです。本人はそれを、もういいからって」

「ということは、あなたもあの人のしたことを知っていたんですか？」

「うちあけてくれました。ことしの春でしたが、なにもかも。そのうえでもう一回、やり直せるものならやり直したいと。ほんとはわたし、そういうことは聞きたくなかったんです。あの人のほうが、それを我慢できなかったみたいで」

「自首じゃありませんよね。逮捕されたんですよね」

秋庭は十三日の午後、東京から出向いてきた捜査員によってウエンナイの自宅で逮捕された。「岩淵春信だな」と声をかけられると、おとなしくはいと答えて連行されたという。その後の取調べで、妻とは心中するつもりだったと供述している。火をつけたあと、入水《じゆすい》するつもりで海に飛びこんだそうだ。しかし水泳が得意だったせいか、水のなかでは死ぬことができなかった。

「どういう心境の変化だったんでしょう。これまで十四年逃げてきて、あと一年たらずで時効が成立することを知っていた。その気になれば逃げきれたと思うんだが」

「わたしもそう思います」

「その気持ちがどうして変わったんですかね。だいたい、招かれたとはいえ、なぜいまごろ東京へでてくる気になったのか、ぼくにはそれがわからない」

「わたしにもわかりません」

幸江も苦笑いした。投げやりに見えなくもなかった。疲労の色らしいものがのぞいていた。

「無責任に思われるかもしれませんが、うんざりしています。なにもかもが一度にわーっときたもんですから。それに、周りがけっこううるさいんです。今回だって従姉の世話にならず、ホテルに泊まっていたほうがよっぽど楽でした」

「…………」

「これ、従姉の服なんです」

着ているものを示していった。

「みすぼらしい格好をしていかなきゃだめよとか、自分は被害者だという顔をしていろとか、いろんな入れ知恵してくれるんです。警察でも同じようなことをいわれました。あなたは妻のつもりだろうけど、だまされたんだよって」

「みんながあなたに同情してるんだ」

「だから隠し立てせずなにもかもしゃべれ、ということと、わたしには実害が及ばないよう穏便にとりはからってやる、とふたつの意味があったみたいですけどね。そういう気遣いをされるとかえってややこしいんです。かといって、よけいなお世話というわけにもいきませんし」

「たしかに災難でしたね。これからどうするか、心づもりはあるんですか」

「先のことですか？」

「ええ。あの人が出所してくるまで待ちますか」

「それは、なんともいえません。あの人は拘束しないといってくれましたけど。だいたい店がありますし、母もいますから、いまの生活をすぐ変えるわけにはいかないんです。といってこの先、十年先になるか、十五年先になるか、あの人がでてくるのを待つと言い切る自信もありません。これまで人生がころころ変わってきましたから、ひとつの生活がいつまでもつづくということが信じられないんです」

「わかります」

「ずるいと思われるかもしれませんけど、人間てそのときどきの暮らしむきで、考えなど簡単に変わってしまうものなんです。ひとつの気持ちを持ちつづけるなんてむり。先のことは、わからないとしかいえません」

「あなた、正直ですな。こういう場合、きれいごとですまそうと思えばすませられるのに、それをしない。あの人が帰ってくるのを待ちます、といったほうが楽でしょうに。しかしぼくは、それを聞いてかえって安心しました。あと、ウエンナイがどうなるかということだけど」

「それを長渕さんにお願いしてくれ、といわれているんです」

「ぼくにですか？　あの人がそんなふうにいった？」

「はい。これをさしあげてくれと頼まれてます。警察の押収からまぬがれたものですけど、べつに隠したわけじゃありません。先月からあずかってたんです」

幸江はそういうとバッグからビニール袋を取りだした。なかから預金通帳と印鑑がでてきた。道内に本拠を置く銀行のものだ。

名義が「植内団地管理組合」となっていた。その名称を刻んだゴム印があって、代表者が理事の北條喜平なる人物。「北條」の印鑑もある。現金の出し入れをするカードまでついている。

「こういう組合があったんだ」

「実体はないそうです。もとはといえば土地を開発した会社が、見せかけでつくった通帳だと聞いてます。その後休眠口座になっていたのを、ビレッジができてから復活させたというふうに。秋庭の口座とはまったくべつになってます」

袋のなかにこれまでの古い通帳が入っていた。全部で三冊。口座を開設したときの年月が昭和五十八年。

いちばんあたらしいものを開いてみた。

三百万円を超える金額が残高欄に記入されていた。引き出した欄外に、なんの費用に使ったかが鉛筆で簡単にメモ書きされている。しかし今年度はほとんど記載がなかった。六月に当座費用として十万円引き出されたのが最後。入金は、四月に記入された小山田興産からの二十万円が最後になっている。

「ぼくにこれを託すというんですか」

「岩淵はそういってます」

呼び方が岩淵とかわっていた。

「受けとれない、といったらどうなります」

「今度会ったとき伝えておきます」

「たしかにぼくは暇な人間ですけどね。とてもそんな柄じゃありません。だいたい九月にいったとき、もう二度とくることはないだろう、と思いながら帰ってきたんです」

「ご迷惑だと思います。でも、ほかにお願いする人がいないとかで」

「おそらくそうでしょうね。しかしぼくは、ほかのメンバーの方というと、宍倉さんしか知らないし。そうだ、一度彼の意見を聞いてみますよ」

「よろしくお願いします」

「だからきょうのところは、とりあえず引っこめてくれませんか」

通帳と印鑑を幸江の手にもどした。後味がわるかったことはたしかだ。かといって、こんなものを預けられる義理もなかった。

「結婚式で見かけたときの岩淵さんはじつに幸せそうだったんですけどねえ」

別れるときにいった。

「本人は花道のつもりだったみたいです」

と幸江は答えた。憐憫《れんびん》というより冷笑すら感じられる声だった。

第5章

I

午後の会議にそなえ、昼休みに資料の読みこみをしていた。すると、ちょっといいですかと声が聞こえた。

顔をあげると農産事業部の松原幸一が立っていた。

「すこし教えていただきたいことがあるんです」

幸一は松原正信の息子である。

ことし三十八歳。築地《つきじ》の水産物仲買会社、コンビニ系の流通商社をへて、さきおととし日栄に入社してきた。

当初二年間は関西支社で営業をやらされていた。本社に呼ばれてきたのは先月、実権はないがいちおう課長のポストを与えられている。

部内資料のコピーを持っていた。農薬リストだと一目でわかった。海外の委託農場で使われている農薬のリストである。もとはといえば雛形《ひながた》をつくったのが長渕だった。農産事業部にいたとき整備させた資料のひとつである。

「なんですか？」

「そうあらたまられると、新米としてはちょっとやりにくいな」

つくり笑いを浮かべると、隣の椅子《いす》を持ってきて腰をおろした。部内には電話番が残っているだけ。ほかのものは食事にでかけていた。

「この表を見るとですね。無認可の農薬がずいぶん使われてるんですけど」

「どうして峯岸くんにお聞きにならなかったんですか？」

フロアが同じだとはいえ、いまの長渕は加工食品事業部長である。農産事業部との間には水産事業部がはさまっており、幸一の席からだとフロアを縦断してやってこなければならない。

「峯岸部長は食事みたいでしたから。それにこういうことは、生き字引の長渕さんにお聞きしたほうが早いと思って」

長渕はうなずきながら幸一を見かえした。長身で色白、骨格が軟骨でできているみたいな柔和な顔立ち。育ちのよさそうなあどけなさをただよわせている反面、口許《くちもと》に世慣れた物憂《ものう》さみたいなものをたたえている。父親にむりやり拉致《らち》されるまで、大学に六年もしがみついていた。

「この農薬がどうかしました？」

「これ、いまでも使われてるんでしょう？」

「たぶんそうだと思います。年に一回しか更改してないはずですから」

「無認可の農薬を使いっぱなしというのは、まずくないですか」

表を見せていった。それなりに勉強はしているようだ。無認可農薬のリストに赤線が引いてあった。

「まずいかまずくないかという問題で、ぼくのところにいらっしゃったんですか？」

「そう切り口上にならないでください。べつに喧嘩《けんか》を売りにきたわけじゃないんですから。こういう微妙な問題は、長渕さんなら教えてもらえるだろうと思ったんです」

「それはどうも。ぼくもべつに開き直ってるわけじゃないんです。問題の立て方がいろいろあると思ったもんですから。まずいか、まずくないか。必要か、必要でないか。要するにどちらが優先するか、ということでしょう」

「必要だったら無認可のものでも使うということですか」

「無認可というのは、認可を受けてないというだけのことでしてね。申請して認可を受けるのがもちろんベターでしょうが、それには時間と、費用がかかる。だから認可の申請をしなかったということで、純粋に経済上の問題なんです」

「しかしこのなかには、世界保健機関や食糧農業機関から使用禁止農薬に指定されているものも入ってます」

「それだってケースバイケース。国によって使用基準がちがいます。世界保健機関でいくら使用禁止農薬に指定しようが、現にその農薬を必要としている国があり、その後も製造されているなら、それはいつまでも使われます。BHCがいちばんいい例でしょう。販売禁止になったあとも、日本はどんどんつくって東南アジアに輸出してました。高温多湿の国には欠かせない農薬なんです」

「じゃどんな農薬であろうが、必要なら使えということですか」

「身も蓋《ふた》もない言い方をすればそうなります。そりゃなにか問題が起こればことですよ。しかし起こらなければそれまで。好ましいことではないかもしれませんが、こういうリスクはどんな商売だろうがみんな背負ってます。問題が起こったら、そのとき考えればいいということです」

「あくまでも採算第一なんだ」

「どこの会社でも同じです。大事なことは、問題が起こったときいかに最小限の手傷ですませるか、いかにすばやく対応するかということなんです。そのための態勢やノウハウは、ふだんから蓄積しておかなければいけません。企業の優劣に差がでてくるのはこういうときなんです」

「なるほど。よくわかりました。ありがとうございました。やっぱり長渕さんに聞いてよかった。ほかの人だと、なかなかそこまでいってくれないんです」

かならずしもほめてくれたとは思わなかったが、かといってほかの言い方をしてもしようがない。考えてみると、バイアスなしにものをいってくれる人間を持っていない幸一も不幸だった。

その日の会議は、月一回開かれる食品事業部の統合会議だった。加工食品、水産、農産の三部門の部長と次長、テーマによってはそのときの担当者が出席する。会議の司会進行は長渕。三事業部のなかで加工食品事業部がいちばん大きいからである。

この会議には会長の松原正信がかならず出席した。

四十年まえ、一介のハマチ養殖屋からスタートした会社もいまでは日栄フーズと名を改め、資本金二百五十億円、社員千四百八十人、年間総売上高千八百億円という東証一部上場企業に成長していた。

その間ワンマンとして君臨しつづけてきた松原正信は、会社の膨張が一段落した昨年、ようやく社長の椅子を専務にゆずって第一線からしりぞいた。

とはいえ権力まで手放すはずはなく、代表権を持つ会長におさまってあいかわらずにらみをきかせていた。人に頭をさげるのがきらいだから営業出身の新社長にそちらをまかせ、自分は社内対策に専念しはじめたという見方もできる。部内の会議に率先してでてこられるのも、長渕たちにしてみたらありがた迷惑な話だった。

会議では、このところ農産事業部に付属している畜産部門の独立が討議されていた。

バブルがはじけて以後、各部とも以前のような成長は望めなくなっていたが、そのなかで唯一《ゆいいつ》、二桁《けた》の成長率を記録しているのが畜産部門だった。中国での豚肉生産が軌道に乗ってきたからである。

その結果、来年をめどに畜産事業部を独立させ、四事業部制にすることが本決まりになっていた。松原の描いてきた事業構成の青写真がこれでひとまず完結する。あと残された問題といえば、幸一に政権をゆずりわたすための土壌づくりくらいのものだろう。

会議がはじまって一時間近くたってからのことだった。

失礼します、といって長渕の部下が入ってきた。長渕のところへきて、そっと紙片をさしだした。

『奥さまが急病で中野区の中野救急病院へ入院なさいました』

びっくりしたことはたしかである。けさ出てくるときはなにごともなかったからだ。

「本人が電話してきたのか？」

小声でたずねた。

「いえ、病院からだそうです。救急車で運ばれたそうでして」

斜め向かいに腰をおろしていた松原が顔をあげた。救急車ということばが聞こえたのだ。

「見せてみろ」

手をさしだしたから、長渕は紙片をわたした。

「ここはかまわん。すぐ病院へいってやれ」

　メモを見るなり松原はいった。

「ではちょっと、状況をたしかめてきます」

　中座すると自席にもどり、電話をうけた社員から説明を聞いた。

　明子が救急車で病院へ運びこまれたのは一時二十分。すでに一時間たっていた。

　病院へ電話をし、担当した看護婦から状況を聞いた。

「胃痙攣《いけいれん》に貧血を併発したみたいですけどね。くわしいことは先生にお聞きしてみませんと。いまはお薬が効いて眠ってらっしゃいます」

「すると、すぐ家に帰れる状態じゃないんですね」

「お顔の色もよくありませんし、血圧がさがってますから、すぐはむりかもしれません」

　いってみるしかない。長渕はあとを頼んで会社をでた。

　九月に入ったとはいえ、季節としては夏のつづきのぎらついた太陽が照りつけていた。こういう日はだれだって外にでたくない。まして救急車に乗っての搬送など。

　明子は内科診療室の介護ベッドで横になっていた。カーテンで仕切られた部屋にベッドが四つ。向かいでは顔をしかめた老婆《ろうば》が腹をかかえるようにして眠っていた。

明子も眠っていた。わずかにいびきをかいていた。額には汗。口が半開きになり、口紅がまだらにはげていた。毛穴にこびりついたパウダーの残骸《ざんがい》。間近に見るのは久しぶりのような気がする。結婚後二十年たった妻の顔だった。

救急車を呼んでからあわてて着替えたのだろう、外出用のワンピースを着ていた。折り皺《じわ》がそのままついている。いつもならアイロンをかけたものでないと手を通さないはずなのだ。腕時計もあたらしいほうをしていた。

前兆がなかったわけではない。このところ調子がよくないといっていた。食欲がなく、疲れやすくて、だるさを訴えた。顔色もさえなかった。そのつど、病院へゆくようにいっていたのだ。

しかし明子は従わなかった。つよがりをいってみたり、面倒くさがったり、しまいには不調そのものまで訴えなくなった。病院にゆくのがいやなのだ。わかっているからそれ以上つよくはいえなかった。

その点では長渕も同じことだ。あの場に松原がいなかったら、おそらく退社時間まで会社に居残っていたはずなのだ。

松原正信は昨年妻を亡《な》くした。葬儀の席で、これまで裏方として彼をささえてきた妻の死に人前はばからず号泣した。囲っている女に子をふたりも産ませている一方で、あのとき流した涙にいささかも嘘《うそ》はなかった。

男は嘘で涙は流さないものなのだ。

明子の手の指が動いた。

見ると目を開けていた。

すぐには眼球が動かなかった。どちらかといえば不審そうな顔。自分がいま、どこにいるのかわかっていない感じだ。それからはじめて唇が開いた。

「いつきたの？」

「たったいま」

手を重ねてにぎった。びっくりするくらい冷たかった。

「何時？」

「三時半」

「え、全然知らなかった」

「ずっと眠ってたのか」

「そうじゃないわよ。七転八倒してたんだから。何回も電話したのに」

「すまん。午後から会議だったんだ。司会なんだよ。携帯電話がかかってくると困るから、スイッチを切って、引き出しに放りこんでいた」

「いつもそうね。肝心のときは役にたたないんだから」

はじめはただの腹痛かと思ったそうだ。それで家にあった正露丸を飲んですませようとした。しかしとてもそれではおさまらなかった。これはただごとでないと、病院にいく決意をしながらあわてて着替えた。そのときはもう耐えがたい激痛になり、脂汗《あぶらあせ》まで流れはじめた。

救急車を呼び、玄関のドアのロックをはずすのがやっとだった。そのまま玄関先に倒れていたという。

「恥ずかしかったわ。家のなかが散らかし放題だったから」

いまのところ痛みはおさまっている。しかし原因は不明。痛みの状況や箇所からして、盲腸のようなものではなさそうだ。

看護婦に呼ばれた。きょうは入院なさいますか、と聞かれた。いまは小康状態だが、痛み止めがきいているだけかもしれない。血圧の低いのが気がかりだという。

個室を確保してもらった。

そのあと診察室へ呼ばれた。遠藤という五十前後の、長渕よりいくぶん若い医師が待っていた。

「くわしいお話を聞ける状態になかったものですからね。これから検査をしてみますが、そのまえにすこし質問させてください。奥さん、これまでこれというご病気はなさったことがないそうですけど」

「はい。結婚して二十年になりますが、寝こんだことは一度もありません。ただ去年あたりから、だるいとか、疲れるとか、食欲がないとか、ときどき不調を訴えるようになりまして、一度診てもらえとすすめていたんですけど」

「お仕事をお持ちなんですか?」

「そうじゃありません。自分の体力を過信していたんだと思います。それと、病院へゆくのがきらいでした」

「なにか理由があるんですか」

「流産しているんです。それが原因で、子どもを産めないからだになってしまったものですから」

　医師は手をとめ、顔をあげた。

「流産なさったのはいつごろですか?」

「十七、八年まえになります。タイのバンコクにいたときでした」

「バンコク?」

「十年ばかりいました。駐在員をやってたんです」

「現地の病院にかかられたんですか」

「いえ、日本人医師が経営する病院でした。ところが運のわるいことに、そのとき院長先生のおとうさんが亡くなって、日本へ帰国されていたんです。だからといって、タイ人の医師がわるかったということじゃありませんが。とにかく、いくつもの悪条件が重なったことになります」

そのときまでなにひとつ、問題が起こったことはなかった。あと二か月もしたら日本へ帰り、小松の産院に入る予定だった。順調すぎるほど順調。だから気のゆるみ、ないし油断があったことは否定できない。

その日の午後、明子はひさしぶりに歩いて買い物にいった。あいにくメイドが休暇をとり、ふつかまえから不在だった。歩いて五分たらずのところのマーケットだったから、気にするほどの距離ではなかった。

事実、夜になるまでなんともなかったのだ。

おなかが痛くなってきて、はじめて異変に気づいた。かかりつけの病院の院長が日本に帰国して三日目。それがわかっていたからあわてて長渕に連絡をとろうとした。

ところがその日は長渕もタイ南部へ出張していた。ポケットベルは持っていたが、その電波が届かないところにいたのだ。

明子のほうはいつ長渕が帰ってくるか、いつ連絡をくれるかと、ひたすら待っていた。

それが事態をいっそうわるいものにしてしまった。

長渕が帰ってきたのは夜も十二時近くになってからだった。家のなかに明子の姿はなかった。トイレから廊下まで血だらけになっていた。

「胎児は七か月を過ぎていました。ですからもうすこし早く適切な処置をうけていたら、助かっていたと思うんです。すくなくとも本人はそう思いこんでいます。自分の不注意、病院の不手際《ふてぎわ》、ぼくの間のわるさ、いろんなことが許せなくて、すっかり病院ぎらいになってしまったんです」

聞かれもしないことまでしゃべったかもしれない。あのときの記憶となると、どうしてもことばが多くなってしまう。弁解がましく、なおかつ未練がましくなる。

「流産をなさったとき、輸血を受けましたか?」

「受けました。そのおかげで命をとりとめたといわれました」

医師は書きこむ手を一瞬とめた。しかしそれ以上の質問はなかった。

「奥さんの肉親やごきょうだいで、特定の疾病《しっぺい》や成人病をお持ちだった人はいらっしゃいますか?」

「いないはずです。ガンも、糖尿病も、高血圧もいない家系だといってました。母方のおばあさんというのがガンで亡くなってますが、家族は、ガンではなかったんじゃないか、とあとで言いあったそうです。母親はまだ健在です」

長渕のほうからも病勢に関する質問をいくつかしたが、医師は検査をしてみないとわからないとしかいわなかった。

「触診ではそれほど異常は認められませんでしたが、血圧がずいぶん低いんです。それに、ほかにもいくつか気がかりなことがあるものですから」

医師と話している間に、明子のほうはCTスキャンやエコー検査を受けるため診療室からベッドごと運びだされていた。

2

時間がとまってしまった。

すべてのものの意味がかわり、ことばが失われた。見えていたものが見えなくなり、聞こえていたものが聞こえなくなった。かたちもなければ天地もない、混沌《こんとん》とした世界。肉体から抜け落ちてしまった意識がそこを霧となってただよっていた。

荻窪《おぎくぼ》にある専門病院へ転院して、そこの医師から告知をうけた。

「告知してくれとおっしゃいますから申しますが、悪性の腫瘍《しゅよう》だと思っていただいてまちがいありません。しかもかなり進行しています」

影絵のような写真に見えているいくつかの斑点《はんてん》を指して医師はいった。指摘されてもわからないようなかすかな点だ。

CTスキャン、エコー、血液検査、すべてのデータがガンに侵されていることを明確に示しているという。先日の胃痙攣はほとんど関係なかったとか。

「タイにいたとき流産し、輸血をうけられたとおっしゃいましたよね。たぶんそのときの血液で、肝炎ウイルスに感染されたんじゃないかと思います。そのころはまだ日本もふくめ、輸血用血液の肝炎ウイルス検査がおこなわれていなかったんです。海外でうけた輸血が原因で、Ｂ型肝炎に感染された人は少なくありません」

横にいる明子の顔を正視することができなかった。明子が身じろぎもせず聞いているのを、同じ感覚で受けとめているだけだ。

「ただ、感染したからといって、かならず発病するわけではありません。むしろまれといっていいでしょう。ほとんどの人は、健康キャリアとしてウイルスと共存しながら一生をすごされます」

発病するからには、その引き金となったなんらかの因子が働いていると思われる。とはいうものの、いまとなっては発病原因の究明などどうでもいい。問題はいまこの瞬間にも、明子のからだがガンに蝕《むしば》まれているということだ。

明子の上体がわずかに揺らいだ。息を殺してその横顔に目を送った。顔色が白い。わずかにうす笑いのような表情を浮かべていた。告知をうけるまえの余裕のはずの笑みが、そのまま凍りついてしまったのだ。

「手術はできないんですか？」

長渕がたずねた。声の調子に気をつけながらだ。

「肝臓の切除手術でしたらできます」

「できるが、効果はないということですか」

「そんなことはありません。しかし完治はむりかもしれません。ここまできますと、いずれほかへ転移することは避けられないと思います」

「余命はどれくらいあるんですか?」

明子がいった。落ちついた、しっかりした声のように思えた。かといってそこにどれだけの意味があるのだ。

「こういうことは個人差がありますし、予後にもよります。そのうえで、あくまでも平均的な数字としてもうしますと、肝臓ガンで肝臓を切除された方の五年平均生存率は、五十パーセントから六十パーセントくらいです」

父親の場合は胃ガンだった。老齢だったこともあって手術後三年生きた。しかし明子は四十七歳だ。ガン細胞もそれだけ若く、力がつよい。

「手術後七年たって、いまでも元気に暮らしている患者さんもいらっしゃいます。医学はしばしば現実に裏切られます。ぼくらにはそれが救いです」

慰めるつもりでいってくれたようだ。しかしありていにいえば、現実を裏切る医学のほうが圧倒的に多い。

手術をしますか、という医師の問いに明子は即答した。

「しないわけにいかないと思いますね。ガンとわかっててしないんじゃ、自殺に手を貸すようなものでしょうから」

しゃべり方がすこしおかしかった。平静な声だったとはいいがたい。ちゃかしたような、つよがっているような、あざけるようなニュアンスがこめられていた。少なくとも顔は笑っていなかった。

手術は二日後。

「そのまえに一回家へ帰ってきたいんですけど」

明子が固執した。そして医師から同意をもぎとった。

五時すぎ。阿佐谷のわが家へタクシーでつれて帰った。ほぼ七十時間ぶりの帰宅だった。

「よかった。あのまま、もう帰ってこれないんじゃないかと思った」

車のなかでいった。帰るとわかって、急に元気がでてきた。本心ではないだろうが、見かけではははしゃいでいるように見えた。

「ねえ。わたしがこのまま、もう病院へは行かないっていいだしたらどうする？」

「病院の出前を取るさ」

「あなたこそ、わたしの代わりに手術を受けなさい」

「いいよ。臓器が必要ならぼくのものを全部あげる」

「あなたの肝じゃねえ」

意味のない軽口だったと思う。すぐさまあとがつづかなくなって、ふたりとも黙ってしまった。

ぎらついた夕日が落ちて、見えるもののすべてが黄ばんでいた。あるいは目がおかしくなってしまったか。同じ光景がまえとちがって見えだした。

家に帰ってきた。

やっと帰ってきた。そこにあるのはいつものわが家。

とりあえず明子を休ませ、長渕は夕食の買い出しにいった。家事はめったにしないが台所へはときどき立つ。大量のごみをだすから明子には迷惑がられるが、惣菜《そうざい》なら一通りつくれる。

食欲がないというから口当たりを考えてマグロの刺身を買ってきた。それに海草たっぷりのサラダと、豆腐に油揚げのみそ汁というシンプルな献立。

明子は布団《ふとん》の上に起きあがり、数分からだを慣らしてから食卓へやってきた。しかしほとんど食べなかった。トロがおいしい、とはいったものの実際に食ったのはふたきれ。食後のメロンは冷たかったぶんおいしいといってくれた。

明子はまた横になり、長渕は食後の片づけをはじめた。できるだけ時間をかけた。終わったら間がもてなくなってしまうからだ。ついでだから洗濯をしようとしたが、明子がしなくていいといった。あした自分でするという。亭主に下着を洗われたくないのだ。明子は和室で横になっていた。ひとつしかない六畳間である。簞笥《たんす》や姿見が置いてあるからひろくないが、明子の居室であり、城だった。夜、長渕がこの部屋をおとずれてきても、最後は自室へ帰っていく決まりだ。

部屋はベランダのある南に面し、居間と隣り合っていた。居間は十三畳大。境界のふすまを開け放し、オープンキッチンまで入れると二十三畳大の空間になる。住みはじめて九年。タイから帰国してきた一九九一年に買った。

ふたりとも貯蓄型の人間ではなかったが、海外駐在が長かったせいで金はそこそこ残っていた。父親からもらった遺産相続分には手をつけず、マンション購入代金のほとんどを自己資金でまかなうことができた。そのあと長渕は中国に二年でかけたが、このときは単身赴任をしていた。明子がこのささやかな城を留守にしたがらなかったからだ。

洗った食器をかごに伏せ、生ごみをビニール袋に入れて冷蔵庫の冷凍室へ移した。つぎのごみ出しまで三日ある。

片づけが終わった。

八時半だった。

居間のカーテンを閉めにいって、外を見た。交通の便だけ考えて買ったマンションだからながめはない。それでもビルの隙間《すきま》から阿佐ヶ谷駅のホームが見える。さらに高架橋の一部。電車が走り去るのを見とどけてからカーテンを閉めた。

明子の部屋へいった。明かりはないが、ふすまは開けはなしてある。

明子は目を閉じていた。

夏布団の上で手を組んでいる。

唇を閉じていた。拒絶の表情としか見えなかった。

クーラーの音がしている。

枕元《まくらもと》にすわった。

明子の顔を見おろす。

数日でむくんでしまった。ごつごつして、ひとまわり大きくなった気のする顔。脂《あぶら》っけのなくなった髪、ふえはじめた白髪、後退してきたひたい、目尻《めじり》のたるみ、頬のしみ。欲しくて欲しくてたまらなかった子どもを、とうとう産むことができなかった四十七歳の女。

不完全燃焼。

目を開けてくれなかった。

あの夜と同じ。

あのときもベッドの脇《わき》に腰をおろし、一晩中明子の顔を見つめていた。輸血用のチューブを流れている赤黒い液体が、連結管のなかでときどきたてる音を聞いていた。

明子の顔は蒼白《そうはく》で、呼吸は胎児のそれのように細かった。

涙の流れた跡があった。それは乾いて、頬でしみになっていた。

指の爪《つめ》の間に血がこびりついていた。

坐《すわ》りつづけるしかなかった。

生きているかぎり負い目を背負うしかなかった。

朝六時に起きて風呂《ふろ》をたてた。明子が病院へゆくまえに髪を洗いたがったからだ。

入院生活に必要なものをそろえ、家をでたのは八時すぎ。荷物はトートバッグふたつ。ボストンバッグのほうが使いやすかったのだが、人の出入りが多い時間帯だったので明子がいやがった。顔見知り以上のつき合いをしている住人もいる。声をかけられたら説明しなければならないというのだ。

明子が数週間滞在することになる病室は六階にあった。広さとしてはせいぜい八畳間くらいか。あかるく、小ぎれいで、サイドテーブルと十四インチテレビ、ミニ冷蔵庫と洗面台がついている。

「ねえ、この部屋、いくらするの？」

一目見るなり明子がいった。

「一日二万五千円」

「うわー、もったいない。大部屋でいいわよ」

「何日もいるわけじゃないよ」

ベッドに落ちつかせてから入院手続きをしにいった。手術は明日。九時半に病室へもどり、会社にいってくると声をかけた。

「三時ごろまた顔を出すから」

「べつにこなくてもいいわ」

「そうはいかない。会社にいたって仕事になりゃしないよ」

「いても役にたつことがあるの？」

「そりゃたたないさ。だからこそ、そばにいさせてもらいたいんだ。亭主としてそれくらいのお願いはしたってかまわないだろう」

「ほんとはこういう姿をあんまり見られたくないのよね」

最後はふたりとも笑いでごまかした。

病院をでた。駅に向かった。電車に乗った。外を見つめつづけていた。

なにもかもが変質してしまった。いまさら引きかえすこともできず、かといってどこへ向かっているのか、行き先も知らないで乗り合わせている電車のようなもの。人生。この瞬間にも命が明滅していた。

十時半に会社へついた。今朝は遅くなるとつたえてあったから業務は滞りなく進行していた。社員のだれひとり、長渕のいないことで困っているようすはない。

それだけでも自分を過大評価していたことがわかる。長渕ひとりがいなくなったくらいで、現実にはなんの支障も起こりはしないのだ。

「会長が、お見えになったら顔をだすようにおっしゃってます」

「会長からの電話か？」

「いいえ、長沢さんからでした。十分くらいまえです」

秘書室に電話して、つぎの来客のまえに予定を入れてもらった。十時五十分に呼ばれた。すぐさま七階の会長室へ向かった。

「奥さん、どうなんだ？」

入っていくなりいわれた。

「ありがとうございます。あすは休ませていただきます。手術をしますので」

「手術？」

「胃の潰瘍《かいよう》を摘出します。悪性のものではないそうですが、いまのうちに取っておいたほうがいいというものですから」

「そりゃ大変だな。すると回復するまで、しばらくかかりそうか」

「ちょっと体力が落ちているみたいで、それが気がかりです。長引くかもしれません。仕事に影響してくれなければいいが、と思ってるところです」

「そうか。そいつは気の毒だ。奥さん、丈夫だったよな。ふだん病気をしない人間ほど、いざ患《わずら》うと大病になるんだ」

「強情っぱりで、我慢づよいんです。それが今回はマイナスでした」

「大事にしてやれ。家が落ちつかなきゃ男は仕事ができん」

「ありがとうございます」

こういう言い方はすべきでないかもしれないが、松原はなにも長渕や明子の身を案じて、ことばをかけてくれたのではなかった。部下の動静を把握しておく方便なのだ。これまでのつき合いから、もうそれくらいのことはいったたってかまうまいと長渕は思っている。

「それで、ご用件は？」

「ああ。こういうときにこんな話を持ちだすのもなんだが、また一年ぐらい、海外に出てくれる気はないかと思って」

松原にしては歯切れのわるいしゃべり方だった。命令ではなく提案といった感じ。こういう物言いはまずしない男なのだ。

「ぼくに、今度はどこへゆけとおっしゃるんですか？」

「それが、どこでもいいんだ。そっちのいきたいところでいいし、赴任というより、長期出張みたいなかたちにして、仕事やノルマはなしということにしてもいい。帰ってきたときは、取締役のポストを用意しておくつもりだ」

「いったいなにを希望されてるんですか？」

「幸一をあずけたい」

「ふたりで出張ということですか？」

「鍛えてもらいたいんだ。なんの特典も保護も与えないで、現場を這《は》いずりまわらせてもらいたい。ほんとの労働というやつを体験させてやってくれ」

「そういうことでしたら、べつに国外でなくてもいいと思いますが」

「だめだ。本人もそうだが、周りにろくなやつがいない。どこにいっても特別扱いするから、あれじゃなんにも身につかん。しょせんその程度の人間といってしまえばそれまでなんだ。しかしいまのうちに鍛えておかんと、先が思いやられる。そういうことをしてくれるとしたら、きみしかおらん」

「しかし国内でだめなものは、国外へだしても同じじゃないでしょうか」

「だから素手で放りだすんだ。インドかバングラデシュのど田舎で、あたらしい養殖場でも独力で立ちあげさせたらどうかなと思ってる」

長渕は黙りこんだ。松原の決意にではない。自分の役割にだ。これではまるでお抱え家庭教師ではないか。

「血迷ったかと思うかもしれんが、おれとしては考えに考えたすえ、やっと思いついた知恵なんだ。あさはかかもしれん。笑いたければ笑うがいい。本田宗一郎みたいにな、子孫に会社は継がせない、といいきれるだけの度量がおれにあればいいんだが、しょせんおれもこの程度の人間よ。やっぱり自分の身内がいちばんかわいい。それほどの器じゃないからこそ、子や孫の行く末が心配なんだ」

「親心としては当然でしょう」

「きょうあすの話とはいわんから、来年あたりの課題として、頭に入れておいてくれんか。もちろんそれまでに、おれの気が変わることもある。来年になったら、おくびにもださなくなってるかもしれん。そのときは忘れてくれ」

「できたらそうなるよう祈ってます」

「そりゃすこし、皮肉がきつすぎるんじゃないか」

「皮肉じゃありません。それまでにもっと、いい知恵がでてくるかもしれないと思うんです」

「おれだってそうなることを望んでるよ」

午後、早退《はやび》けして病院へいった。

することがあるわけはなかった。そばにつきそっているだけ。ことばもなければ、できることもない。

まったくの役たたず。

五時になったら、もう帰ってよ、といわれてしまった。

あした、またくるから、そういって長渕は悄然《しょうぜん》と病室を出た。

うつむいたまま家に帰った。

手術など気休めでしかないと、どうしていえよう。

余命はせいぜいあと一年、と宣告されていたのである。

3

どうして？

なぜなの？

なぜわたしがこんなことで神様に選ばれなきゃならないのよ。わたし、いったい、いまいくつなの。まだ五十まえじゃない。それが、たったあと一年しか生きられないなんて。ひどいわ。ひどすぎる。どうしてこんなことになったのよ。わたしがいったいなにをしたっていうの。

ひと晩なじりつづけた。怒りと、恨みが、すべて長渕に向けられた。

気力をふりしぼってとめどなくしゃべりつづけた。

その気持ちをなだめてやることも、落ちつかせてやることもできなかった。

答えられるわけがない。

本来それは、口にだしてはいけないことだった。明子はそれを承知でいっていた。いわずにおれなかったのだ。こうなったらもうことばの問題ではないのである。

どこで聞きつけてきたのか知らない。点滴スタンドを引きずって廊下を歩けるようになると、顔見知りになったり、ことばをかわしたりする仲間ができてくる。するとかならずといっていいほど、いるのだ。おせっかいな噂話を吹きこんだり、入れ知恵をしたりする人間が。親切ごかしの悪魔の手先。

「なにを聞いてきたのかしらないが、噂《うわさ》にまどわされて、不安をつのらせるのはやめようよ。起こりもしない先のことをあれこれ考えたって、得るものはなにもないじゃないか。きみの怒りや、つらさはわかる。しかし、だからといって、いくら現実をなじってみたところで、そこからはなにも生まれてこないじゃないか。大事なのはいまなんだ。しらじらしく聞こえるかもしれないが、いまをどう生きるか、それがもっと大事だと思うんだよ」

「思いっきり生きて、白い壁や、天井や、蛍光灯や、窓ガラスをながめていろというわけね。いま動いている心臓があと何回打ったら止まるか、それを数えていろと」

「お願いだ、明子。もっとちがう話をしようよ。ぼくたちはまだ、笑うことも歌うこともできるじゃないか」

「あと一年だなんていわなかったじゃないの。五年生存率が六十パーセント、なかには七年たってまだぴんぴんしてる患者さんもいらっしゃいます。嘘《うそ》、嘘、嘘！　口先ばっかり！　その場しのぎの、みえすいた、おためごかし。それがどんなにひどい仕打ちかってこと、あなた、考えてみたことあるの。あなたたちがおとうさんにしたことと、まったく同じじゃないの。あなた、それがいちばんつらいって、あのときわたしにいったでしょう？　あのとき流した涙、あれはいったいなんだったの？」

「聞きなさい。一年というのは誤解だよ。平均余命というのはね。あくまでも確率の問題なんだ。一年の人もいれば、三年の人もいる、五年の人もいる。ひとりひとり病気も、体力も、予後もちがう。これからのすごし方で決まる要素が、ものすごく大きいんだ。たとえ残された時間がどれくらいあるにせよ、きみにはこの先悔いのない、最良の時間をすごしてもらいたいと思っているんだ」

「最良の時間なんていらないわよ。もとのからだを返してちょうだい！」

「…………」

「結婚して二十年、家計のやりくりに追われたり、パートにでたりする必要のない、それはそれは、恵まれた時間をすごさせていただきました。週のうち五日間は、一日十二時間、夫が家を留守にしてくれましたからね。三食昼寝つき、女の理想のような生活だったわ。毎日毎日理想の生活。毎日毎日惰眠をむさぼることができました。その報いよ。のうのうと生きてきたつけが、こういうかたちでまわってきたんだわ」

張りあげた声が、次第に力を失ってゆき、最後はつぶやくような、自分に言い聞かせるような響きにかわってきた。そして黙った。

明子は唇をふるわせると、毛布を力なく目元まで引きあげた。

長渕を見すえているふたつの目。

怒り、憎しみ、苦しみ、無念、そして怖《おそ》れ。

うけとめるしかなかった。なじられても、憎まれても、甘んじるしかなかった。明子にはそれだけの権利があった。

自分がマイホーム型の人間だったとは毛頭思っていない。よき夫だったとはさらにいえない。

だが家庭と信じていたものから、自分がこれほど浮きあがっていたとは、じつのところ入院されてみるまでわからなかった。一家の主だったたつもりが、しょせん明子の住まいに寄生していた同居人にすぎなかったのだ。

下着類は、収納場所が決まっていたからまごつくことはなかった。しかし明子の着替えだとか、日用品だとか、必要書類だとかになると、まったくわからなかったのである。保険証ひとつ、カード一枚さがしだすのにも、家のなかをひっかきまわさなければならなかった。

これまで当然のように思っていた家のなかすべてのものが、はじめて見るもののようによそよそしく、自分の身や感覚になじまないものとしてそこにあった。

そして見つけた。

薄紙につつまれ、箪笥《たんす》のなかの、明子の衣類の下で眠っていた。

ピンクの毛糸で編んだソックスとミトンだった。ふたつ合わせてもてのひらにのってしまう、おとぎの国の靴下と手袋。

よくできているとは、おせじにもいえなかった。左右のバランスがわるかったし、編み目がつまりすぎ、芯《しん》が入っているみたいにごわごわしていた。

すぐもとのところへもどした。

以来、どうにも忘れられなくなった。頭にこびりつき、片ときも離れなくなってしまった。

あの翌朝、見た光景がある。

一睡もせず明子につきそっていた。

朝方、明子はようやく危地を脱した。それで十一時すぎ、病院から職場へ直行した。その日指示しなければならない用件がいくつかあり、どうしても外せなかったのだ。

車からおりた途端、目がくらんでよろめいた。

疲れきっていたうえ、冷房のきいた車内から、いきなり三十八度の炎天下へでたせいだ。

ひたいに手をあて、しばらくそこに立っていた。目まいがおさまったのを確認しようとして、顔をあげた。

鳥が舞っていた。

頭上だ。

何十羽もの鳥が、ぐるぐる旋廻しながら高く高く上昇しようとしていた。

鶴《つる》かと思った。

長い脚とくちばしが赤かった。羽が白と黒。鶴ほど優雅でもきれいでもない鳥。

タイ人スタッフのひとりに、あれはなんの鳥だとたずねた。

「ストーク（コウノトリ）です。そこらの田んぼにたくさんきます」

それでよけいまいってしまった。

「くそったれ。冗談がすぎるぜ」

長渕は空をにらみつけながら毒づいた。

コウノトリは上空高く舞いあがっていた。すでに点になりかけていた。

以来、いまでもあのときのコウノトリが、長渕の頭のなかをとびつづけていた。

父親の葬儀が終わり、東京へ帰る前日のことだった。

明子をつれて能登の総持寺まででかけた。そこが父方の先祖の出身地で、墓地があったからだ。親戚《しんせき》もあって、そこへのお礼がてら墓参りをしてきた。

帰途、能登金剛の海岸線へ車を走らせた。日本海がその時期にしては信じられないくらいおだやかだった。

明子が海を見たいというから、小さな漁港を見つけて坂をくだっていった。船だまりがあって、漁船が数隻《せき》もやっていた。民家が十数戸しかない寒村だ。

明子はひとりで車をおりた。

防波堤の先までいって、海を見つめている。菊の花を一本手にしていた。墓参用に持っていった花だ。なぜ一本だけ残したか、それを不審に思っていた。

なかなかもどってこなかった。それで迎えにいった。

後から見た。

明子は海に向かって菊の花びらをちぎっては捨て、ちぎっては捨てしていた。

「なにをしているんだ」

そう聞かざるを得なかった。

「生まれてこられなかったわが子のために祈ってるの」

わらべ歌でもうたっているみたいな口調でいった。抑揚にとぼしい老婆《ろうば》のような声でもあった。

一晩荒れに荒れたものの、その翌日から明子は、感情的な言動はもとより、喜怒哀楽さえあらわにしない、おだやかで、無口な女になってしまった。

ひっそりとして、息づかいまで小さくなった。気力が萎《な》えたとか、覚悟ができたとかいうのとはちがうように思う。

目の前にあるものをありのままに見つめはじめた。

まなざしがちがっていた。

本を読みはじめた。

『葉っぱのフレディ』とか『白い犬とワルツを』とかを頼まれて買ってきた。『朗読者』や須賀《すが》敦子《あつこ》の本をこの時期読みふけった。うち何冊かは長渕もあとで目を通した。

長渕が会社に辞表をだしたのは一か月後のことだった。

4

十二月七日、長渕琢巳は一通の宅配便を受け取った。一辺が二十センチくらいの段ボール箱で、高さはその半分。内容が商品見本とあり、箱には大同化研と印刷してあった。

差出人は亀井信二。差出し地は北海道の千歳市となっている。

心当たりはなかった。とりあえず開けてみた。まるめた新聞紙がつめてあり、そのなかから分厚い本くらいの木箱がでてきた。

マホガニーのような材質。角を面取りしてニス仕上げにしてあり、つややかなあめ色をしていた。そこそこ重量がある。

蓋《ふた》は真鍮《しんちゅう》の留め金。鍵《かぎ》がかけられるようにはなっていない。

数珠《じゅず》が入っていた。

手紙が一枚。大同化研の社用箋《せん》にボールペンで書かれていた。

『秋庭さんから、これを長渕さんのところへ送ってくれと頼まれていました。頼まれたことをしただけで、わたしはあの人と何の関係もありません。

お問い合せはご遠慮ください。　亀井信二』

これだけである。

数珠を手にとってみた。一重のもので、色が黒、下についている房も黒。珠《たま》は大ぶりで中央のふたつがとくに大きく、ビー玉くらいあった。つや消ししてある。材質はなんなのか、見ただけではわからない。金属ではないようだが、それに近い重量がある。

品物としては特注品だろう。かといって、それだけのことだ。数珠は数珠、高価だとしてもたかがしれているはずだ。むしろ容器の箱のほうが高くついているかもしれない。

それにしても、なぜ、こんなものを送りつけられなければならないんだ。あまりにも安く値踏みされたみたいで、いまいましいばかりか、腹が立ってならないのだ。

いったんはデスクに放りだしていた。

思いなおしたのは夜になってからだ。あらためて手にとって、いじりはじめた。箱の厚さにくらべて底が浅いような気がするのだ。底には赤いフェルト状の布がはってあって、まるで宝石箱のようなあつらえになっているが、よく見ると素人《しろうと》細工みたいな気がしないでもない。線が微妙にゆがんでいるのである。

それでフェルトをはがしてみることにした。箱が台無しになるかもしれないがかまうものか。秋庭がこんなものを託そうとしたからには、なにか特別なメッセージがこめられていなければおかしいのだ。

むりやりフェルトをはぎとった。すると底板がでてきた。

勘が当たった。ちがう板がはめ込みになっていた。つまり二重底になっていた。

ただしこの板をはずすのはむずかしかった。隙間《すきま》がまったくないくらいぴったり合ったはめこみになっている。あきらかにプロの手になる細工だ。一ミリの何分の一しかない隙間にドライバーをこじ入れ、ハンマーを使って強引にねじ開けた。

糊《のり》づけはされていなかった。ある段階までくると、軽い音がしてそれはあっさり外れた。

キー、IDカード、印鑑、書類が入っていた。

あとからつくられた箱なのだ。書類はトランクルームの契約書と利用の手引き。札幌市内の倉庫会社が発行したものだ。

朝九時から夜八時までの間なら、祭日、休日をとわず、一年じゅう利用できるとある。

ＩＤカードが入館キーで、シリンダー錠がトランクの鍵になるらしい。契約者は秋庭寛治、トランクを借りた日づけは昨年五月になっている。

翌日、長渕は北海道へ飛んだ。

空港からタクシーに乗ると、駒里《こまさと》というところへ走らせた。

周囲はすでに雪景色のただなかだった。道路をのぞけば地表のほとんどが白くなっていた。

人家のまったくない林のなかを二十分走った。広大な駐車場の脇《わき》を通りぬけた。何百台もの白い車が、雪のちらつく空の下で化石みたいにならんでいた。レンタカー会社の駐車場だ。シーズンが終わり、来春までの眠りについていた。

脇道へ入って数分ゆくと、林のなかに忽然《こつぜん》と農業用ハウスがあらわれた。看板に大同化研千歳農業試験場とあった。

工場みたいなフレームづくりの大型ハウスが四棟ならんでいた。一棟が一ヘクタールぐらいあるかもしれない。奥のふたつは建設途上だ。手前のひとつもいまのところ緑なし。全体としてはできて一、二年くらいの施設だろう。

鉄骨スレートづくりの選別場と平屋のオフィスがならんでいた。端境期《はざかいき》ということなのか、車が数台とまっているだけ。人影はない。

オフィスに入った。大型石油ストーブが鉄でも溶かしそうな勢いで燃えさかっていた。

デスクが六つ。作業用ジャンパーを着た男がひとりで事務をとっていた。

「亀井くんなら間もなく帰ってきます」

壁の時計を見上げながらいった。十二時を五分すぎたところだった。わざわざ昼休みに合わせてやってきたのだ。

若い男がひとりもどってきたが、亀井ではなかった。長渕にお茶をだしてくれた。男ふたりは弁当を使いはじめた。

「かまわなかったら教えてください。この農場は大同化研さんがやってらっしゃるんですか？」

年嵩《としかさ》のほうにたずねた。

「いまのところそうです。来年は別会社になるみたいですが」

「どうして大同化研さんみたいなところが、こういう分野に乗りこんでこられたんですか」

「みなさんにそう聞かれます。もともとは廃液や廃土の処理研究からはじまったそうなんです。それがヘドロや産廃土壌の沃土《よくど》化に発展して、その実験施設、およびショールームとしてできたのがここなんです。五年まえにスタートしたときは、小さなハウスがふたつあっただけだったそうですけど、そのころの話になると、ぼくらはいなかったのでよく知りません」

「見学者がずいぶんきてるみたいですが」

記念写真が十数枚壁にかかっていた。

「ええ。はっきりいって迷惑なんですけどね。そのための人間がいるわけじゃないですから。しかし見てもらわないと商売にならないわけで、断ることもできなくて」

「これはどうした人ですか？」

一枚の写真を指さした。四人写っている。長靴をはいた男をのぞけば三人が見学者ということになる。

「それは中国からきた視察団です。一緒に写ってるのが亀井くんです」

といったところへ当の亀井が帰ってきた。

予想していたより若かった。せいぜい四十どまりだろう。上下つなぎの作業服がぶくぶくにふくらんでいた。内側にだいぶ着こんでいるのだ。足もとは長靴。ずっと戸外にいたのか、鼻と頬を真っ赤にしていた。

はじめに長渕は、断りもなくたずねてきた非礼を詫《わ》びた。怒鳴られるかもしれないと覚悟してきたのだ。ただしそれをいえばお互いさまだった。いきなりあんなものを送りつけられたほうにも、前後の事情くらいは聞く権利があると思ったから押しかけてきた。

それに相手も、ほんとうに身元を隠すつもりなら住所を書かず、匿名《とくめい》で送りつけてくるはずだ。それが会社の段ボール箱を使い、送り状まで流用して送ってきた。送料を惜しみ、社用で発送する荷物に紛れこませたとしか思えなかった。

いくらかおずおずしていたが、亀井はかくべつ感情を乱さなかった。とくになにか感じている風でもない。木訥《ぼくとつ》ないし生地のまま、はっきりいえば考えなしのいまどきの若者に近かった。

「ご迷惑はかけませんから、ちょっと教えていただきたいんです。あの人とはどういう知り合いだったんですか」

秋葉の名前を出さないようにしてたずねた。

「ぼくじゃありません。おふくろが世話になってたんです」

あっさりと答えてくれた。亡《な》くなった母親がときどき祈禱《きとう》治療を受けていたという。

「すると、あなたは関係なかったんですか」

「顔ぐらいは知ってました。ときどき家にきてくれましたから」

「おかあさんとは親密だったんですね」

「ええ。腰痛だとか、神経痛だとか、持病がいっぱいありましたから。お祈りをしてもらい、さすってもらうと、たしかに軽くなるんです。といっても長くはつづかなかったんですけどね。それで、月に一回ぐらいきてもらってましたかね。おふくろがよろこんでるし、料金もふつうのマッサージより安かったから、ま、いいかということで」

「それはどれくらいつづいたんですか」

「四、五年きてもらったんじゃないでしょうか。亡くなって三年になるんです」

「するとウエンナイへいかれたことは」

「一回あります。あと、あにきが三、四回。向こうが忙しいときは、こっちからつれていきました」

　小山田の母親のときとおなじだ。年寄りを食いものにしていたというのはいいすぎだろうが、一時期の秋庭がそれで生計を立てていたことはまちがいない。持病や悩みのある老婆《ろうば》たちに、それなりの救いをあたえていたことは認めてやっていいだろう。

「それで、どうしてこれを亀井さんのところに預けたんですか」

「近くを通りかかったからといって、寄ってくれたんです。ちょっと世間話をしました。そのあとで、悪いけどこれを預かってくれないかといって渡されたんです。わたしになにかあったときは、この人のところに送ってもらいたいといって、おたくの名前を教えてくれました」

「なにかあったときというのは、どんなときです」

「それはこちらから知らせる、ということでした。それが、知らせをもらうまえに、あんなことになってしまったでしょう。これ以上置いておきたくなかったんです」

「預かったのはいつでした？」

「ひと月くらいまえです」

正確な日を思いだしてもらった。十一月七日だとわかった。つかまる数日まえのことだ。

「そのとき、手間賃というのを多めにくれました。半年たったらまた更新するということで。それが、あんなことになったもんですから、困ってしまいまして……。金、返さなきゃいけないでしょうかね」

ほかのふたりに目を走らせてからいった。

「黙ってればわかりませんよ。わたしも人にいうつもりはありませんから」

ここから車で十五分ほどのところにある牧場の次男坊だった。ここの地所の一部を持っていて、買収話が持ちこまれたとき、働かせてもらうことを条件に承諾したのだとか。

「ところで、あそこに中国視察団の写真がありますよね。あれはどうした団体ですか」

さっきの写真を指さしてたずねた。

「ああ、あれは大連の近くで、日本向けの野菜をつくってる連中ということでした」

「あの黄色いネクタイをしめてる男は？」

「あれが団長です。けっこう日本語が話せました」

「名前はわかりますか？」

「劉《りゆう》じゃなかったかな。ちょっと待ってください。名刺をもらってるはずなんです」

亀井は引き出しをあけて名刺の束をとりだした。何百枚もの名刺がなんの分類もせず突っこんであった。それを一枚一枚あらためはじめた。

「どういういきさつでここをたずねてきたんですか」

「紹介なんです。上島さん、あの中国人はどこの紹介だったですかね」

めしを終え、たばこをふかしていた年配の男に声をかけた。

「忘れた。そんなのいちいちおぼえてられんわ」

男は歯を見せながらいった。

「本社以外の紹介もあるんですか」

「あります。取引先の会社とか」

「日栄フーズという会社と取引はありませんか？」

「日栄さんならありました。いまはなくなってますが」

「視察団がきたのはいつでした？」

「ことしの春だったよな。おい、わかるだろう？」

若い男にいった。食後のみかんを食っていた男がうなずいて、残りのみかんを口に押しこみながらパソコンデスクに向かった。デジタルカメラで撮った写真が収められているようだ。

「日栄の担当はだれだったかわかりますか？」

「そこまではおぼえてません。この手の応対にはいつも追われてますからね。すぎたことまでおぼえてられないんです。それに電話でのやりとりがほとんどですから、顔はほとんど知りません」

「せめて部署だけでも教えてくれませんか。日栄の農産事業部のだれかだと思うんですけど」

「うーん、そうじゃなかったかと思いますけど」

それ以上はむりだった。だいたいこの二年間に、日栄の組織だってさらに編成替えされている。

パソコンを操作していた男がいった。

「五月二十八日です」

長渕は礼をいった。同時に亀井も名刺を探しあてた。

劉興国　丹東蔬菜《そさい》有限公司総経理
丹東とは遼東《りようとう》半島の大連からすこし内陸へ入ったところにある街の名だ。ただし、どんな街かとなると、なにも知らなかった。

というのも、長渕が中国にいたころは、まだ経済特区の海南島が主要舞台だったからだ。もちろん遼東半島も視野には入っていたのだが、手をつけるところまではいってなかった。

距離の近い遼東半島が、経済的に有利であることは早くからわかっていた。事実いまでは日本からの投資先の大半がこの地区へシフトしている。だが長渕が知るかぎり、丹東という地名がでてきたのははじめてだった。

農場の施設も見学したかったが、亀井が弁当を食いはじめたし、タクシーも待たせてあった。それで礼をいい、事務所をあとにした。

南千歳の駅までもどってもらい、列車に乗り換えた。あいにく札幌行きの快速がでたばかりだった。

ホームにある待合室で待っていた。するとディーゼル気動車が一両、逆行するホームに入ってきた。

夕張行きとあった。

十人前後の客が乗っていた。

一瞬、この車両に乗ってしまったらどうなるだろう、と思った。

もちろん乗りはしない。まだそのときでないとわかっている。

長渕は札幌に向かった。

5

その日は札幌市内のホテルに泊まった。ウエンナイまでいくつもりだったが、そんな気がなくなってしまった。いくら承知のうえだったとはいえ、たかがこんな数珠《じゅず》のために北海道までできたのかと思うと、なんともばからしくなってしまったのだ。

翌朝、ホテルをチェックアウトすると豊平《とよひら》区にある倉庫会社へ向かった。地下鉄の駅から十分ばかり歩いた倉庫街だった。平屋の建物がならぶ一郭に三階建ての窓のないビルがあり、道央倉庫トランクルームという新しい看板がでていた。係車で乗りつけられるようになっている。IDカードをさしこむと、ドアが開いた。係員はいるがそれ以上のチェックはない。

一階の奥にトランクルームがあり、そこへ入室するときもう一回カードを使った。テーブルがひとつあるきりの窓のない部屋だった。壁の三方がステンレス製のロッカーになっていた。ロッカーというより貸し金庫といったほうがもっと適切か。幅と奥行きはおなじだが、引き出しの厚さによって何種類かのサイズにわけられている。秋庭が借りていたのはやや大きめの引き出し。とはいっても厚さ十センチたらず。ふつうのデスクの引き出しくらいの大きさだ。

布袋がひとつ入っていた。

テーブルの上で袋の口を開けた。しかし中味はさらに布でつつんであった。外からさわってみると、石のような感じだ。ソフトボールくらいの大きさで、重さは一キロ以上あるだろう。

ここで包みを開けてもよかったが、天井から監視カメラが見おろしていた。それで引き出しだけをもとにもどし、袋を持って外にでた。

駅の近くまでもどって喫茶店に入った。そこで包みを開いた。

石がでてきた。白っぽいただの石ころである。

書類らしいものが添付されていた。秋庭の自筆と思われる手記だった。

『この手紙はたぶんウエンナイの引継ぎをお願いする人に読んでいただくことになると思います。わたしとしたらウエンナイをこのまま消えさせるに忍びないものですから、万一の希望をたくして、お願いというかたちでこういうものをしたためる次第です。もちろんけっして拘束したり強制したりするものではなく……』

この石がなにかという肝心なことはなかなか書かれていない。はじめに発見のいきさつが書いてあった。

『一九九一年、九州に上陸したあと北海道に再上陸、全国で死者六十数名という大きな被害をもたらした台風十九号は、ここウエンナイでも一晩じゅう猛烈に荒れくるいました。当時まだここに住みはじめたばかりで、しかもバラック同然だった家のせいもあり、不安と恐怖でひと晩まんじりともできなかったことをいまでもはっきりとおぼえています。

そしてあれは何時ごろだったたか、この世の終わりがきたかと思われるものすごい音がして、地鳴りのような大震動がとどろきました。てっきり山津波が襲ってきたかと思い、一瞬観念したくらいです。しかし音と地響きだけで、なにごとも起こりませんでした。一夜明けて外へでてみますと、屋根のスレートが七、八割方はがれ落ちて飛んでいました。家の立っていたのが不思議と思えたくらいの被害です。周囲を見回すと大木が折れたり、わたしの足より大きな枝がもぎとられて転がっていたり、それは悲惨な状況でした。しかし見渡したところ、昨夜の地響きの正体らしいものはどこにも見当たりませんでした』

数日たち、片づけが一段落してから、秋庭は音の正体を探りにでかけた。家から三キロほどさかのぼったところにいまは使われなくなった林道がある。その林道沿いに流れている川の水がまだ濁っていた。ウエンナイの地名のもともとの起こりだ。ウエンナイとは悪い川という意味なのである。

支流の流れはもう澄んでいた。それで濁っている本流の道をたどってみた。

二キロ近くいったところで音の正体がわかった。大規模な地崩れ、というより山崩れといったほうが正確な大崩落が起きていたのだ。

高さが三百メートルはあろうかと思われる向かいの峰が半分に割れていた。裂けた崖《がけ》が露出し、くずれ落ちた土砂であたらしい山ができていた。

人里の近くだったらまだしも話題になっただろうが、人ひとり住んでいない北海道の山のなかのできごとだ。秋庭以外はまだだれもこの崩落を知らなかった。

現場を見上げていた秋庭の目に、そのときなにかがきらっと光った。崖の一部が金色の光を放ったのだ。

『おそらくたまたまある角度から太陽の光がさしこみ、それが偶然わたしの目に反射したのだろうと思います。それこそ千にひとつか、万にひとつの偶然。いまにして思えば、人知の力を超えた超自然的な力が働いたとしか考えられません。

そのときはそのまま帰ったのですが、以来どうにもその光が気になってしかたがない。もう一回たしかめてみようと、その後何回も足を運んでみたのです。しかしいくら時間を変えたり場所を変えたりしてみても、あのときの光は二度とあらわれませんでした』

そのうち光の正体を突きとめずにいられなくなった。それで何か月もかけて準備を整え、探査にでかけた。

一旦《いったん》山の上までのぼった。そこの大木にロープを固定し、一方の端を自分のからだに結びつけた。そうやって身の安全を確保してから、光ったものの正体をたしかめに崖をおりていった。

『そうやって見つけたのがこの鉱石です。この白い石は石英岩で、この鉱石のなかを走っている大小の灰色の線は金鉱脈です。ごらんの通り、石英岩にふくまれている金はこのような灰色をしているのが常だそうでして、実際に黄金色に輝くことはないそうなのです。その意味でもあのとき見た黄金の光は、天の啓示にほかならなかったと思われてなりません』

鑑定してもらったところ、この鉱石中の金含有率は千分の百六十八。ふつう千分の五も含有率があれば採算がとれるそうだから大変な優良鉱ということになる。

秋庭の結論はこうだ。

ウエンナイがこの先大きな飛躍を必要としたときは、かならず多額の資金が入用になるだろう。そのときにこの鉱石を役だて、資金捻出《ねんしゅつ》の一助にしてほしい。

個人で鉱山の開発をするのはむりな話。だが発見の権利を売るなり鉱業権を確保しておくなりすれば、いざというとき相当な資金を得ることができるのではないか。それがウエンナイのためであれば、この鉱脈をどう処分しようが、わたしはよろこんで同意するものである。

最後に地図が描いてあった。秋庭の家の前の道をさらに奥へ入り、そのあと枝道に入る。秋庭の家からでも五キロは離れているだろう。

あいにく夕方まで列車がなかった。それでレンタカーを借りてウエンナイへ向かった。三時間かかった。

道の端にしかなかった雪がすこしずつ中央へひろがってきた。交通量のないところだから、あとひと降りで真っ白におおわれてしまうだろう。気温一度、すでに完全な冬景色である。

先に秋庭の手記にあった林道へいってみた。未舗装で、完全な雪道になっている。そこから先は徒歩でしかいけない。

よく晴れていたが空の色はうすかった。風はなく、日陰に入ると頭痛をおぼえるくらい気温が低かった。道は平坦《へいたん》。幅十メートルぐらいの川が平行している。水量はちょろちょろ、冬は渇水期《かっすいき》なのである。

林道は荒れ果てていた。背丈をこえるイタドリやフキの残骸《ざんがい》が道をふさいでいる。いまは枯れているから踏んづけて通れるが、夏だと簡単には入っていけないだろう。

向かいの山が退きはじめると、みるみる谷が深くなった。と、いきなり足もとが切れて視界が開けた。林道がなくなっていた。崖くずれだ。山肌が数十メートルにわたってえぐりとられていた。まだ一キロときていなかった。

迂回《うかい》して百メートルも山をのぼれば通れるだろう。しかしかなりの雪だ。引き返すしかなかった。たとえこの先まだすすむことができたとしても、それでいったいどうなるというのだ。現場にたどりつけたところで、長渕にできることなどなにもありはしなかった。

車にもどって引き返した。

ウエンナイは白と朽ち葉色のしじまのなかで凍っていた。ところどころ地肌が露出しているが、吹きだまりは十センチをこえる雪になっている。

はじめに秋庭の家をのぞいてみた。鍵がかかり、警察による封印の跡が残っていた。おそらく家のなかにめぼしいものは残っていないだろう。

物置をさぐった。そして秋庭がそのとき使ったのではないかと思われるナイロンロープを見つけた。さらに三本の鏨《たがね》とハンマーが二本。ハンマーが相当使いこまれていたのに対し、鏨はいずれも未使用だった。使ってすり減ったものは処分してしまったにちがいない。

江戸時代の金掘りさながら、一本のロープに命をたくし、何日も何日もかけて石を掘りだしている秋庭の姿が目に浮かんだ。思いこみと執念。究極の人間の姿。

たとえ千分の百六十八という類《たぐい》まれな含有率を有していたとしても、それがいったいどれほどの値打ちを持っているというのか。鉱物標本をつくるならいざ知らず、あの山すべての石にそれだけ金が含まれているという保証にはならないはずだ。

瞑想《めいそう》用に使われている二本の洞窟《どうくつ》を見てもわかるように、鉱脈というのは深く長く地底へのびていて、人間ひとりがやっともぐりこめる程度のひろがりしか持たないものである。ましてここらは江戸時代に大勢の金掘りが入りこんでいた。ひとつの穴があれば、そこらに何十もの試掘坑があったと見なければならない。要はこの鉱石は彼らに見落とされていた石にすぎなかった。

物置からスコップを持ち出してきて秋庭の家の庭を掘りはじめた。彼の見果てぬ夢だった金鉱石を、ここに埋葬してやろうと思ったのだ。

四、五十センチ掘ったところで石に突きあたった。スコップがことごとくはね返されてしまう。砕石のような層に突きあたったのだ。それもひとつやふたつの石ではなかった。小さいものでこぶし大、大きいものだと子どもの頭くらいもある石が大量に埋まっていた。

もしやと思って石のひとつを掘りだした。土をはらった。すると白い地肌がでてきた。おなじだ。掘りだしてきた金鉱石が埋められていたのだ。

泣きたいような気分だった。冷たくて、さびしくて、空《むな》しかった。

倉庫から持ってきた鉱石をそこへもどした。もとどおり土をかぶせ、ならした。この石を掘りかえす機会があるだろうか。少なくとも自分にはない。

すべきことは終わった。

ハウスのなかまで入ってみる気もしなかった。

からだが冷え凍ってこちこちになっていた。車にもどり、暖房を目いっぱい効かせてからだをほぐしたかった。暖かい札幌のホテルへもどりたかった。

しかしそのまえに、もう一回山へいってみようと思った。二度とくることはないだろう山で、最後のけじめをつけてこようと思った。この山の冷たさときびしさを、五感にもう一回叩《たた》きこんでおきたかった。

上の洞窟までいった。

風が吹いていた。雪が舞っていた。ときには足首が隠れるくらい雪があった。冷気でしびれ、足先から感覚がなくなった。

雪が吸いこまれていた。いまでは洞窟内の気温のほうが高くなっているため、外気が逆流して吹きこんでいるのだった。

雪をはらい、すのこと莫蓙《ござ》を敷き、靴をぬいであぐらをかいた。

礼拝も平伏もしない。形式はたくさんだ。

目を閉じた。

瞑想をはじめた。

はじめは外気と肉体の差ばかり意識していた。つめたかった。さむかった。からだがふるえて止まらなかった。ただ耐える。責められなければならないものが、自分のなかにある。

十分ぐらい苦しみのただなかにいた。苦しんでいる自覚に苦しんでいた。

それがすこしずつうすれはじめた。慣れてきたのか、意識が遠のきはじめたのか、しかと見分けがつかなかった。たしかに鈍ってきたものがあったから、意識がうすれかけていたのかもしれない。

それがいつ見えてきたか、よくおぼえていない。

はじめは見えないほど小さなものだった。気がついてみると、夕方の街灯みたいにかすかな色をともしていた。

光だった。

白い光が頭上のどこかで輝きはじめていた。星の光に似ていた。またたきのない、冷たい白光。後頭部のどこかに穴が開いてしまった感覚。

その隙間《すきま》からなにかがさしこんでいた。

目を開けてたしかめたかった。

なんとか思いとどまった。そして光に射すくめられている感覚に身をまかせた。すると白い光が拡散しながら全身をつつみはじめた。乳液みたいなものが頭のてっぺんから流れはじめ、下へ、末端へ、からだの隅々へと浸透しはじめた。

異変が起こった。

からだが熱くなってきたのだ。錯覚ではなかった。何度もたしかめてみた。まちがいない。全身が心地よい温《ぬく》もりにつつまれようとしていた。

からだが軽くなった。ついには浮きあがった感覚まで得られた。目をみはった。肉体と精神とが分離しはじめているのがわかったのだ。ただよいはじめた精神が、形骸《けいがい》となって残っている肉体を見おろしていた。

狼狽《ろうばい》しないでもなかった。

嘘《うそ》だろう。これではまるでカルトじゃないか。

そういう疑いもやがて引っこんだ。自分の身に起こりはじめたことを、とりあえず受けいれてみようという気になった。

信仰だとか、宗教だとか、超常現象だとかいったものとは、まったく無縁な人間だった。目の前に見えるものしか信じなかった。その性格はなんら変わっていないにもかかわらず、なにもかもひっくるめて、自分の身になにかが起きようとしていた。

泣いていた。

父親が死んだときに流したのとはちがう涙だった。悲しくて泣いているのではないのだ。内なる自分からあふれだしてきたものが涙になっていた。

声がする。

泣き声をあげている自分がそこにいた。

明子に呼びかけている男がいた。

6

日栄時代の部下だった杉本剛に電話して、めしでも食わないかと誘ったら承諾してくれた。農産事業部にいたころの腹心のひとりだ。まだ事業部にいるものとばかり思っていたところ、意外にも食材食品部に変わっていた。

「どうだい、調子は？」

「ええ、まあおかげさまで」

決まり文句を口にしたがそれほど順調でもなさそうだった。笑わないのである。いま五十二歳、いちばん働けるときなのだ。

もともと風采《ふうさい》はあがらない男だった。体毛がうすくてひたいがひろいため、実際以上に顔が大きく見える。しかも若いときから老成した顔だったから、数年見ないあいだによけいじじむさくなっていた。

「中国野菜の農薬騒動ではだいぶもたついたみたいだが」

「だいぶ、なんてもんじゃなかったですよ。もうすこしやりようがあったと思うんですが、かといってぼくらが口をだせることではないし」

杉本は一応部長の肩書きをもらっていた。しかしこれまでの経歴からいうと、出世したとはいいがたかった。いまの部署自体が傍流なのである。

「この間テレビでちょっと見かけたんだが、若はいまどうしてる？」

「おとなしくしてるみたいです。会長が目を光らせてますから」

「してるみたい、とはおかしな言い方じゃないか。五階にいるんだろう」

「いえ、七階にあがりました。会長がみずから帝王教育をさずけてるみたいで」

東京駅前の丸ビルで落ち合い、皇居の堀を見おろしながらめしを食った。とはいうものの杉本はあまり飲めなかったし、糖がではじめたというからビールもかたちばかり、あとは松花堂弁当になった。住まいは大船にある。

「じつはちょっと教えてもらいたいことがあって、きてもらったんだ。大連の近くだと思うが、丹東蔬菜というところと取引があるかね」

「あります」

一瞬おくれて杉本は答えた。なんとなく身がまえた気がした。

「といっても、ぼくのところとは関係ありませんが」

「どんな会社なんだ？　さしつかえない範囲で教えてくれないか。迷惑はかけない」

「とくに問題はないみたいです。根菜から葉ものまで手びろくやってるみたいでして、最近の取引先では信用されてるほうじゃないですか。こっちの指定したガイドラインはきっちり守っているとかで」

「いつごろできた会社なんだ？」

「最近だと思います。軌道にのってきたのは今年からかもしれません」

「はじめて聞く名だが、どういういきさつがあって食いこんできた会社だろう？」

「さあ、そこまでは。現場が掘りだしたんじゃないはずです。上からおりてきた、というふうに聞いたことがあります」

「上からとは、どこまでたどれるんだ？」

「わかりません。ふつうならやる資格審査も形式的だったみたいですから」

「ずいぶん鷹揚《おうよう》だな。あれほど痛めつけられたら、もっと慎重になっていいはずだが」

「いわれてみるとそうですね。格別疑問にも思ってない、ぼくらが鈍いのかもしれません」

自嘲《じちよう》的にいった。わざとらしいといえばわざとらしい。長渕が目をかけてやった男だから、そんなことに気がつかないはずはないのだ。しかしそれとてむかしの話、立場がちがういまとなっては正直にいえないこともあるということだ。すくなくとも現在の杉本にありのままを答える義務はなかった。

「どういうことで丹東蔬菜の名をお聞きになったんですか？」

「北海道のある農場に総経理の劉興国という男が視察にきていた。日栄の紹介だったそうだ。ぼくらのころは、向こうの人間にそんな熱心なやつはいなかった」

「劉に会われました？」

「いや、一足ちがいだった」

「ぼくもパーティの席で一度会ったきりですが、日本語がぺらぺらで、切れるという評判です。熱意がちがいます。実績がそのまま自分たちの収入や生活にひびくわけですからむりもありませんが、劉あっての丹東といわれているそうです」

「どういうキャリアなんだ？」

「知りません。ちがう畑から引き抜いてきたんじゃありませんか」

「それを知りたいんだ。どこにいたのか、それを、だれが引き抜いてきたのか、日栄がそれにどれくらいからんでいるか。それとも丹東の市当局が、どこかからか見つけてきたということだろうか」

杉本は困惑してかぶりを振った。

「いまのぼくにはちょっと。そういうお話だったら、ぼくじゃないほうがよかったかもしれません」

長渕にしてみたらそれを承知で杉本にたずねていた。杉本だったら正直に話してくれるかもしれないと思ったからだ。

長渕はグラスのビールを飲みほしながら杉本の顔を見つめた。以前は存在しなかったはずの溝が、いまでははっきりと横たわっていた。杉本にしてみたら迷惑な呼びだしだったにちがいないのだ。

ずばりとたずねた。

「ひやめしを食わされているのか？」

杉本は動揺もしなかった。

「そういうこともありませんが、事業部にはもうもどれないと思います」

「電話をしたら、食材食品部に変わりましたというからびっくりしたんだ。いつ異動になった？」

「なにがあった？」

「ことしの春です」

「ありません。しいていうなら、会社の目標としているものが、いままでとは変わってきたということでしょうか」

「この夏だったか、新聞で臼井俊之や宮本富士男が子会社に放りだされた記事を見て、とうとうはじまったかと思ったんだ。生え抜きの社員を切り捨てはじめたところをみると、会長が幸一の足もと固めをやりはじめたなと察しはついた。しかしそんなことを露骨にやれば、社内の士気は低下する。いまのきみを見ていると、もろにその被害を受けているような気がするが」

「はた目にそう見えるんでしたら否定はしません。正直いうと、長渕さんがいてくださったらこれほどまでにはならなかったと思うんです。辞められてからですね。だれもが疑心暗鬼にかられて、心理的にがたがたになってしまったのは」

「ぼくにそんな求心力があったはずはないだろうが。女房がガンで余命一年と宣告されたから、これまでの罪滅ぼしに、せめて残りの時間くらい一緒にいてやろうと思って辞めたんだ。人に説明することでもないと思ったから、なにもいわなかった」

「そうだったんですってね。奥さんがお亡《な》くなりになったとか。なんのお役にもたてなくてすみませんでした。しかしあのときは、だれもそう思ってなかったんです。みながみな、部長はS食品に引き抜かれるものとばかり思ってましたから」

「やっぱりな」

その話なら長渕も聞いていた。やめようとしたとき、一身上の都合という彼の申し出を信用せず、S食品に引き抜かれるという噂《うわさ》が出回ったそうなのだ。あげくの果ては当のS食品のほうに、不行跡があったから辞めさせたみたいな怪文書まで送りつけられたという話だった。

長渕のほうは、やめると決めた以上、なんといわれようが平気だったからとりたててなにもしなかった。そういうものに動かされる人や組織とつき合うこと自体もうごめんだという気分だった。

「いまとなってはデマだったとわかりますけどね。あのときはだれもそう思ってなかったんです」

「だれもって、まさかきみたちまでそうだったわけじゃないだろう?」

「みんなですよ。ぼくらの耳にも入ってきたくらいですから、疑ってる人はいなかったと思います」

「おどろいたな。まさかそこまでいわれていたとは思わなかった。幕張の見本市の会場で、S食品のある人物に出会ったことは事実だが、それだけのことなんだ。それ以後は一回も会ってない」

「緒方専務ですね」

「そんなことまで知ってるのか」

「ぼくの聞いた話では、緒方専務が長渕部長に執心ということでした。部長もすっかりその気になって、だれとだれを引っぱっていくとか、いかないとか、そういう噂まで社内でまことしやかにささやかれていたんです。ぼくの名も、引っぱってもらえる人間のリストに入っていたそうですけどね。事実はそうじゃなかった」

「おい、ほんとか?」

長渕はうなり声をあげた。あとのことばがでてこなくなった。

杉本の目に懐《なつ》かしさと同時に、非難や恨みがましい色のある理由がそれでわかった。長渕とのかかわりが深かったために、とんだとばっちりを受けていたのだ。

念のため幾人か名前をあげ、現在の消息をたずねてみた。順調にいっているものは少なかった。左遷《させん》されていないまでも冷遇されているものが多い。そういう会社のやり口にいやけがさし、辞めたものも数人。

「まさに死屍《しし》累々《るいるい》です。でもそうやって世代交代しながら、会社というものは脱皮していくんでしょうね。あと四、五年もたったら、なんの記憶も後遺症も残さず、あたらしい組織体に生まれ変わっていると思います」

杉本は醒《さ》めきった口調でそういった。

「知らなかった」

長渕はただただうなった。

思いあたることはひとつしかなかった。

あれは明子が入院していたときだから、十月に入って間もなくだったと思う。千葉の幕張で開かれた食品加工技術フェアをのぞきにいった。

加工食品事業部長というポストがら、この手の催しにはできるだけ顔をだすようにしていた。水産・農産の両事業部が一次加工品までしかあつかわないのに対し、二次加工品以上はすべて加工食品事業部の担当と、守備範囲がとてつもなくひろかったからだ。

その会場で、S食品の柳原という部長から声をかけられた。一応顔見知りだったが、業界の集まりやパーティの席で立ち話をするくらい。とくに親しくしていたわけではない。日栄が十両クラスならS食品は三役クラス、同じ肩書きでも格がちがった。

その柳原がこれまで見せたことのない笑みを浮かべて話しかけてくると、眼鏡をかけた銀髪の男をつれてきた。

それが専務の緒方章介だった。

緒方の名前なら知っていた。S食品をここまで押しあげてきた陰の実力者という評判だったからだ。年は六十そこそこだったが、腰が低く、愛想がよく、地位をたのむところがすこしもなかった。

挨拶《あいさつ》をして名刺を交換したところまでは型通り。そのあと五分ぐらい歓談した。そのときになって、緒方が特別な親しみを見せようとしている気がしてきた。

話しているうちにわかった。五年ほどまえ、中国海南島の特別区にできた国営農場で、S食品と食いこみ競争をしたことがある。そのときのS食品の指揮をとっていたのが緒方だったのである。

当時の情勢としては、S食品の勝ちということで大勢はほぼ決まっていた。それを最後の最後で引っくり返したのが、当時農産事業部長だった長渕だ。そのためにかなり汚い手を使ったのだが、緒方は逆にそれを評価した。

そして最後にこういわれた。

「どうですか。近いうちに時間をつくっていただけませんか。一回腹の底をぶち割って、お話ししたいと思っていたんです」

外交辞令だと思ったから適当な返事をしてそのときはわかれた。すると夜になって、緒方の命をうけたという柳原から電話がかかってきた。そして、きょう専務が話したことは嘘《うそ》じゃない。一度時間をつくってくれといいだした。

いまワイフが入院中で、手術直後なんだと長渕は答えた。いまはとても余裕がない。とりあえずこの話はなかったことにしてくれないか、といったのだった。

柳原はうろたえて、そういうときだったとはつゆ知らず、とんだ失礼をといって電話をきった。

それだけである。その一か月後に辞表をだしたこともあって、S食品との話はそれきりになってしまった。長渕にしてみたらそれで、この件はすっかり消えたものとばかり思っていたのだ。

問題はあの日、緒方とわかれて帰りかけたとき、臼井俊之とばったり顔を合わせたことだ。

「おう、なんだ、きみか」

「そんな、めずらしそうな顔をしなくてもいいじゃないか。ぼくだっていちおう日栄の社員だぞ」

と臼井は大げさにむくれてみせた。とはいえ臼井がなんでこんなところに、という不審はぬぐえなかった。というのもそのときの臼井は情報室長で、現場とは関係がなかったからである。

問いただしてみると、すぐに白状した。親戚《しんせき》筋にあたる機械メーカーが焼き菓子の製造ラインを出品しているとかで、その義理もあって顔をださざるをえなかったのだという。

「本来は薄皮饅頭《まんじゅう》とか田舎饅頭とかをつくる機械なんだ。しかしパーツを替えたら水産練り製品に応用できるとかで、日栄に売りこんでくれといわれて困っていた。それで見にきたんだけどさ、はっきりいって家内工業のレベルだった。これじゃうちの検討リストには入れませんよって、なんとか引導をわたして逃げてきたところだ」

パンフレットをかかえた部下をつれていたところを見ると、その男を日栄の実務担当者に仕立てて引っぱってきたのではないかと思う。

そのあと会社まで一緒に帰った。ふたりで話したのは久しぶりだった。いつぞやのエビ国際会議で、バンコクに派遣されてきたとき以来だったかもしれない。

「いそがしいんだろう?」

「なに、それほどでもない」

臼井はうそぶくみたいにいった。シニカルで冷笑的な口調だった。

長渕が終始事業部を歩き、いまでは日栄の顔ともいえる存在となっていたのに対し、臼井のほうは総務関係にいたものの腰が定まらず、あっちこっちを転々とさせられていた。そのときどきの都合のいいところに当てはめられていたのである。

エビ会議に出るための、特設ポストのチーフに据えられたのがいちばんいい例だ。現在の情報室にしても、コンピュータによるネット社会が到来して、会社の内規やあらたながガイドラインづくりが必要になったということで設けられた部署だった。

「これからのコンピュータ社会のことを考えると、それまでに定年を迎えられそうではっとするよ。おれなんかせいぜい携帯どまりだからな」

「世代としてはぼくだって同じじゃないか。それなのに、なぜ五十の頭にむち打って横文字と格闘しなきゃならん。それはぼくが能吏だからだよ。そういう使い道しかないということだ」

自嘲《じちよう》そのものという口調で臼井はいった。最近ますます疎遠《そえん》になりかけていたのも、話すたびにこういう口のききかたしかしないからだ。ひがみやねたみ、敗北感が剝《む》きだしになっていた。いまでは完全な勝負づけがすんでいたのだ。

　杉本に会った翌日、長渕はスナック「ルピナス」に足を運んだ。

　場所は西新宿。とはいうものの新都心とは関係ない十二社《じゆうにそう》というところ。かつてはいかがわしい店のならぶ歓楽街だったが、いまではその面影すらなくなっていた。健全になったわけではなく、さびれてしまったのだ。

　きのう杉本から聞いた社員の消息のなかに、萩尾《はぎお》礼治の名がでてきた。やはりかつての部下のひとりだ。その後日栄を辞めたという。

　自宅へ電話してみたところ、大学生の息子がでてきて、両親はオーストラリアにいますと答えた。

五月からいったきりだという。再就職をしたわけでも、骨休めにいったわけでもない。日本とオーストラリア、いまでは半々に暮らしていますという。

それでルピナスをたずねた。店の経営者規子《のりこ》が萩尾の実妹だったからである。

五時半と、まだ客のいない時間を見はからっていったにもかかわらず、先客がふたりいて、めしを食っていた。

とりあえずビールをもらってようすを見た。

客と規子との間に会話はなく、男たちはそそくさとめしをかき込んでいた。作業服なのを見ると近くに勤めているようだ。これから残業ということか、食い終わると煙草《たばこ》もすわずにでていった。

「そんな顔しなくてもいいですよ。このごろじゃただのおでん屋になってるんですから」

規子は長渕の顔を見ながら、偽悪的な口ぶりでいった。そういえばおでん定食という看板がでていた。

はじめてきたときも、萩尾からおでんでよければと誘われたからだった。二次会のあとの流れだったから勢いにすぎなかった。そのとき萩尾は妹の店だということをいわなかった。

規子にビールを受けてもらい、グラスを合わせてかたちばかり乾杯をした。店にきたのはこれでまだ三回目。中野坂上にある規子のマンションへ押しかけたことなら五、六回、いやもっとあるだろうか。

なんで知ったのか、明子が亡くなったときは阿佐谷に香典を送ってきた。お返しはしたから、そのかぎりで義理はすんでいた。しかし会うのは三年ぶりぐらいだ。

「近くまできたもんだから」

「言い訳しなくてもいいんです。おぼえてくださってただけでうれしいから」

「ほんとをいうと、電話をするのが不安だったんだ。それでとりあえず店をのぞいてみようと思って」

「ごらんの通り、こんなことになってます。このごろじゃ十時に店を閉めてるんですよ」

後の棚にウイスキーやブランデーのボトルがならんでいた時代もあったそうだが、長渕がきたころは焼酎《しょうちゅう》のボトルに代わっていた。そのボトルもいまでは数えるほど。代わっておでん鍋《なべ》がいちばん大きな場所を占めていた。カウンターに腰かけが八つ。詰めても十人しか入れない店だった。

気のせいか規子の顔の色艶《いろつや》もなくなっていた。萩尾とは七つちがいだからまだ四十五に届いていないはずだ。この年でもう孫がいる。小太りの体軀《たいく》と愛嬌《あいきょう》のある顔、開き気味の口許《くちもと》に男心をそそるものがあり、目の輝きも魅力的だった。

男に警戒心を起こさせるタイプの女ではなかった。事実つけ込めたのはたしかで、二度目にきたとき、帰りの方角がおなじだからと送っていき、そのままあがりこんだときも拒まれなかった。

「萩尾も辞めたんだってね」

「あら、ご挨拶してなかったんですか？」

規子は意外そうにいった。

「知らなかった。きのう聞いたばかりなんだ」

「それはひどいわね。あれほどお世話になっておきながら、いったいどうしたんでしょう。すっかり人が変わっちゃって」

「家に電話したら、息子がでてきてオーストラリアにいったというんだ。就職したのか、ただの骨休めなのか、って聞いても頼りない返事なんだ」

「いい気なもんです。夫婦してそうなんだから」

「ケアンズでなにをしてるんだ？」

「なんにもしてません。ゴルフだ、グレートバリアリーフだって、毎日遊び歩いてるみたい。ほんとにルンルン気分なんだから」

「まあこれまでがこれまでだから、むりもないだろうけど」

「もう働く気はないそうです。人に使われるのはこりごりだって。厚生年金がもらえるまで食いつなぐといってます」

「そいつはどうかなあ。まだ十年あるぞ。第一そのころは金額が引きさげられたり、支給年齢が繰りさげられたりして、とても食える年金じゃなくなってると思うが」

「贅沢《ぜいたく》しなきゃ食えるといってます。そういうとこはうらやましいわ。不況だ不況だといったって、しょせん大企業はわたしたちの感覚とちがうから」

「そんなに退職金がでたわけないだろうが」

「でもここらへんの中小企業と比べたら桁《けた》がちがいます。このまま会社に残ってたってたかがしれてるから、この際勧奨退職に応じたんだって。このご時世に、割り増しがもらえるなんてうらやましいかぎり。部長さんなんかもずいぶんもらわれたんでしょう」

「冗談じゃない。ぼくはおやじからもらった遺産でやっとこさ食いつないでるんだ」

組織の合理化や見直しで余剰人員の整理をはかったことはあるが、日栄が勧奨退職をつのったことはない。急成長した企業のつねで、福利厚生制度など名ばかりにすぎなかった。萩尾クラスだと、たとえ割り増しをもらったとしても退職金は一千万円にとどかなかったはずだ。

「すると、当分帰ってきそうにないね」

「そういってますけど、叔母がひとり死にかけてます。年明けにもお迎えがきそうで。それをすごくいやがってました。世話になってるから帰ってこないわけにいかないんです。できたらあと半年持ってくれ、なんて勝手なことをいってます」

「ケアンズの電話番号を教えてくれないか」

「ごめんなさい。家に帰ればわかるんですけど」

客がふたり入ってきた。やはりめしを食いにきた客で、先ほどの連中とおなじ制服を着ていた。今回のふたりはなじみらしく、規子もお愛想をいった。めしの盛りがちがった。

萩尾礼治は中国語に堪能《たんのう》という以外、ほかに取り柄とてない男だった。本人もそれがわかっていたか、人に取り入ることでなんとか世間体を取り繕っていた。上司に取り入るためなら妹をさしだすことだって平気でやる男だ。それにやすやすとのってしまった長渕のほうも情けなかったが。

「ところで、彼はいつ辞めたの？」

規子の手すきをみてたずねた。

「たしか春先でした」

「それまでは中国にいたんだね」

「ええ。そのまえに帰ってきたときは、今度若社長の直属になったから、これでおれもやっと陽の当たるところへでられる、とはりきってたんですけどね」

「若社長の直属？」

「そういいましたよ」

「どんな仕事をしていたか、聞いてないか」

「いいえ。そういうことは一度も。兄って、口が軽いわりに肝心のことはなんにもいわないんです。わたしにいわせたら、それだけ勘定高いということなんですけど」

またつぎの客がきた。これからが時分どきのようだ。

帰ることにして勘定をしてもらった。

「兄の電話番号、あとでお知らせしましょうか」

「ああ、お願いするわ。ファックスでいいから」

規子はカウンターをでて外まで送ってきた。

「奥さまのこと、ご愁傷さまでした」

「ありがとう。その節は丁寧なお心遣いまでいただいてすみませんでした」

「奥さんが亡《な》くなったら、後釜《あとがま》にすえてもらおうなんて思ってたわけじゃありませんよ。でもきてくださってた間、ほかの人は目に入りませんでした」

わずかに笑って規子はいった。そのことばを頭にひびかせながら家に帰った。

7

明子の療養用として手ごろな借家がある、と金沢の姉が知らせてきてくれたのは退職して数日後のことだった。

父親が息を引きとった同じ病院のなかに、そのご終末医療のためのホスピス病棟ができていた。死を間近にひかえた患者の医療と、心のケアを専門にしてくれる病棟である。

ホスピスの名くらいは知っていた。末期ガン患者が直面する肉体的苦痛と死の恐怖をやわらげ、人間としての尊厳を保った最期《さいご》を迎えさせてくれる施設だというふうに。

できたら明子をそういう状況のもとで送りだしてやりたかった。残されるものがいちばん願っていることは、本人にすこしでも納得してもらいたいということだからだ。

それであれこれ調べてもらい、この際そういう施設に入るのがいちばんいいのではないかと思った。そして金沢へ帰ろうと心にきめた。借家から病院まで車で数分という距離もありがたかった。

平屋で延べ面積が八十平米しかない小さな家だが、築後三年とあたらしいうえ、バリアフリーになっていた。半年まえまで老夫婦が住んでいたとかで、もともとふたりが余生をすごすために建てた家だという。夫婦のどちらかが車椅子《いす》を使っていたらしいのだ。

さらに海が近かった。家から百メートルも歩けば海岸の松林だという。周囲は畑。家からのながめはとくにないが、袋小路になっているから通行量がなく、静かだという。

そういう環境なら明子もよろこぶだろう、と思って話してみたところ、拍子抜けするぐらい手ごたえがなかった。お義理に話を聞いてくれただけだ。

「ものは試し、一回見てこようじゃないか」

といっても生返事しか返ってこない。

「どうした？　気がすすまないのか」

「そうねえ。わたしはここにいるほうがいいわ」

「金沢にはいきたくないということか」

「そう思ってくれていいわ」

口ぶりこそいつもと変わりなかったが、顔にはある種の頑迷さみたいなものがあらわれていた。こういう顔になったときの明子は手強《てごわ》い。つまり話が気に入らないのだ。

「なにか、気分を害するようなことをいったか」

「べつに。いきたくないだけよ」

「なにが気にいらないんだ。金沢だからいやなのか」

「そうじゃないわ。この家から動きたくないだけよ。できたらこの家で死にたい」

といったときは真顔になっていた。見返してきた視線がきびしかった。

「だって、ここがわたしの家じゃない」

「その気持ちはわかるよ。しかし現実問題として考えてみたら、最後は病院へ入らなきゃならなくなるんだ」

「たとえそうなるとしても、それまではここにいたいの。わたし、この家にいったい何年住んだ？　まだ十年たってないのよ」

「この家を売りはらうわけじゃないよ。帰ってきたくなったら、いつでも帰ってこられるんだ」

「そうじゃないわよ。この家に最後まで住んでいたいということ。そんなこと、させてもらえないでしょうけど、できたらここで息を引きとりたいの。どうしてかというと、ここがわたしの家だから。四十を間近にしてやっと持てたマイホーム。わたしがわたしでいることのできる、たったひとつのお城。たったひとつの居場所」

いっているうちに声が大きくなってきた。目が光りはじめた。激しているわけではなかったが、こうなったら絶対説得できない。

「自分の家で、自分の部屋で、大勢の子どもたちにかこまれて、というのが夢だったの。泣いたり、笑ったり、怒鳴ったり、怒ったり、どんなときでも思いっきり声を張りあげて、とそのつもりでした。テレビのしゃべってる声しか聞こえない家で暮らそうなんて、考えてみたこともなかった」

「それをいわれたら返すことばがない」

「こんなこと、いうべきじゃないかもしれないけど、ちがう人と結婚していたとしても、やはりおなじ病気にかかってただろうかって、よく考えるの」

「すまん」

「謝ることないわよ。無理難題をふっかけてる、とわかっていってるんだから。わかってるけどいいたくなるの。わたしにはもっといろんな選択肢があったはずだって。そのなかから、自分の責任でこの道を選んだの。納得ずく、計算ずく、打算と見栄《みえ》の結果。責めるとしたら自分しかないわ。それがわかってるからよけいくやしいのよ」

「わるかった。この話は白紙にもどす。この家で暮らしたいというきみの願いに、できるだけそえられるよう努力する。これからもう一回、なにもかも再検討してみる」

とりあえず姉には、いまかかっている病院との話し合いが終わっていないことにして、返事を保留してもらった。明子を無視して勝手に話をすすめてきたわけではないのだが、姉とふたりで結果を急ぎすぎたきらいはたしかにあったのだ。

ところがわからないもので、一週間たったら明子の態度が軟化していた。一回ようすを見てきてもいい、と自分からいいだしたのだ。長渕のいないとき姉から電話があり、ふたりで話していて、その気になったというのである。

「おねえさんが、ズワイガニが解禁になったから食べにきなさいって、いってくれたの。

ことしは豊漁で、身がのって、最近ではいちばんおいしいんですって。それを聞いたら急にいきたくなっちゃった」

「いったらカニだけじゃすまなくなるかもしれんぞ」

「平気よ。お医者さんを引き合わせてくれるそうだから、それくらいはしようがないわ。おねえさんの顔も立ててあげなきゃわるいでしょう」

カニを腹いっぱい食ってみたい、というのが子どものころからの夢だったというのだ。なんとも単純明快。そういえば明子はけっして複雑な女ではなかった。

おどろくことはまだあった。金沢でホスピス病棟をたずね、相談外来の話し合いをしただけで、明子の気持ちが百八十度変わってしまったことだ。

こういう人たちだったら、自分の命を安心して託せると、その場でさとったという。

それは長渕も感じた。

病院にはふたりでゆき、病院側からはホスピス病棟長の医師と看護師長、医療ソーシャルワーカーがでてきて応対してくれた。そのとき感じた手ごたえは、これまで接してきたどんな病院ともちがっていた。

「医療を受けるとか、授けるとかいう一方的な関係ではありません。一緒に生きていきましょうという提案をしたいんです。ガンを告知されて生きるということは、いちばん人間らしく生きられるひとつの方法だとわたしたちは考えています」

どんな突っこんだ質問にも真摯《しんし》に答えてくれた。在宅ホスピスケアがどこまで可能なのか、ホスピス費用はどれくらいかかるのか。健康保険で補塡《ほてん》される部分もあって、想像していたほど高額ではないとわかっただけでも、安心度がまったくちがった。

「お話を聞いてほんとうに安心しました。よろこんでみなさまのお世話になりたいと思います。そのときはどうかよろしくお願いいたします」

明子がそういって自然に頭をさげたときは長渕の目頭まで熱くなった。

そのあと借家を見にいったが、これも明子は一目で気に入った。

「あら、車椅子のお世話になるときがきてもこれだったら困らないわね」

庭へおりるにも、車へのるにも、車椅子のままできるのだ。

そして海。

手前の松林こそたいしたことはなかったが、その向こうにひろがる砂丘が大変なものだった。そのはずだ。かつてアメリカ軍が試射場に接収しようとし、日本を二分する大反対闘争がまきおこったあの内灘《うちなだ》砂丘だったのである。

いまでは当時の面影などどこにもなく、高級住宅の立ち並ぶ落ちついた郊外になっていた。それでも残されている砂丘や砂浜は広大で、砂丘の下からなぎさまで、ひろいところだと二百メートルからの広さがあった。

はじめて砂浜に足を踏み入れたとき、明子はしばらく動こうとしなかった。見渡すかぎりの砂浜、その向こうの海、さらに空。三者が渾然《こんぜん》となった風景は、これまで見てきたどこの海岸よりも雄大だった。明子が顔を上気させてそれに見入っているのを、長渕はほっとして見守っていた。うれしい誤算だったのだ。

「ねえ。こうなったらすぐに越してきましょうよ」

明子は息をはずませていった。

「これから冬になるんだけど、それでもいいかい。春まで待ってからでも遅くないと思うんだけど」

「そんなことをいったって、冬の海がいちばん雄々しいじゃない。第一来年の冬はもう見られないかもしれないのよ」

どきっとしたが、明子はそのことばにとらわれているふうに見えなかった。後れ毛をなびかせ、風に向かって頭をさしだし、うっとりした表情をしていた。

この女を失ってしまうのか、とあらためて思った。なにもかもが、音でもたてるみたいにあわただしく動きはじめていた。

一旦《いったん》東京へ帰り、その後は長渕が数回金沢へ足を運んで引越しの支度をした。

新居には床暖房が設置されていたが、冷暖房装置まではついていなかった。それで当面の補助暖房具としてパネルヒーターを用意し、姉のところからは余っていたこたつのお古をもらいうけてきた。

食卓をはじめ家具類も実家にあったもので間に合わせ、あらたに買い入れたのはテレビや洗濯機、照明器具など一部の電気製品にとどめた。

阿佐谷のマンションはそのままにしておくが、住民票は金沢へ移すことにした。車も持っていく。

一時は父親からもらった金沢市内の土地を売り払おうかとも考えた。しかし地価の下落しているいま手放すのは得策といえなかった。

多少の金なら用立ててやれるよ、と兄がいってくれたから、それで気が楽になった。もう一回計画を立てなおし、手持ちの預貯金でなんとかやってゆける目処《めど》をつけた。要はその範囲内で暮らしさえすればいいのだ。

準備万端ととのい、実際に明子をつれていったのは二〇〇一年一月中旬のことだった。東京でも朝から雪がちらつくとびきり寒い日だった。小松空港におりたときはぼたん雪が降りしきり、道路をのぞくすべてのものが真っ白になっていた。

明子を車にのせて新居に向かった。真昼だというのに空は夕刻みたいに暗く、街灯がともって視界もかすんでいた。明子の気持ちが萎《な》えてしまわないか、それがいちばん気がかりだった。

ところが明子はまったく苦にしなかった。雪には慣れているから平気だというのだ。むしろひさしぶりの雪景色をうれしそうにながめていた。

「引越しは何回してもエキサイティングだけど、今回ばかりはもったいないわねえ。なんかすごくむだな贅沢《ぜいたく》をしていると思わない？」

新居のなかを歩きまわりながらいった。今回買いそろえたものもかなりの数にのぼる。しかもそれは一年たったらいらなくなってしまうのだ。

「こないだ不動産屋が教えてくれたんだけど、ここに住んでたご夫婦はね。ご主人のほうが亡くなるまで、おなじ病院にかかっていたそうなんだ。奥さんはそのあと子どものところへ身を寄せたらしいが、そのとき不要になった家具類はすべて処分したんだって。残しておいてくれたら助かったのにね」

「じゃわたしたちは残していきましょうよ。この家、そういう人たちが住み継いでいったらみんな助かるわね」

明子の口調があまりに軽すぎたから、むしろ長渕のほうがうろたえたくらいだ。たしかにホスピスへ入ることがきまって以来、明子は性格まで変わったみたいに明るく、陽気になった。体調まで確実によくなった。

着いた翌日、車で買い物にでかけた。車で十分ほどいったところに大型スーパーがあり、たいていの用はここでたりた。

この日、軽くてしっかりしたアルミパイプのディレクターズチェアをふたつ買った。庭で使えるし、なによりも海岸へいったとき必要となるだろう。

残雪がまだたっぷり残っている一週間後、せがまれて、はじめて海へつれていった。快晴とまではいかなかったが陽がさし、風のよわい日だった。ただし気温が低かった。せいぜい五、六度しかなかったのではないだろうか。海岸を散歩している物好きなどひとりもいなかった。

能登《のと》のはじまりであるここの砂浜は、砂が引きしまって硬かった。この海岸を数十キロ北上すると、波打ちぎわを車で走ることができる渚《なぎさ》ドライブウェイがある。砂の状態がほぼ同じなのである。だからそこらじゅう、四輪駆動車の走り回った跡が印されていた。休日になると数が増し、その騒音が家まで聞こえてくることさえあった。

車を止めると、徒歩でオーシャンビューにいいところを探した。なぎさから百メートルくらいあがったところにすこし小高くなった砂山があった。

車からふたつのチェアを持ってきてそこにすえた。それから車のなかで待っている明子を呼びにいった。

「奥さま、お席ができました」

明子はにこにこしながらおりてきた。そしてチェアに腰をおろすと、しばらくからだを揺さぶったり身をのりだしたりして、椅子《いす》のかけ心地と風景との両方をたしかめていた。子どもみたいなよろこびようだ。

ただ格好のほうは着ぶくれて潜水服を着せられたみたいにふくらんでいた。コートからマフラーまで総動員の防寒対策を施し、さらに毛布で膝《ひざ》をぐるぐる巻きにしてやったのだ。

ようやく落ちついた。

目の前にひろい海が横たわっていた。灰色。一部はグリーンがかった青。白波が立っている。風がそれほどないわりに波はさわいでいた。雲の切れ目から降り注いでいる日の光。沖に船はなく、カモメもきょうは引きあげてしまった。

「ねえ。佐渡はどこ？」

「おいおい、無茶をいいなさんな。ここから見えるわけないだろうが」

「どうして？　いつか見えたじゃない」

「あれは能登半島の先っぽの山の上だったの。それだってすごく天気がよかったからだよ。いちばん近い新潟からだって、いつも見えるわけじゃないんだ」

「なんだ、つまんない」

「しかし、なぜ佐渡なんだ」

「だって、海が荒海なら向こうは佐渡じゃない」

要するに浮かれているのだ。

コーヒーを持ってきた。ポットに入れてきた熱々で、マグカップを温める湯まで用意してきた。家が近いからこそできる贅沢である。

「はい、奥さま。コーヒーをどうぞ」

「わー、すごいぜいたく！」

明子は歓声をあげてカップをうけとった。

「おいしい」

湯気のなかへ顔を突っこむようにして喉を鳴らした。

ここへきて一週間。その間一度として苦痛や疲れやだるさを訴えなかった。ふだんと変わらない生活にもどっていた。このまま治ってしまうのではないかという幻想を抱かせることさえあった。

明子が歌を口ずさみはじめた。

うみはあらうみ
むこうはさどよ
すずめなけなけ
もうひがくれた
みんなよべよべ
おほしさまでたぞ

その歌ならおぼえていた。あの日、伊豆の今井浜の海岸で、海を見ながらひとりでうたっていたのがこの歌だ。

一番はなんなくうたえたが、二番の歌詞でつまずいた。えっ、と明子はうろたえ、二、三回うたいなおしたが、途中で首をかしげてやめてしまった。

「ねえ、二番はどうだったっけ？」

「知らないよ」

「いやだ。思いだしてよ。二番と三番がこんがらがっちゃった」

もう一度うたいなおしてみたが同じことだ。とうとうあきらめた。と思うとまたおなじ歌をうたいはじめた。ただしさっきと節がちがう。

「なんだい、それ？」

「山田耕筰のほうよ」

「さっきのは？」

「中山晋平」

「ひとつの歌をふたりの人間が作曲してるのか」

「あきれた。なんにも知らないのね」

しかしやっぱり二番が最後まで歌えなかった。

しかしそのあと、明子はつぎからつぎへと海の歌を思いだしてはうたいはじめた。

「砂山」にはじまり「海」「われは海の子」「浜辺の歌」「うみ」「かもめの水兵さん」など。

かれこれ一時間はうたっていただろう。機嫌よくすごしているのだから邪魔はしなかったが、長渕のほうは冷え凍ってしまった。明子にばかり気をとられ、自分の防寒対策までは考えていなかったのだ。

以来天気と気分さえよかったら、明子は海へでてゆくことを希望した。ゆけない日は家でCDを聴いていた。

金沢で結婚している姉の子が「よかったら使ってください」といってラジカセを持ってきてくれた。小さいころ明子にいちばんなついていたひとりの桃子である。

CDなら何百枚もあるといって、適当にみつくろって十数枚持ってきてくれた。天気のよくない日がつづく二月から三月は、CDを取っかえ引っかえしながら聴いていた。なにしろ隣の家まで五十メートルからあるのだ。音楽は聴き放題、ボリュームのあげ放題が許された。

桃子の家までいってCDの入れ替えもしてきた。そのとき、明子がとくにことわって借りつづけたものが一枚あった。

サイモン&ガーファンクルだった。

明子にとっては思い出の映画である「卒業」のなかで使われていた音楽だ。「スカボロー・フェア」「サウンド・オブ・サイレンス」などなど。これが明子の青春のメロディにほかならなかった。

浜でうたう海の歌はさらにふえた。「城が島の雨」「波浮《はぶ》の港」「浦島太郎」「椰子《やし》の実」「港」「冬景色」。しかしどこで配線がこんぐらがってしまったか「砂山」だけは二番と三番がまじってしまい、どうしても正確にうたうことができなかった。

第6章

I

夜の九時すぎに電話がかかってきた。てっきり臼井がかけてきたのかと思った。きのう電話したところ、不在だったのだ。

出張しているという。あすは帰ってくる予定だから、帰り次第電話をさせます、と電話をうけた女性社員が答えた。それできょう一日、連絡してくるのを待っていたのだ。

ところが聞こえてきたのは、宮内幸江の声だった。

「夜分すみません。いまちょっとよろしいでしょうか」

ためらいがちな、おずおずした口調だった。反面切迫感みたいなものがある。

「かまいませんが」

「すみません。あのう、こんなことをお知らせするのも、ご迷惑なだけかもしれませんが、岩淵が勾留《こうりゅう》停止になりましたので、お耳に入れておこうと思いまして」

一瞬「岩淵？」と聞きかえしかけた。秋庭のことだ。

「勾留停止って、どういうことですか？」

「病気になったので、身柄を拘置所から病院へ移されたんです。現在足立区の民間病院に入院しております」

「拘置所から病院へ？　すると、釈放されたということですか」

「簡単にいえばそうなります。もう逃げたり、証拠隠滅をしたりする恐れがないだろうということで」

「ということは、重い病気ですか」

「はい。あと数日だといわれています。知らせを聞いてきたのうでてきたんですけど、わたしがいったときは、もう意識がなくて、眠っているだけでした。それでも一回だけ目をあけまして、そのときはわたしの顔もわかったみたいです。きょうは昏睡《こんすい》状態に近いありさまで、一度も意識がもどりませんでした」

「病気はなんです？」

「大腸ガンだそうです。いまになって考えてみますと、だいぶまえから知っていたんじゃないかと思います」

「すると、末期ガンだったんですか。本人はそれをさとっていたと」

「おそらくそうだと思います。本人がそういったわけじゃありませんが。つかまるのは覚悟のうえで、本名にもどったのではないかという気がするんです。これまでのことを、なにもかも清算してしまいたかったんじゃないでしょうか」

そういわれてみると長渕にも、いくつか思いあたる節がないでもなかった。秋庭の表情や仕草のいくつかが、いまになってなんの脈絡もなく頭に甦《よみがえ》ってくる。

あの男の持っていたおだやかさだとか、寛容とかいったものは、自分の死期をさとっていた人間の、最後の演技だったのではないかという気がする。明子の最期を看取《みと》っているだけに、共通したものがあったように思えるのである。

「これまでにあの人から、不治の病にかかっていることをうかがわせるなにかがありました？」

「いいえ、一度も。ときどき、ちょっとつらそうにしているとか、疲れやすいとかいったぐちはこぼしましたけど、ふつうのことだと思ってましたから」

幸江の口調だと、秋庭がだしていた無意識のサインを読みとっていた形跡はうかがえない。かといってそれは、非難されることでもないだろう。

「それで、こういうことをいうのは心苦しいんですけど、さしつかえなかったら一度会ってやっていただけませんでしょうか。病院までおいでいただいても、そのとき意識がもどるという保証はないんですけど。きのうの段階では、長渕さんに会いたいみたいなことを、訴えておりましたので」

「ぼくに会いたいといったんですか？」

「はい。一度わたしに気がついたとき、しきりになにかいおうとしたんです。声にはならなかったんですけど、口がパクパク動いて。わたしには、それが、な、が、ぶ、ち、といってるように思えたんですね。それで、長渕さんですかって聞いたら、はっきりうなずいて。なにがいいたかったのかはわかりません。しかし会いたがってるのはたしかだと思います」

それはそれでやりきれなかった。この期《ご》に及んでなにかいいたいことがあるとすると、あの鉱石のことしか考えられないのだ。秋庭にとってあれは、まちがいなく金の原石だったのだろう。同様に長渕にとって、あれはただの石ころにすぎなかった。

「最後の最後まで、ご迷惑をおかけしてすみません。間際《まぎわ》の頼みでなかったら、わたしもお伝えしなかったんですけれど」

長渕の沈黙をためらいと受けとったか、幸江はことばを重ねた。

「刑法を知らないんで、勾留停止というのがよくわからないんですけどね。病室へはだれでも入れるんですか？」

「はい。べつに監視はついていません。弁護士さんの話によると、拘置所のなかで死なれたら手続きがわずらわしいので、まちがいなく死ぬとわかってる病人は、そのまえに釈放してしまうことがよくあるんだそうです」

「じゃ病院の名前と場所だけでも聞いておきましょうか。じつは友だちと会う約束をしてまして、いま先方の返事を待っているところなんです。ですからあす、必ずいきますとはお約束できないんですが」

とりあえず病院の名前を聞いた。しかし臼井からの電話はかかってこなかった。

翌日は土曜日だった。依然臼井からの電話はなし。そうなると落ちつかなくて、午前中は洗濯機を回したり掃除機をかけたりして雑用をすませていた。気のすすまない用があると、かえって家事ができるのだ。

十二時すぎに終わったので、外へめしを食いにでかけた。

それで踏ん切りがついた。どのみち家をでてきた。あとは家へ帰るも、病院へゆくも同じだと、なんとか自分を納得させることができたのだった。

常磐線で綾瀬《あやせ》に向かった。綾瀬からはタクシー。なぜ綾瀬なのかは聞きそびれた。拘置所から近かったということかもしれない。

救急病院を兼ねた民間の総合病院だった。八階建て。壁全面に、監房を思わせる無機的な窓がならんでいた。施設は古びており、壁や床にはいたるところ補修の跡があった。玄関で靴をぬぎ、スリッパにはきかえる方式だ。

秋庭の病室は四階の看護婦詰め所の前にあった。エレベーターをおりたときから、若い看護婦のきんきんした声が耳にひびいてきた。お愛想をいっている患者に笑い声でこたえている。最近は看護婦の名称が看護師と変わっているはずだが、患者のほうはあいかわらず看護婦さんと呼んでいる。

個室だった。集中治療室ではない。ふつうの病室だ。看護婦の目が届くところで、死が完成するのを待っている、いわゆる死に部屋だった。異変が起こったとき察知するためだろう、ドアは半開きにされていた。

酸素を管で鼻へ送りこまれている男が口をあけたまま眠っていた。

人相が一変していた。

皮をかぶった骸骨《がいこつ》。顔色は土気色で、ひげがのび、かさかさに乾いて、角質のはがれ落ちた顔は、棺《ひつぎ》に納められた顔ともう変わるところがなかった。生きている唯一《ゆいいつ》の証《あかし》とばかり、点滴液がチューブを伝いおちている。

幸江の姿はなかった。きている形跡もない。

黙って秋庭の顔を見つめた。眠っている。ひたすら眠っている。この状態から意識がもどったり、しゃべったりすることができるとはとても思えない。もう死んだも同然なのだ。

詰め所の看護婦が嬌声《きょうせい》をあげていた。周囲や状況になんの配慮もはらっていない声。それが若さや未熟の特権なのだ。一方にこの老い。笑いと昏睡。健康と不健康。生と死。いつだって隣り合わせている人の生命。

幸江がやってくるまで待たなかった。顔はだした。長渕は看護婦に声をかけ、病院から引きあげた。

秋庭寛治こと岩淵春信は、翌日死亡した。

二日後に阿佐谷の自宅へ宮内幸江がやってきた。黒い服を着ていたが喪服ではなかった。

「一昨日はわざわざ病院までおいでくださったそうで、ありがとうございました。看護婦さんから聞くまで知らなかったんです。これほど急に、がたがたっとなるとは思ってもみませんでしたから、まったくむだなご足労をお願いしたことになって、ほんとに申し訳ありませんでした」

お礼にきたという。しかしそれだけですむとは思わなかった。長渕にしたら会うのはいたしかたないとしても、できたら外ですませたかった。しかし幸江ははじめから、おうかがいしたいといって話を切りだしてきた。

「そんなことは気にしなくていいですよ。十分くらいしかいなかったんですから。遅すぎたみたいですね。お役に立てなくてすみませんでした」

「たった六日間でしたが、外の空気がすえてよかったと思います。入院してきたときはまだ意識もはっきりしていて、看護婦さんともことばをかわすことができたそうなんです。それが二日たってわたしがいったときは、もうあんな状態でした。一度でも意識がもどって、わたしを確認してくれただけでもよかったと思います。長渕さんがきてくださったことがわかったら、もっとよろこんだと思うんですけど」

そういうと幸江はバッグからなにか取りだした。

「遺品の整理をしておりましたら、シーツの下からこれがでてきたんです」

ハトロン紙の封筒だった。病院の名が印刷してある。表に
長渕琢巳様
と書かれていた。筆記具はボールペン。筆跡はひどく乱れていた。何日もからだの下になっていたせいか、よれよれになって、湿り気が残っている感じだ。

「こんなものを、いつ書いたんでしょうね？」

「入院してきた日だと思います。看護婦さんに、筆記具を貸してくれとお願いしたそうですから。これを書いたために、残っていた体力を使い果たしたのかもしれません」

「読んでいいですか？」

「どうぞ。そのために持ってきたんですから」

封を開いた。

亀井くんから、あなたに数珠《じゅず》の箱をお送りしたと聞きました。ありがとうございました。もうおわかりになっていると思いますが、あれは二重底になっています。中にビレッジの未来の鍵《かぎ》が隠してあります。

ビレッジ再建の手がかりにしてください。

これで安心して死ねます。

あとのことは、なにとぞ、なにとぞ、よろしくお願いいたします。

秋庭寛治拝

長渕は幸江に手紙をさしだした。幸江はそれを二回読み直した。

「なんのことか、わかりますか?」

「いいえ。さっぱり」

それで数珠の入っていた箱の話を逐一聞かせた。貸し金庫と鉱石、山の崩落現場から庭先に埋めてある鉱石まですべて。

「鉱石って、ただの石なんでしょう?」

「ええ、ただの石ころです。たとえ大量の金をふくんでいるにせよ、べつにきらきら光ってるわけじゃありません。素人《しろうと》には見分けがつかない、いくらか白っぽい、ただの石です」

「わたしも鉱山町で育った人間ですから、鉱石がどんなものかよく知ってます。見た目はただの石なんです。ふつうの人にはなんの役にもたちません」

「だからぼくに預けられたって猫に小判なんです。それに石のでた場所が場所でしてね。

何百メートルもの崖《がけ》の上なんです。掘るとなると莫大《ばくだい》な投下費用が必要になるでしょう。埋蔵量がどれくらいあるか、権利だけでも売ろうとすれば売れるのか、そういうこともふくめ、まったくの門外漢。なにも知らないんです」

幸江はあきらかに肩をすぼめた。軽い嫌悪《けんお》の情を浮かべたが、それはどう見ても秋庭に向けられたものだった。

「ほんとに、最後の最後までご迷惑をかけて」

「ほかのことでしたら、まだやり方があるかもしれないと思うんです。しかしこういうことは、託されても荷が重いだけで、申しわけないですが、遺志を継ぐ気はありません」

「当然だと思います。こんな手紙にとらわれることはありません。うっちゃっておいてください。ほんとに最後まで、子どもみたいな夢ばっかり追いかけて」

といったときの幸江は、道楽息子の愚痴をこぼしている母親のような顔をしていた。

「まあ、わからない気もしなくはないんです。長い間、ああいうところでひとり暮らしをしていたわけですから、夢がなかったらやっていけなかったと思います」

「わたしもはじめのうちはそれを、この人はなんて純粋なんだろうって錯覚したんです。ほんとはただ、世のなかからずれていただけだったんですけど、そのときは気がつかなくて」

「純粋だったことはたしかです」

「でもそれ、そんなに褒められることですか」

「え？」

「わたしにしてみたら、なにもむかしのことなんか打ち明けてくれなくてもよかったんです。もともとわたしには関係ないことですから。それよりこれからのことを、もっと考えてもらいたかった。それなのに、それじゃ気がすまないって。なにもいまになって、わざわざつかまるようなことをすることはないと思うんです。ただ自分勝手なだけじゃないですか。人の気持ちが全然わかってない。全部独りよがり」

幸江はなじるような口調でいった。抑えた怒りの色が浮かんでいた。

「いけないことかもしれませんけど、むかしのことを打ち明けられたとき、わたしは逃げてくれといったんです。あと一年たらずで時効になるんだったら、逃げきるべきだと。でないと、これまでの十四年間がむだになるじゃありませんか。籍を入れる、入れないの問題なんかどうでもよかったんです」

「あなたの立場からすれば当然でしょう」

「そりゃたしかに、したことはわるいかもしれません。しかしこれまで、その罪を背負って生きてきたんです。十四年間身をつつしんで、ひっそりと、すこしは人のお役にたつこともしながら、きれいに生きてきた。それで罪滅ぼしはしたことになるんじゃありませんか、とわたしはいったんですけど」

「そのときはもう、あといくらも生きられないとわかっていたんですね」

「いまはそう思います。でもそれだって、自分ひとりいい子になりたいだけじゃないですか。本人ひとり悦にいって、納得できればいいだけ。まわりは大迷惑。わたしの場合はいくらかお金をもらってましたから、これくらいの後始末は押しつけられてもしかたがないところもありますけど、気分としては大赤字です。すみません。つまらない、みっともない愚痴ばかりこぼして恥ずかしいんですけど」

「男はほんとは弱虫なんです。強がりばかりいってるくせに、それだって虚勢でしてね。いざとなったら女性よりはるかに意気地がありません」

「でもそれを認める男の人って、長渕さんぐらいじゃないですか。めったにいませんよ」

口許《くちもと》をくずしながら幸江はいった。いかにも飲み屋のおかみみたいな、下世話な表情があらわになっていた。しかし思いのほか明るかった。ほっとしたというか、安堵感《あんどかん》みたいなものがにじみでていた。

「順調にいってるときは、おれが、おれがで、人のことばに傾ける耳を持たないんです。都合がわるくなったり、落ちこんだりすると、とたんに逃げるところ、隠れるところを探しはじめるんですよね。それが男の人の場合、たいていい女なんです。女にしてみたらたまったものじゃありません」

「ごもっとも。男としては一言もありません」

「あら、ついむきになって。すみません。ばかなことばかりいいまして」

最後は笑いになってしまった。

幸江はあした、遺骨を持って郷里へ帰る。

「墓地はあるんですか?」

と聞くと声をあげて笑った。

「それでしたらいくらでも。裏の山が全部墓地なんです」

長渕は席を立ち、香典を包んでさしだした。幸江はあわてて、そんなつもりできたんじゃないと拒絶した。ただの線香代だから、となんとかなだめて受けとらせたが、その代わり、交換条件をのまされた。まえに断ったビレッジの預金通帳をあずけられてしまったのだ。

ばば抜きみたいなものだった。最後のばばをつかまされた。

2

臼井俊之とは、週が明けた火曜日の夜に会った。場所は新宿のふぐ料理屋。前回は長渕が馳走《ちそう》になったから、今回はその返礼ということにしてきてもらった。

「いやあ、連絡が遅れてすまん。この際だからと思って、日曜日いっぱい骨休めをしていたんだ。自分へのご褒美《ほうび》ってやつさ。会社を替わってから、ただの一日も休んでなかったんだ」

前回会ったときより闊達《かったつ》で、たくましくなっていた。陰気なところがなくなり、すっかり明るくなっていた。貫禄《かんろく》もついてきたが、そのかわりというか下腹もでてきた。

「順調みたいだな。会社に電話をしたとき、でてきた社員の受け答えがまえと全然ちがうから、あれ、と思ったんだ。のびる会社ってのは、電話しただけでわかるんだよ」

「そうかい。そういってもらえるとうれしいな」

臼井は素直によろこんだ。

なにはともあれ乾杯した。臼井は能弁だった。サラリーマン風にいえば、すべてにアクティブというやつだ。

「おかげさんで、半年でフランチャイズ店までできようとは思いもしなかったよ。佐渡なんだけどな。あんがい地方から手をひろげて、中央へ攻めのぼるのが正解じゃないか、と気づかせてくれた点では記念すべき一号店になるかもしれん」

「佐渡？　佐渡へいってたのか」

「ああ。それも瓢簞《ひょうたん》から駒《こま》みたいな話でさ。佐渡出身の社員がいたんだ。それが家のつごうで田舎へ帰らなきゃならなくなった。その男が、年寄りの多いところだから、こっちで商売をやらせてくれといいはじめたのがきっかけなんだ。やらせてみたら、これが予想を上回るすべりだし」

「そいつはよかった。じゃ先週は、ずっと佐渡にいたのか」

「そう。かれこれ三十年ぶりだったんだ。ほら、いつぞや部内旅行でいったろう。二日間、どんちゃん騒ぎして、大いに盛りあがったときさ。あ？ あのときは総務関係だけだったから、きみはいなかったんだ」

「というと、おれがまだ営業にいたころだな」

「そうそう。あのときの思い出がまだ頭に残ってたからな。今回もおなじところに泊まりたかったんだけど、それがもう、宿の名前もおぼえてないのさ。仕方がないから海のそばにある温泉にいって、二日間、なんにもしないで海をぼけっとながめていた。荒海や佐渡に横たふ天の河。ああ、いずこへ去りにし、わが青春よ、というわけさ。あのころがいちばんよかった、という痛みだけがほんものだ」

臼井はそういって目を細めた。柄にもないことばだという気がするが、あのころの臼井だったらそうだったかもしれない。

当時は部単位でよく慰安旅行をした。下積みの苦しさや憂《う》さがいつもたまりにたまっていたから、ときどき思いっきり発散させないとやりきれなかったのだ。

男しかいなかった営業は、その旅行までが破れかぶれだった。行き先はたいてい熱海か箱根の近場、宿に着いたらあとはひたすら飲んだり博打《ばくち》を打ったりで終わっていた。総務と一緒に旅行した記憶はない。営業は女性たちに毛嫌いされていたからチームに入れてもらえなかったのだ。明子はその総務にいた。佐渡の話はそれ以上深入りしなかった。聞けば腹のうちを見すかされるような気がするからだ。

しばらくは近況のやりとりをしながら、飲んだり食ったりしていた。臼井の飲むこと、食うこと。別人のようだ。

長渕の頭のなかで計算ちがいみたいなものが、だんだん大きくなりつつあった。社業が順調に推移していることで、臼井の人格が一変してしまったような気がする。豪快で緻密《ちみつ》、柔軟で硬骨、いかにも経営者といった風格を漂わせはじめている。

「変わったなあ」

正直にいった。

「なにが?」

「おまえさんだよ。貫禄と自信がついて、見ちがえるようだ。仕事の成功が、ここまで人間を変えるとは思わなかった」

「ありがとよ。正直いうとな。このごろやっと、きみに対する劣等感が振りきれたような気がするんだ」

「そこまでいうか」

「ああ、いわせてもらう。これまで、なにをやっても歯が立たなかったからな。悔しかったがどうにもならなかった。思えば長い道のりだったよ。本社であのまま飼い殺しになっていたら、いまでもまったく変わってなかったと思う」

「それはよかった。それならかえって、おれのほうも話がしやすい。せっかくの神経を逆なでするかもしれんが、いろいろ聞きたいことがあったから、きょうはきてもらったんだ。いろいろ調べてみたけど、これ以上らちがあかなくなった。こうなったらもう、あとはおまえさんに直接当たるしかないと思って」

「ほほう、なんだ?」

「はじめにいっとく。これは単におれが事実を知りたいということであって、それでどうこうしようというつもりは毛頭ないんだ。あくまでもきょう、ここだけの話ということにして終わらせる。だからそちらもそのつもりで答えてくれ」

長渕はそういうとグラスを置いた。

「先週萩尾に会った。親戚《しんせき》の不幸で、オーストラリアから帰ってきたんだ」

臼井は黙ってうなずいた。

「はじめはなんだかんだいって、逃げ回っていた。そいつを追いかけまわし、やっとつかまえた。あとは力ずくで、強引に吐かせた。五十で引退して、ケアンズ暮らしをするようになった一部始終をだ」

「なんだ、幸一のことか?」

「そうだ」

「だったらやつを追いかけまわすことなんかなかった。おれに聞いたら教えてやったよ。あいつが上司にとりいるため、女をとりもっていたのはいまにはじまったことじゃない。妹でよかったら抱いてみませんか、というようなやつだぜ」

「抱いたのか?」

「妹か? ああ、一回だけどな」

「じゃやつのいったことは事実だったんだな」

「幸一のことだったら、ほかにもまだ、本社へ呼びもどされる理由がいくつかあったんだ。萩尾にはジャカルタへの転勤辞令がでた。あいつはそれを拒否したんだ。そして不当労働行為で訴える、とかなんとか騒ぎはじめた。あとはどうなったか、幸一とのじか談判できまったみたいだから詳細は知らん」

「このまえおれに、幸一のお守り役で中国にいってたことをなぜいわなかった?」

「いわなかったか? いったつもりだったが」

「いってねえよ。隠したんだ。おれに知られたくなかったんだろう。札幌でばったり出会ったとき、連れがいたよな。あの男が中国人で、なんのために日本を訪れていたか、いろいろ調べてみたんだ。先週はそれで、静岡の長岡製作所という農機具屋へいってきた。土壌の蒸気殺菌装置を製作している会社だよ。劉興国はその会社も視察していた。見てこいと指示した人間がいるんだ」

「いけないのか」

「オフィスワークを専門にしてる人間が、なぜいちいち現場へ足を運んだり、そういう情報を集めたりしなきゃならんのだ。まえに一度、幕張の食品加工技術フェアで顔を合わせたことがあるよな。S食品の専務に呼びとめられているところを見られた。おれが会社を辞めようとすると、S食品に引き抜かれるという噂《うわさ》が社内にながれたばかりか、S食品におれを中傷する怪文書まで送りつけられた」

「そういえばそんなことがあったな」

「おれはどのみち辞めるつもりだったから、そんなのはどうでもよかった。ところがおれの部下までがその騒ぎに巻きこまれ、なかにはずいぶん割を食って窓際《まどぎわ》へ追いやられたやつもいた。社内でのそういう騒ぎを、おれはこないだまでまったく知らなかった。迂闊《うかつ》といえば迂闊だった。そういう部下にもうしわけなくってな。そういう策謀をしたやつの面《つら》の皮を、ひん剝《む》いてやらなきゃ気がすまんと思った」

「話の中身をすり替えてるじゃないか。おまえはいま、中国人の話をしてたんだぞ」

「わかった。中国人、劉興国の話にもどす。いったいおまえは、なぜそこまでやつに肩入れしなきゃならんのだ」

「おまえらしくもないせりふじゃないか。将来のことを考えたら、いまがいちばん大事な時期だぞ」

「それは日栄にとってか、丹東にとってか」

「両方だよ。例の農薬騒動で、中国野菜に対する信頼は根底から揺らいでる。それだって、もとはといえばおれたちがわるいんじゃない。そいつを推進してきたおまえなんか特A級の戦犯じゃないか」

「おれに振ったからって、そっちのしたことが許されるわけじゃないぞ」

「農薬や合成保存料が問題になるはるか以前から、中国産干しシイタケはもどしてからも腐らないことを業界のだれもが知っていたんだ。なにが使われているか、おおよそ見当はついていながら、だれもが口をつぐんで知らん顔をしていた。問題が起こるまでは、寝た子を起こし、よけいな出費になるようなことはしないでおこうというわけだ。そもそも幸一にそういう教育をしたのはおまえだろうが」

「そりゃおれが戦犯でないとはいわん」

「いまになってみると、おまえくらい幸運な人間もいなかったよな。採算と効率だけを考え、したい放題のことをして、それが許された時代だったんだから。安全性なんてのは考慮の外。それがいまや安全第一、環境第二というご時世だ。そいつ抜きじゃ商売ができんようになっちまった。だとすれば、農薬を使わんでも土壌殺菌ができる方法など、率先して取り入れるべきだと思わんか。人件費が安い中国だからこそ、最大の効果が発揮できる農法になるはずだ」

「中国の知り合いに手をまわして、劉興国という男の身元を調べてもらった。目の玉が飛びでるほど金をふんだくられたけどな。やつはほんの五年まえまで、上海《シャンハイ》の日系企業に勤める一介のサラリーマンにすぎなかった」

「そういう男だからこそ日本人の強みも弱みもよくわかるんだ。日本人相手の商売をさせるのに、これほどうってつけの人材はいなかった」

「問題はそんな男が、三十になるやならずで、なぜいきなり日中合弁会社のトップにのしあがれたかだ。よほど強烈なコネか、政治力がなきゃできない」

「やつには両方あった」

「ちがうだろう。劉の父親が上海の放射線照射センターの責任者だった」

臼井のことばが途切れた。動揺したのではなかった。むしろ目を細めて、にやっと笑った。

「そうか。そこまで調べたか」

「ここまでは状況証拠だ。これから先は、現物がなんにもない。すべて当て推量になる。

否定されてもそれ以上踏みこめる材料を持ってない」

「かまわんからしゃべってみろ」

「おれはおまえが、幸一をけしかけたと思っている。そして今度はそれを、脅迫の材料に使った。萩尾も多分一枚噛《か》んでいたんだろう。しかしやつはばかだから、金をもらったらよろこんで引きさがった。しかしおまえはちがう。自分の意のままになる会社を興《おこ》して、あらたなビジネスをはじめた」

「ほほう。おれがなにをやった?」

「食品の放射線照射」

場合によったらつかみ合いになることも覚悟していた。しかし意外なくらい興奮しなかった。むしろふたりとも醒《さ》めていた。挑発しながらも冷静だった。まるで自分とは関係ない他人事《ひとごと》みたいな話し方をしていた。お互いまでは日栄の禄《ろく》を食《は》んでいないことと、関係がありそうだった。平たくいえば、日栄がどうなろうと、もう知ったことじゃないというわけだ。

「なるほどね」

臼井がうそぶくようにいった。

「否定するのか?」

「いいからつづけてみろ。こうなった以上、おれも逃げたり隠れたりしねえ」

そういうとグラスに銚子《ちょうし》の酒をどぼどぼとあけ、一気にあおった。頭がふらついていた。長渕もおなじ。ふたりとも飲むピッチは落ちていなかった。いまでは手酌であおっていた。

「じゃいおう。おまえは幸一と一緒に上海へ赴任した。しかしもどってきたのは幸一が先で、おまえのほうは半年遅れた。事後処理ということだったらしいが、その間に丹東蔬菜《そさい》が設立され、下請企業としては異例の、最恵国待遇をうけてのスタート態勢がととのえられた」

「それから……」

「丹東蔬菜が現実に稼動《かどう》しはじめると、はじめてつくったブロッコリーを日栄はいきなり輸入した。まるっきり注文生産だ。それまで日栄と丹東との間には、いかなる政治的つながりも関連もなかった。劉のおやじの出身地が丹東だった、という以外はな。会社ができたあと、劉のおやじは照射センターをやめ、いつの間にか丹東蔬菜の社外重役に納まっていた」

「なるほど。そいつも状況証拠だ」

「残念ながら、おれが調べられたのはここまでだ。おまえたちの間にむすばれた密約の内容までは、知る立場にない。ただわからんのは、いくら息子の尻拭《しりぬぐ》いとはいえ、会長がよくそういう条件を呑《の》んだということよ」

「ばかやろう」

臼井が毒づいた。完全な嘲《あざけ》りだった。

「会長が知るわけないだろうが。知ってりゃ、いまごろ簀巻《すま》きにされ、とっくに日本海へ放りこまれてらあ」

「やっぱりそうか」

「幸一はそのまえにも女と一緒のとき、公安に踏みこまれてるんだ。萩尾の差し金よ。しかしそんなのはいくらでももみ消せる。第一そんなことは会長が気にするわけもねえ。女がらみのスキャンダルは男の勲章だとうそぶいてる人だからよ。へその下と仕事とは関係ねえと、とことん叩《たた》きこまれたくらいだ」

「そういえば、日栄には女で仕事をしくじったやつなんかいねえ」

「幸一が手っとり早い実績をあげたくて、あせっていたのは事実なんだ。かわいそうに、おやじの前じゃコンプレックスの塊だ。機会があったら見返してやろうと、鵜《う》の目鷹《たか》の目で物色していた。食品照射の話を持ちだしたら、簡単に身を乗りだしてきた」

「ネコにかつぶしだ」

「安全性に問題があるとか、遺伝子を傷つけるとか、ぎゃあぎゃあほざいてる連中がいる一方で、現実にはいま世界じゅうで、食品への放射線照射があたりまえにおこなわれている。そいつを頭から否定して、議論したり実験したりすることすら許さない空気をつくりだしてるのは日本だけだ」

「そんなことは知ってるさ。おれだって国際食品照射諮問グループのレポートには欠かさず目を通していた」

食品への放射線の照射問題についていうと、日本はいかなる国際会議にも参加していなかった。北海道にジャガイモの発芽抑制をするための放射線照射施設をひとつ持っているきりだ。その施設をつくったのは、世界でもいちばん早いほうだったのである。ところが不安や安全性への危惧《きぐ》をいい立てる勢力に世論が完全なまでに席巻《せっけん》されてしまい、いまではまともな議論さえされなくなっている。

放射線に対するアレルギー反応がそれだけ強いのだ。現在では、実験やデータづくりのための基礎研究すらなされていない。世間の袋叩きにあうのがこわいからである。

「このままだと、外国にますます遅れをとるのはまちがいない。安全性が確認されてからでは遅いんだ。ゴーサインがでたとき、即座に対応できるだけの資料なりデータなりを持ってないと、すぐに間に合う成果は得られない。だからせめて、データづくりとしての基礎研究、たとえば貯蔵期間の延長や熟度の調整、殺菌や害虫の不妊化等の実験くらい、極秘裏にすすめておいたらどうですか、といったんだ」

「悪魔のささやきだ」

「そいつには生体実験もふくまれる」

「実際に市場へだしたのか？」

「日本じゃねえよ」

ややあわてたところを見ると、口をにごした気がする。

「しようがねえだろうが。放射能と放射線の区別もつかなきゃ、被爆と被曝《ひばく》のちがいすらわからねえばかな国民と、その不安につけこむことを良心と錯覚してるあほうがのさばってる国なんだから。食品に対する放射線の照射実験を、こっそりやってたことがばれてみろ。日本じゅうから袋叩きにあって、日栄くらいの会社なら簡単につぶれてらあ」

「たしかに脅迫の材料としては絶好のネタだ」

「脅迫なんていってもらいたくねえな。単なるバーターだ。動機に不純なものはあったかもしれんが、丹東がいま提供している野菜は、中国野菜のなかじゃもっとも安全、かつ質の高いものだ。すでにいくつかの分野では国産野菜を凌駕《りょうが》している」

「その結果として彼らは富み、なおかつおまえには半永久的なマージンが入ってくるというわけだ」

「指導料だよ。おれだって必死に勉強し、目一杯働いたんだ。デスクワークの情報集めだけやってたわけじゃねえ」

「しかし、いったい動機はなんなのだ。金のためか、復讐《ふくしゅう》のためか？」

わずかだが臼井は動揺した。それからもっとふてぶてしい顔になった。

「金のためにきまってるだろうが。おめえみたいにおやじの遺産が当てにできる身じゃないんだ。老後のそなえはいくらあったって多すぎやしねえ」

「だったらこの先、幸一に足元をすくわれないよう気をつけるんだな。あいつは女々しい男だが、その代わりおやじ以上に執念深いぞ」

「それくらいの手は打ってあるよ。逃がすもんか。一生しゃぶってやるんだ。それにいまじゃ、丹東は日栄にとって必要不可欠な会社になりつつある」

「ひとつ妙なことを教えといてやる。人事部にいた向井が、今度幸一のセクションへ引っぱられた。偶然だとは思うけどな。あいつがおまえの地雷にならんよう気をつけたほうがいいぞ」

「地雷?」

「今回おまえのことを調べるため、向井に協力してもらった。彼女、おまえにいいように遊ばれたことを、深く根に持っている。社内の女には手をださんことだ」

「よくいうよ。それこそおめえにだけは、そんなことなんかいわれたくねえってやつだぜ。バンコクでバイトの女の子に手をつけて囲ってたのはだれなんだ。海南島にいたときだって、身ぎれいだったとはいわせないぞ」

愕然《がくぜん》としたというほどではないが、一瞬顔がこわばったのは事実だ。そんなことまで臼井に知られていようとは思ってもみなかった。

「そうか。おまえはそんなところにまで網を張りめぐらしていたのか」

「ばかやろう。それほどのタマかよ。社員連中はみんな知ってたそうじゃないか。自分ひとりばれてなかったつもりかよ。だいたいおめえには、そういうおめでたいところがむかしからあった」

「おまえ、まさかおれの女房に、よけいな告げ口をしやしなかっただろうな」

「いわねえよ。だいたい女なんて、そんな幻想を持つほどのものか。女なんてのはな、いつでも現実の、身の回りのものしか眼に入らない動物なんだ。男がいまここにないものしか見ねえ動物だとしたら、女はいまここにあるものしか見ねえ生きものよ。本能的に見ないんだ。結婚まえとあととじゃ、まるっきりちがう生きものだと思ったほうがいい」

「それがおまえの女哲学か」

「世俗の知恵でござんすよ。二回結婚して、いまでもちがう女と暮らしてる男のよ。情けないことに、一緒に暮らしはじめた途端、別れたくなってしようがなくなるんだ。しょっぱなの女につまずいたからそうなった、と長いこと思っていたが、どうやらちがう。たとえ理想の女と結婚していても、おなじことだったろうと思うよ。男はしょせん現実のなかでは生きられない動物なんだ」

竜頭蛇尾というほどではなかったが、話がちがう方向にいってしまったのはたしかだった。どうせ臼井はしらばっくれるだろうから、最後は水掛け論の罵《のの》りあいとなって、喧嘩《けんか》別れになるだろうと思っていたのだ。

ところが臼井は全然否定しなかった。終わってみたら、仮面がはがれたのは臼井ばかりではなかった。長渕だって似たようなもの、おなじ穴の貉《むじな》だったというわけだ。酔眼朦朧《すいがんもうろう》とした臼井が上体を揺らしながらいみじくもいった。

「なあ長渕。おれたちのやってきたことってえのは、いったいなんだったんだ。こういうことが世の中の進歩だったのかよ。それで、だれが、どんな得をしたというんでえ」

「おれたちがなにをしたよ。なんにもしてやしねえじゃないか。そもそも問題になるほどのことか。人間のできることなんて、たかがしれてるんだ」

「おれなんか、ひたすらにはめてきただけだ。はめはめつづけて三十年。これからあと何年はめられるか。おまんこだけが人生だ」

話がとぐろを巻きはじめ、おなじことを何度も何度も口走りはじめた。十一時すぎ、最後はとうとう店から追いだされた。

「おい、臼井」

別れぎわに呼びとめて長渕はいった。

「おまえ、明子と寝たのか?」

すると臼井が形相を変えてにらみつけた。ふらついていたからだがきっとなった。ばかやろう、と臼井は毒づいた。げすやろう、と再度毒づき、それからふらふらと人ごみのなかへ消えていった。

3

眠れなかった。したたかに酔っていたから惰眠できると思っていたのに、つぎからつぎへといろんなものがよぎってはとめどがなかった。イメージの洪水だ。ひょっとすると夢を見ていたのかもしれない。眠れない夢を。なにもかもが自分のせいだった。白波が砕けて泡が飛んでいた。海鳴りがとどろき、風が荒れ、かなたに島影がかすんでいた。

「あれが佐渡よ」

と少女がいった。

「なぜ佐渡なんだ」

とたずねた。

「いいじゃない。佐渡だから佐渡よ」

そういって少女は歌を口ずさみはじめた。

海は荒海　向うは佐渡よ
すずめ啼《な》け啼け　もう日はくれた
みんな呼べ呼べ　お星さま出たぞ

突然気がついた。いつもの少女だとばかり思っていたのがちがっていた。見たこともない女だった。


「きみはだれだ？」

「知ってるくせに」

ずるそうな顔をして女は答えた。

「知らないぞ。そんな顔は見たことがない」

すると女はそっぽを向いた。いやらしいふくみ笑いをした。

「これでも知らない？」

と向き直った。

その瞬間、目がさめた。

胸が締めつけられていた。動悸《どうき》が速かった。寝汗をかいていた。

からだが金縛り状態になっていた。天井を見ながら呪《のろ》いがとけるのを待った。動悸が治まるのを待った。夢をもう一度思いかえしていた。

はじめの少女はたしか明子だった。その顔がだんだんぼやけてきて、見分けられなくなった。そして向き直ったときはパイリンの顔になっていた。

タイ北部、ラオスとミャンマーとの国境に近いチェンライからきたパイリン。バンコクには十八歳のときやってきた。父親は国境で貿易商をやっていて、といっても実体はただの露天商だが、ひところは景気がよかったそうだ。それでパイリンもバンコクへきて、はじめは日本語学校に通った。一年のちには三歳年下の弟がやってきて、工業高校に入学した。

父親が欲をかきすぎて詐欺《さぎ》に遭い、事業に失敗、仕送りが途絶えてしまったのはパイリンが二十歳のときだ。どこか働けるところはありませんか、と人を介して相談にきたから、とりあえず事務所の電話番として使ってやった。日本語が話せるから重宝だったのだ。

サムット・プラカンにあった日栄の事業所が漁労部を閉鎖してからは、シーロム通りにあった漁業組合に事務員の口を見つけてやった。性格がよかったから風俗や水商売の仕事はさせたくなかった。

飲みこみが早くて仕事も堅実、神経も細やかで、感覚的にも日本人に近いところがあった。パイリンというのはタイ人が日常的に使っている通称、いわゆるニックネームで、サファイアという意味だった。のんびりやの多いタイ人のなかで宝石のような輝きを放っていたことはたしかだ。

はじめからそういうつもりではなかった。パイリンのほうが、給料だけでは弟の学資をまかなえなかったということだ。

女がないと夜も眠れないほどではなかったが、長渕は適当な発散をすることに抵抗をおぼえる男でもなかった。単身赴任してきた当初から、週に一回は必ず抜いて、すっきりした気分で翌日の仕事に向かったものだ。わずかな金で女が抱けるタイは、そういう意味では男の天国だった。

要するに生理の問題にすぎなかった。女の生理が受精なら、男の生理は射精なのである。メカニズムが根底からちがう。

したがって明子をバンコクに呼びよせてからも、けっしてゼロになったわけではなかった。ばれなければよいのだ。家庭の平和さえ乱さなければ許される。そういう家庭で育っているのだ。

子供の目から見てべつにわるい父親ではなかった。ときどきなにかやっていたが、母親にはいつもやさしかった。そのやさしさが外での発散の見返りでもあることを、長渕と兄の文彦は知っていた。母や姉たちに知られなかったのは、男ふたりの暗黙の了解と庇護《ひご》があったからである。

パイリンを囲いはじめたのは、明子が妊娠してセックスから腰が引けはじめたころと時期が一致する。仕事もべらぼうに忙しく、明るいうちに帰れることはまずなかったから、適当に憂《う》さを晴らさないとからだが腐ってしまいそうだった。

まさかそれを周囲に気取《けど》られていたとは思いもしなかった。自分から吹聴《ふいちょう》したおぼえはないのである。表面的にはあくまでも口をつぐみ、知らん顔をしていた。

だいたい週に一回ぐらい、帰途、パイリンのアパートによって数時間をすごした。泊まったことは一度もない。性欲の処理だけといえば身勝手すぎるかもしれないが、発散が第一で溺《おぼ》れてはいなかった。

ちなみに明子が流産したのちは次第に足が遠のき、一年後に解消した。パイリンは日本人経営のクラブで働くようになり、店いちばんの売れっ子になった。その店にはその後何回か足を運んでいるが、以後のパイリンを抱いたことはない。

あの夜は二回抱いた。七か月をすぎて明子が受けつけなくなっていたし、忙しくてパイリンのところへも半月あまり顔をだしていなかった。それで一回きりではものたりなかったのだ。

しかし二回目のあと、さすがに疲れてしまい、そのまままどろんでしまった。目がさめたのは夜中の十二時。あわてて家へ帰り、異変が起きているのを知ったのだった。

さすがにこのときのミスだけは自分を許せなかった。明子を裏切って、ほかの女に心を奪われていたのとはちがうからだ。明子以上の女にはまだ出会っていなかったし、それほどの女がいるとも思わなかった。結婚してのちも惚《ほ》れていたのだ。その惚れた女に取りかえしのつかない打撃を与えてしまった。取り返しのつかない人生最大のミスだった。

言いわけはしたくない。自分では性衝動を制御しているつもりだったのだ。うまくコントロールしているつもりだった。というのがそもそも思いあがりだったかもしれない。性衝動に操られていた自分を、あとからこじつけて正当化していただけなのだ。

なぜか宮内幸江の最後のことばが甦《よみがえ》ってきた。都合がわるくなると、とたんに逃げ場を探しはじめるのが男なんです。それがたいていの場合女。女にしてみたらたまったものじゃありません。

ぐうの音《ね》もでなかった。

まったくもって男ってやつは、いい格好しいの、見栄《みえ》っ張りの、虚勢家の、中味なんにもなしの、さかりのついた犬にすぎない。臼井がいみじくもいったとおり、しょせんはめることしか頭にないオスなのだ。それが自分の口から平気でいえるだけ、臼井のほうがまだしも正直な人間だった。

翌日、思いたって新宿へでかけた。大きな店でないと手に入らないだろうと思ったからだが、アメリカ映画「卒業」のＤＶＤは思いのほか簡単に手に入った。

その晩ＤＶＤプレイヤーにかけて見た。

じつをいうとこの映画は見ていなかった。ヒットしたことはよくおぼえているし、ダスティン・ホフマンの映画デビュー作であることも知っている。ただ中味が中味なので、生意気盛りだった当時の長渕としてはとても見る気になれなかった。

それでなくともこの映画のラストシーンは、いろんなところで見せつけられている。キャサリン・ロスの結婚式に駆けこんだダスティン・ホフマンが「エレーヌ！」と呼びかけるところ。手に手をとってふたりが教会から逃げだすところ。ともにさわり中のさわりとして、いたるところで取りあげられた。

その映画をはじめて通して見た。あほらしいとしかいいようのないつまらん映画だった。ラストシーンなど、まさに映画のための御都合主義的結末にすぎず、宴が果てたあとのふたりの行く末を考えると、興ざめもいいところだ。

要は当時中学生だった明子が、あの花嫁姿に将来の自分を重ね合わせて見ていたということだろう。

結局なんにも得ることがなかった。

夜遅く、久しぶりにパソコンのスイッチを入れた。インターネットも、メールも、積極的に使いこなしているとはいえなかった。仕事上のツールにすぎなかったから、仕事から切り離されてしまうと意義がなくなってしまったのだ。

ときどきメールをのぞいて見ることはあるが、それは送りつけられてくる広告やプロバイダからの通知を削除するためで、本心をいえばウイルスにでも侵されて使用不能になってくれたらいっそ清々《せいせい》すると思っていた。

こみいったことは知らない。調べものをするときはＧｏｏｇｌｅを呼びだし、単語を入力して検索してみるだけだ。ただあのときは、初期設定をすることができなかったから金沢には持っていかなかった。

「砂山」「北原白秋」とことばをならべ、検索してみた。すると簡単に歌詞がでてきた。

くれりゃすなやま
しおなりばかり
すずめちりぢり
またかぜあれる
みんなちりぢり
もうだれもみえぬ

これが二番の歌詞だった。

あれは明子がホスピス入りして三週間ぐらいたってからのことだったと思う。一進一退の状態になりはじめ、会話や気分のいいときが少なくなりかけていたときのことだった。

明子にせがまれて『星の王子さま』を朗読してやっていた。似たようなことはときどきしていた。CDを聞かせてやったり、本を読んでやったり、自分の子どものころの思い出話をしたり。聞く、聞かないはこの際どうでもよかった。すこしでも気がまぎれることであれば、役に立ってやりたかったのである。

朗読しはじめてすぐ、明子は目を閉じて反応しなくなった。呼吸が小さく、規則的になったので眠ったかなと思っていると、いきなりふっという声がして目を開いた。みるとかすかに笑っていた。

「変なの？」

ひとりごとみたいにつぶやいた。

「どうした？」

「思いだしたの」

「なにを？」

「二番」

それで歌詞のことだと気がついた。

明子は目を閉じた。どうやら頭のなかで反復していたらしい。また目を開けた。

「三番までつながった」

うれしそうな顔をした。口ずさむか、と見ていたがそこまではやらなかった。満足そうにしばらく目を細めていた。

ただし、以後は口にしたことがない。長渕のほうも話を蒸しかえすことはしなかった。頭のなかで三番までうたえた以上、それをよろこんでやるだけである。

いまその歌詞を見ながら、長渕はひとりでうたってみた。

さびしくて、つらかった。

4

食べたものをもどしはじめて、三日目だった。

その日は朝、すりおろしたリンゴしか食べなかったのにこれも吐いた。

明子は布団《ふとん》に横たわり、動かなくなった。目を閉じてはいなかった。横臥《おうが》した姿勢で庭を見ていた。その希望を入れ、縁側のガラス戸を二枚開け放していた。外気は三、四度くらいか。そのぶんストーブの火勢をつよくした。

朝から雲の垂れこめた、暗い日だった。いまにも雪が降ってきそうだった。そういえばことしは、まだ雪が降っていなかった。

庭と畑の境に沿って数本の庭木がある。といっても緑があるのは松とヒイラギしかなく、眺めというほどのものはない。ほかには紅梅が一本。きのう懸命になって探してみたが、つぼみのかけらも見つからなかった。

むこうにひろがっている畑は冬枯れの黄土。その一部は大根畑になっていた。大根おろしを気持ちがいいといって、全部食べたのがつい一週間まえのことだ。

電線に鴉《からす》が三羽とまっていた。多いときは十羽以上になる。

雲が動いていた。

明子は動かなかった。

後にすわってうなじと背中を見つめていた。

わずかに肩が上下していた。後れ毛。桃色の耳たぶ。

ストーブが燃えている。

外から聞こえてくる海鳴りのような音。風のうなり。

明子が深呼吸をした。

「ホスピスに電話してくれる?」

いつもと変わらぬ声でいった。

「それから、お風呂《ふろ》に入りたい」

わかった、と答えて長渕はすぐ立ちあがった。

浴槽は洗ってあった。蛇口をひねって湯を入れ、その間にホスピスへ電話をした。

すでにきのうの段階で打ち合わせは終わっていた。あとは明子をつれていくだけになっている。

迎えの車をどうしましょうか、と聞かれた。ぼくが車で連れていきます、と長渕は答えた。

からだを洗える体力までは残っていないはずだ。しかし明子は長渕の介護をきっぱりと断った。

「ひとりで入りたいの」

扉を開けておくという条件で同意した。

バスタオルとガウン、あたらしい下着を用意して外に置いた。

明子が入浴している間に病院へいく支度をした。実際はとっくにできていたのだが、目でもう一度確認したのだ。明子の見ているところではなにもしていなかった。用意をととのえて待ちうけている印象を与えたくなかったからだ。

思いのほか入浴が長引いた。心配してのぞきにゆくと、あきれたことに髪を洗っていた。

「おい、だいじょうぶか」

「かたちだけよ。汗の匂《にお》いを取りたいの」

しかしやはり体力を消耗した。

あがってきたあと、しばらく横になっていなければならなかった。長渕が後にまわり、ドライヤーで髪を乾かしてやった。

三十分ほどして起きあがった。

明子は鏡にむかい、化粧をはじめた。これもいつもより時間がかかった。

着てゆくものは、長渕がクローゼットからだしてきて明子に選ばせた。赤いブラウス。ライトブラウンのカーディガン。同色系のスカート。

「ちょっと春っぽすぎるかしら」

といったときは、ひさしぶりの外出にうきうきしているみたいな声をだした。

支度ができた。

ドレッサーの前でからだを半身にし、明子は長渕に嫣然《えんぜん》と微笑《ほほえ》んでみせた。やつれていたし、痩《や》せてもいたが、時間をかけたせいもあって、病人とは思えなかった。生色を甦らせたほほ、つややかな光沢を放っている髪、目には媚《こ》びのような色まで浮かべていた。

「きれいだよ」

「もっときれいなときだってあったでしょ」

「ごめんな。なぜそのときいってやらなかったんだろう」

「あなたって、いつも遅すぎるんだから」

明子は流し目をくれていい、赤い唇にティッシュペーパーを当てた。

靴をはかせた。

庭におりるとき手を貸してやった。

「あら、お日さま」

明子が車の前で足をとめた。

西の空の雲が切れていた。そこから金色の光が射《さ》しおりていた。黄金の柱が立っているみたいに見えた。

出発した。最後の旅立ち。帰ってくることのない道。

路地をでるなりハンドルを左にきった。坂をくだって砂丘に乗りいれたのだ。海が現れた。鉛色のひろがり。さざ波が立っている。そしてここにも、雲の切れ間から降りそそいでいる光。

「すてき」

うれしそうに明子がいった。

砂浜に乗りいれ、なぎさの近くまでいって車をとめた。

「窓を開けようか?」

というとうなずいた。窓を全開にした。ついでにエンジンもとめた。

明子がゆっくりと首を動かし、海のすべてを見わたした。そして深呼吸をした。

目を閉じた。

「いいわ」

最後に海岸へでていったのが二十日ほどまえだった。金沢に住みはじめてまる一年たっていた。越してきたときは、この地で新年が迎えられようとは思っていなかった。年を越すことが、ひとつの目標であったことはまちがいない。そしてそれが成就《じょうじゅ》したとたん、明子の体力はがたがたっと落ちてしまった。

エンジンのスイッチを入れた。走りはじめる。以後明子は病院へ着くまでずっと目を閉じていた。

あとになって考えてみると、体力を使い果たしていたことに気がつく。入浴したり、化粧したり、着替えたりして、目をあけているのも苦痛なくらい衰弱していたのだ。海を見せてやることよりも、病院へ早くつれていってやるべきだった。

明子のいうとおり。気づくのがいつも遅すぎる。

しかし明子はまだ気力を残していた。病院へ着いたあと、玄関からホスピス病棟まで、だれの手も借りずひとりで歩きとおした。

ふだんとまったく変わらない足取りだった。廊下ですれちがった人は、明子がそれほどの病人だとはだれひとり気がつかなかったはずだ。最後のパフォーマンス。檜《ひのき》舞台。観客のいない花道。道行き。だれのためでもない自分のためのお芝居。明子はそれを完《かん》壁《ぺき》に演じ終えた。

ホスピスへ入院してからも、明子はさらに四十日生存していた。二十日目くらいまでは、常人と変わらない生活をしていた。

「くるのが早すぎたかしら」

気分がいいときはそういう冗談までいった。日一日とその生命力が弱っているのは本人にも長渕にもわかっていたのに、笑うことですぎゆく時間に変化や彩《いろど》りを与えた。このときの四十日間ほど、おだやかで、ぬくもりに満ちた時間を長渕はすごしたことがない。願わくば明子もおなじ思いであってもらいたかった。

いかなる延命措置も抗ガン剤も施さなかった。痛みを和らげたり取ったりするときの薬が使われただけ。ホスピスではあとに残される家族が、どんな手段に訴えてもいいから延命させてほしいと願いたくなる気持ちが揺さぶられる。

入院中はソファベッドで寝起きし、明子に四六時中つきそっていた。姉や姪《めい》の桃子がときどき交替にきてくれ、そのときほかの用足しをしたり、家に帰って洗濯をしてきたりした。

二月に入ってすぐ、雪が降った。いかにも北陸らしい大粒のぼたん雪だった。明子にせがまれ、窓を開けて心ゆくまで見せてやった。あいにく病室が六階で、それに夜だった。地上に降り積もるところは見とどけることができなかった。

明子がアイスクリームを食べたい、といいはじめた。雪が連想させたのだろう。十一時すぎのことだった。長渕は病院を抜けだし、タクシーに乗って終夜営業のコンビニでハーゲンダッツのカップアイスを買ってきた。

明子はそれを五匙《さじ》くらい食った。半分はお義理だったような気がする。

「ごめんね。ほんとに食べたかったわけじゃないの。なんとなく、そういってみたかっただけ」

うすく笑っていった。

「かまわんさ。思いついたことはなんでもいったらいいんだ。きみにはそれくらいの権利がある」

「ほんとにそう思ってる?」

「思ってるよ。遅すぎるって、また叱《しか》られるかもしれないが」

しゃべるのがつらくなってくると、明子は長渕にしゃべってくれといいはじめた。語りかけることばを聞いていると、すこしは気がまぎれるのかもしれない。

この時期、長渕は繰りかえしいった。

「ぼくはきみにとって、けっしていい夫じゃなかった。そんなぼくを好きなようにさせてくれたきみには、どう感謝してもしすぎることはないと思っている。その恩をぼくはとうとう返してあげることができなかった。だからせめて、このつぎにまた生まれ変わってくることができたら、そのときは今世でできなかった借りを返そうと思っている。今度こそ、きみがしてもらいたがっていること、こうあれかしと願っていることを、いわれなくても察して、実行してあげられる人間になって、生まれ変わってきたい」

わたしたち、来世もまた結婚するの、と明子はいった。もちろんと長渕は答えた。すると明子はいった。このつぎはべつの人のほうがいいわ。

何度しゃべっても、また結婚してあげるとはいってくれなかった。

たしかにいい夫ではなかった。しかしこのときの四十日間だけは、生涯を通じて明子にもっとも身近な人間だったと実感できた。それはとりもなおさず必要とされていたということでもあった。昏睡《こんすい》状態に陥って意思表示すらできなくなったときでも、手を握ってやると表情がおだやかになるのを何回も見ている。

明子にとって、はじめて、なくてはならない人間になれた。自分にないものを相手から補ってもらうとはどんなことか、はじめてわかることができた。それは同時に、自分の失いかけているものがいかに代替物のない、かけがえのないものであるか、痛切に思い知らせた。長渕はただおののいた。明子がいなくなってからの人生におびえ、その空《むな》しさと味気なさに絶望した。

はじめて神というものに祈った。贖《あがな》えられるものなら自分の命を差しだしてもいいと思った。できたら自分も一緒に死んでしまいたかった。

何時間も、何日も眠りつづける明子を見つめた。

その果てにおだやかな静かな死がおとずれた。

「お別れです」

と医師にいわれたが、その瞬間はわからなかったくらい自然な死だった。握りしめている手にいつまでも体温が残りつづけていた。

5

夕方から雪がちらつきはじめた。降り積もるほどの雪ではなかったが、いっとき窓の外がけぶって見えるほど舞っていた。風がうなりつづけた。

雪の降る夜は家のなかの物音が消えてしまう。ことりとも音がしない。つらい夜になった。さびしい夜になった。うすら寒く、肌寒く、人恋しかった。

幸江から預かった預金通帳を見つめていた。なんでこんなものを、ともう一回腹を立て、気力を甦《よみがえ》らせようとしていた。しかし怒りどころか、しらけた気持ちすらわいてこなかった。火種まで消えてしまった。

テレビの天気予報で金沢が話題になっていた。兼六園の雪景色が映しだされた。きょう一日で二十センチの積雪になったそうだ。

金沢にいたとき、一回だけ三十センチをこえる積雪になったことがある。前の道路で雪玉を転がして雪だるまをつくった。明子が子どもみたいにはしゃいだ。北海道では雪だるまがつくれないのだという。本州の雪とちがって乾いた粉雪だから、固めることができないのである。雪玉そのものができないそうだ。

こしらえた雪だるまは庭にすえた。家のほうに向けてだ。家族がひとりふえた、とはじめはよろこんでいた。しかしそれは一か月たらずの寿命しかなかった。かたちがくずれてとけはじめたとき、長渕はしまったと思った。毎日見えるところに置くべきではなかったのだ。

「わたしの雪だるまがとけてゆく」

と明子も一度は悲しそうに訴えた。しかし以後はなにもいわなかった。あえて口にしなかったのかもしれない。

鬱々《うつうつ》としながら眠りについた。しかし眠れなかった。一時すぎにはあきらめて起きあがった。外を見ると、雪はやんでいた。空にはもう星がでていた。

にわかに思いついた。すると矢も盾もたまらなくなり、大急ぎで支度をはじめた。廊下にある物置からタイヤチェーンをとりだしてきた。金沢から持ち帰ったディレクターズチェアも持ってゆこう。コーヒーも沸かしてポットに入れた。

それらを持って家をでた。駐車場にいって車に積みこんだ。

午前二時をすぎていた。

長渕は金沢に向かって出発した。

朝方には金沢入りすることもできたが、大事をとって途中のサービスエリアで仮眠をとった。そしたらびっくりするぐらい寝こんでしまった。目がさめたら午前十一時だった。四時間眠ったことになる。

金沢の天候も回復していた。晴れ間がのぞき、気温もあがって、雪はあらかたとけていた。少なくとも車を走らせるぶんにはなんの支障もなかった。

市内に入って食事をとった。それから内灘《うちなだ》に向かった。

家が建ちはじめていた。

畑の一部が住宅街になりかけている。まだ更地のところまでふくめ、全部で六戸分の敷地ができていた。周囲の住宅が百坪前後の敷地を持ち、比較的ゆったりした構えになっているのに対し、あたらしい家は一戸あたり三十坪くらいの広さしかなかった。

大根畑は残っていた。カブラ畑もできている。砂の多い土壌なので、畑は全面に雪でおおわれていた。

畑越しにかつての家をのぞんだ。

静まり返っていた。

カーテンは引かれていないが、窓の内側で人の動いている気配はない。外観を見たかぎり、長渕たちが暮らしていたころとさほど変わっていなかった。庭にホースの収納器が見えるくらい。ガレージには車がなかった。

車を置いて、そこから歩いていった。

最初の角を曲がると見おぼえのある通りにでる。アマチュア無線用の鉄骨アンテナを立てている家が手前にあって、隣が赤れんがの塀をめぐらした家。そこから左に曲がると、車一台分の幅しかないアスファルト敷きの私道となる。もとは畑にゆくための道だったと聞いている。

だれも通らないから雪がたっぷり残っていた。路肩はまったくの手つかず。路面の中央部はとけて、まだ濡《ぬ》れている。日の当たっているところからうっすらと水蒸気が立ちのぼっていた。

中山という表札がでていた。

タイル張りの門柱と両脇《わき》の化粧塀。といっても塀の長さは二メートルぐらいしかなく、あとはベニカナメモチの生垣になる。郵便受けは塀につくりつけ。門扉《もんぴ》は蛇腹式のスチール。庭の半分くらいはコンクリート敷きのガレージだが、そこにはフラワーポットが並べてあった。どうやら車は持っていないようだ。

いかなる人物が住んでいるか、それをうかがわせるものはなかった。片づけられている植木鉢と古びたじょうろ。フラワーポットの草花は枯れていた。気のせいか寂寞感《せきばくかん》のようなものが漂っていた。

もどりかけたとき、それを見つけた。

左の生垣の内側に緑色のものが落ちていたのだ。雪がまだ残っているが、それは露出した土のなかに埋まっていた。土を割って伸びてきた若芽みたいに緑がほんのすこしのぞいていた。

おもちゃのアヒルだった。

こんなところに落ちていたのか。

大きさにして三センチぐらいのプラスチック製品だった。なかは空洞。本体は緑。目と尻尾《しっぽ》が黒で、くちばしが赤。素朴というより稚拙というしかない代物《しろもの》で、多分東南アジアのどこかでつくられたものだろう。それもおまけとか、なにかの部分、あるいはセットになったもののひとつではないかと思われる。なんの変哲もないただのアヒルだ。なぎさに打ちあげられていたのを明子が見つけて拾った。さしてかわいくはなかったが、表情がとぼけて、それが明子のお気に召した。

家に持って帰り、以来テレビの上の置物のひとつになっていた。「ネコの腕立て伏せ」と明子が見立てた木片のオブジェとか、エメラルドには及びもつかない緑色のガラス玉とか、なぎさで拾った漂流物のコレクションはその後も何点かふえた。しかし明子がいちばん気に入っていたのはこのアヒルだった。

だからお棺に入れてやろうと思った。

ところが遺体を安置するため居間を片づけたり、大勢が出入りしたりしたためか、どこかに紛れこんで肝心のとき見つけることができなかった。まわりのだれも、そんなものがあったことすらおぼえていなかった。

それが、こんなところにあった。

長渕は前の側溝に足を踏み入れ、植えこみの下に手をのばしてアヒルを拾いあげた。ベニカナメモチのしずくを頭から浴びたが、さいわい手は届いた。

アヒルの土をはらいながら道をもどった。

れんが塀の角を曲がって女性がひとり小路へ入ってきた。中山家の住人にほかならない。あぶないところだった。ほんの一秒くらいの差だった。

女性は長渕を見て一瞬けげんそうな顔をした。しかしすぐなにごともなかった顔にもどり、こちらへやってきた。ややくたびれていたが端整な顔立ちをしていた。頭髪は白い。買い物帰りのビニール袋を手にさげていた。

軽く会釈《えしやく》をしてすれちがった。

女性も会釈を返した。ほほえんでくれたような気がしたが、気のせいかもしれない。

長渕より五、六歳は年上だと見た。

車にもどり、砂丘から浜辺へおりていった。

砂浜がずたずたに踏み荒らされていた。そこらじゅう轍《わだち》だらけになっている。雪が降りつもると、雪原に見立てて車を乗り入れてこずにはおかない手合いがかならずいるものなのだ。

ほかには釣り人がひとり。置き竿《ざお》を三本立て、本人は車のなかで暖をとりながら見守っていた。いちばん横着な釣りである。

いつものところまで車をすすめた。時刻は二時を回ったところ。風はなく、気温は五、六度くらいまであがってきたかと思われる。

車の外にでて、しばらく海を見つめていた。沖で白波が立っている。一本釣り漁船が数艘《そう》。天気は下降気味。雲がでて視界が狭《せば》まりはじめており、能登は見えなかった。

車からディレクターズチェアを引っぱりだしてきて砂山にすえた。椅子《いす》はふたつ。ひとつは明子の席である。

いつも腰をおろしていたところと、寸分たがわないところ。だだっぴろくてとらえどころのない砂浜だが、海面の高さ、左手に見える防波堤の位置などから、ほぼ見当がつけられる。明子はそういうことにけっこうこだわるほうだった。

海を見ながらポットのコーヒーを飲んだ。さめてぬるかった。味はどうでもよかった。かたちなのだ。

空のかげりが早まりつつあった。沖の雲がトップスピードで押しよせてくる。風が吹きはじめ、気温がみるみるさがってきた。海と空の際《きわ》が見分けられなくなり、やがて薄墨色一色に塗りつぶされてしまった。

寒くなってきた。

チェアに腰をおろしたまま動かなかった。

かたくなに動かなかった。

アヒルを握りしめていた。

人影に気づいたのは、彼らが百メートルくらいのところまで近づいてからだった。ふたりだった。長渕とおなじ道をやってきて、左から右に前を通りぬけようとした。

男と女。

女のほうは、先ほど中山の家の前ですれちがった女性だった。すると男はその連れ合いか。男に彼女がつきそっていた。

男は右手に登山用のストックをにぎっていた。杖《つえ》をだす手、足の運び、歩き方がぎこちなかった。ぎくしゃくしているうえ、心もち右足を引きずっていた。しかし歩く速度は速く、女性がときどき小走りにならなければならなかった。

七十ぐらいの年だろう。顔の大きな男で、ほほがブルドッグみたいに垂れていた。人に親近感を与える顔ではない。それが怒ったみたいに口を閉ざし、脇目もふらず速足で歩いてくる。女性が置いていかれそうになっても、男は一顧だにしなかった。

ふたりは長渕の前を、二十メートルくらいの距離をおいて通りすぎた。女性がそれとわかる会釈を送ってきた。長渕も頭をさげた。今回の彼女ははっきりと微笑《ほほえ》んでいた。恥じているみたいでもあった。男は長渕に目もくれなかった。喉《のど》をぜいぜい鳴らしていた。三時をすぎるとひときわ暗くなってきた。先ほどのふたりはもどってこず、置き竿を立てていた釣り人もいなくなった。

ひとり取り残されていた。

西のほうからやってきた白いものがなぎささを横切っていった。距離がだいぶあったから、はじめはそれほど注意していなかった。布のようなものが風にのって流れているみたいに、ふわふわと東のほうへ飛んでいったのだ。

人が走っているようでもあった。

通りすぎてから目を凝らした。

人影だったような気がした。それも女性のような。するとあの白は衣装だったのかもしれない。ウエディングドレスみたいな純白の衣装。

ぼんやりとそれを見つめた。

つぎの瞬間はじかれたみたいに立ちあがった。

はっきりと見えたような気がした。いや、たしかに見えた。飛びさってゆこうとしている顔。女性。こちらを向いていた。

「明子！」

叫ぶなり長渕は追いかけはじめた。

走った。全力で追った。

しかし追いつけなかった。長渕が走れば走るほど、影は遠ざかった。

笑い顔が見えた。大きな目、まとまりのいい口許《くちもと》、歯がこぼれていた。

「あきこー！」

風が吹いた。

気がついたらなにもかも消えていた。

6

一両きりの気動車が、雪に降りこめられた谷の底を、音もたてず、橇《そり》みたいに走っていった。谷をわたり、川をぬい、山間を抜けて、いくつかの駅にとまった。そのたび、数人の乗客が入れ替わった。駅の周辺には、賑《にぎ》わいにほど遠い小さな家並みが散らばっていた。すべてかつての炭鉱街だった。

街の中心部に入ったという感覚がないまま、ひとつの駅にとまったかと思うと、それが終着だった。左側には道路と山しかなかったが、右側にはホテルがあった。ホテルの後にある山がスキー場になっていた。ホテルの付属物みたいな駅である。

リフトが動いていた。音楽が流れていた。人影はまばら。折り返しの列車に乗るスキー客が四、五人待っていた。駅舎は新しく、無人だ。駅前に客待ちのタクシーが三台。おりた客でタクシーを利用した人はいなかった。

底冷えがする。鼻腔《びこう》に突き刺さってくる空気のつめたさが痛い。

ホテルを予約していた。しかし目の前にあるホテルではなかった。タクシーの運転手に聞くと、もっと先だという。

それでタクシーに乗った。タイヤを数回空転させてタクシーは走りはじめた。

それにしても半端《はんぱ》な雪の量ではなかった。道路の両側にできている壁の高さが二メートルから三メートルある。アスファルトの路面がまったく見えなかった。

「福住《ふくずみ》というところは遠いかね？」

運転手にたずねた。

「ホテルのちょっと先になります」

「歩いていける？」

「下まででしたら、十分ぐらいですかね」

「上までいきたいんだ」

「上？」

「むかしの炭住の跡。福住のいちばん上だと聞いてるんだ」

「だったら春までむりです。この雪ですから」

「除雪してないんだね」

「除雪もなにも、いまじゃなんにもありませんよ」

ホテルまで三分とかからなかった。一応都市ホテルの外観をしていた。しかし車寄せもなんにもない。道端からそのまま建物がはじまっていた。

運転手がその先だと左側の山を指さした。ただの山しかない。ついでだから、そこまでいってみてくれといった。

夕張神社の鳥居はわかった。もとは学校だったと思われるコンクリート建築と体育館が残っている。明かりがともっていたからいまでも使われているのだろう。それをすぎるとなにもなくなった。

代わって、右手前方に極彩色の遊具をつらねた遊園地が現れた。巨大な観覧車が雪景色に似合わない色と形をさらしていた。かつての炭鉱の中心部にほかならない。炭鉱時代の施設の一部だった建物や煙突が残っている。それらすべてが石炭の歴史村とか、アドベンチャーファミリーとかに変わっていた。ただしいまは雪に埋もれ、なにひとつ動いていない。

「この上です」

運転手が左上を指さした。とはいえ壁のような雪山があるだけ。上はおろか、中間すら見えなかった。なにもかも雪でふくれあがり、視界がきわめてせまいのである。むしろ対岸のほうが見わたせた。こちらは高松地区。やはりもと炭住街の跡だが、同様に廃屋ひとつ残っていなかった。斜面のところどころに、段々畑みたいに残っている段差がなんとか見分けられる程度だ。

「人車というケーブルカーがあったそうだけど?」

運転手は知らなかった。名前を聞いたことはあるが、実物は見たことがないという。年が四十前後。物心がついたときは炭鉱の火が消えかけていた。夕張の最盛期を知らないのだった。

「たしか、このへんじゃなかったかと思うんですがね」

と自信のなさそうな口ぶりだ。第一なんの痕跡《こんせき》も残っていなかった。街の跡の探索はおろか、登ってゆく道ひとつ見つからない。すべてが雪の下に埋まっていた。

「どこか、福住の全体が見わたせるところはないかな?」

「それだったら向かいの高松のほうがいいんですけど。それでも下から見るだけになりますね」

とにかく福住側の、いちばん高いところまでいってもらうことにした。そこから見下ろしたら、まだしも全体の感覚がつかめるのではないかと思った。

タクシーは遊園地を右に見下ろしながら急坂をのぼりはじめた。めろん城という施設があり、それが建物の最後。その先から道路がつづら折りになった。雪を捨てにいくダンプしか走っていない。

車の折り返しができるところまでいき、引きかえしてもらった。収穫なし。結局車からおりもしなかった。おりてみたところで、ろくな視界が得られなかったからだ。これほどなんにもなくなっているとは思わなかった。そしてこれほど雪が深いとは。

「この先三月までふえる一方です。年間八メートルは降るところですから。それでも年寄りにいわせたら、むかしはとてもこんなものじゃなかったそうです」

あきらめてホテルに入った。

しばらく失望感を噛《か》みしめていた。なにもかも計算ちがいだった。

雪に埋もれているだろうから、徒歩で入ってゆくしかないだろうと覚悟はしていた。だから東京でスノーシューを用意してやってきた。しかしこれほどの雪だとは思わなかったのだ。

何回も使うものではなし、かんじきの類《たぐい》はいたことがなかったこともあって、入門用の、いちばん安いスノーシューを買ってきた。この大雪を前にしたら、おもちゃのような代物でしかないとわかる。

トレッキング用の本格的なスノーシューもあったのだ。しかしいくらなんでも大げさすぎる気がして、買う気になれなかった。あと一万円余分にださなければならなかったからだ。

ひと休みしてからだが温まってくると、いくらか気力をとりもどした。それで夕方、地図とスノーシューを手にしてホテルをでた。日が暮れるまえに、もうすこし地理を偵察しておこうと思ったのだ。

人をまったく見かけなかった。ホテルは商店街の端に位置していたが、前後を見わたしても、人ひとり歩いていない。商店の半分以上がシャッターをおろし、さびれた家並みと、さびれた通りが横たわっているのみ。その商店街を、何十枚もの手描きの映画看板が見下ろしていた。年配のものにはなつかしい往年の名画ばかりである。長渕の部屋の窓からも「ローマの休日」と「シシリアン」の看板が見えていた。夕張観光の目玉になっている夕張映画祭の舞台装置のひとつなのである。

ホテルをでると道路が小高くなり、右側が商店の並ぶ通りになる。左側は細長い平地。これがもとの夕張駅の構内。その前方が、先ほど見てきた炭鉱時代の中心部だ。塗りかえられた煙突が一本残っている。

明子から聞いていたから、地理的状況はすべてインプットされていた。だからどこへ行っても、なにを見ても、まごつくことはなかった。しかしそれは単に知識として入っていただけで、経験に裏づけられたものではなかった。したがって当時の街の息吹《いぶき》まではイメージできていない。両者がすぐには結びつかないのだ。

それが突然、なんの前ぶれもなく、つながった。つながって愕然《がくぜん》とした。するとホテルに隣接したこの一郭こそ、休みの日には、人と肩が触れ合わずには歩くことすらできなかった本町商店街だったのだ。目の先の山の下まで、歩いて数十歩しかないこの狭い平地が、開かずの踏切のあったところだったのだ。貨車や機関車がひっきりなしに往来し、街並みからは音楽や宣伝や呼びかけや会話や笑い声が片ときも途絶えることのない、静寂とはもっとも無縁な活気に満ちた場所に立っていたのだ。

時は移り、人は去った。街は静まりかえり、いまでは雪に埋もれていた。そのだれも歩いていない街を、スキー場から聞こえてくる音楽と、有線のコマーシャル放送だけが徘徊《はいかい》していた。

市立病院を最後に人家も絶えた。あとは丘の上に、最近できたらしい映画祭関連の施設があるきりだ。

高松地区へ入っていったものの、道はすぐ行き止まりになった。向かいの福住地区を観察しようと思えば、もうすこし上まであがらなければならない。

スノーシューをはいた。除雪されていない道路へ踏み入った。平地はまだよかった。坂道にさしかかると、たちまち一歩一歩が膝《ひざ》より上まで埋まった。十歩も歩くと息がつづかなくなった。

ほんの一区画、高さにして三、四十メートルあがったところで断念した。これ以上の体力はない。

遊園地の駐車場となっている夕張駅の構内は、いまやただの雪の原である。その奥まったところで、雪につぶされそうになっている平屋の木造建築が当時の駅舎だ。その上を道路が走り、背後の山すべては福住の跡地だった。

下と上とでは百数十メートルの標高差があるだろう。左右のひろがりとなるとその数倍。斜面のほとんどは木のない裸山で、それが尽きたところから痩《や》せた森がはじまっている。

それだけである。いくら目をこらして見たところで、それ以上のイメージははばたかせようがない雪山。ここに何百戸もの家が建ちならび、何千もの人が暮らしていたなどと、いったいだれに信じさせることができるだろう。

雪が舞いはじめた。青空が見えていながら、雪が舞いおりてくる。明るい。乾いた明るさ、北陸の雪とのなんというちがい。青い空、小さく舞う雪片。粉雪。その降りつもったものがこの膨大な雪だ。

静まりかえった夕暮れを迎えた。

ホテルの前の交差点につくられたイルミネーションが、赤、白、黄色を点滅させながら輝きはじめた。音楽にのせてコマーシャル放送が流れつづけている。

とうとうひとりの人間にも出会わなかった。

翌朝八時。ホテルをチェックアウトすると荷物を預け、スキー場にいってスキー用具を借りた。一晩考えた末、スキーで入ってゆくのがいちばんいいと気がついたからだ。

スキーなら一通り心得があった。べつに誇るほどの腕ではなかったが、子どものころからやってきたから実用の域には達していた。生地が平坦《へいたん》なところだったせいもあり、雪が降ると勾配《こうばい》をもとめて山まで何キロも遠征したものだ。

板から靴、グローブ、ウエアまでレンタルがあった。欲をいえば歩くスキーが欲しかったが、距離用のスキーは置いてなかった。それで制御のしやすい短めの板を借りた。できるとはいえ若かったころの話。もう二十年以上はいたことがない。

タクシーで坂のいちばん上まで運んでもらった。

時刻は九時半。快晴。無風。気温はホテルで見たときの戸外がマイナス七度だった。晴れわたった空から照りつけてくる日ざしがまぶしかった。昨夜からの雪は、間歇的《かんけつ》にけさまで降りつづいた。新雪が二十センチは積もっただろう。一歩雪山に踏み入ると、たちまち溺《おぼ》れてしまいそうなほどからだが沈んでしまった。

スキーをはける平らなところへでるまで、十五分雪かきをした。それだけで全身雪だるまになった。

スキーをはき、歩きだしてこぶをひとつ越えたとたん、足だけ先にいって仰向けにひっくりかえった。からだがついていかない。筋肉がこわばり、関節が錆《さ》びついていた。戦術を変え、山際《やまぎわ》の林に沿って歩くことにした。時間はかかるがこのほうが確実だ。空気が澄みきっているせいもあって、視界の果てまでくっきり見わたせた。冷水山が山頂まで見える。まるで深山のなかにいるような静寂。降りつもった雪が音という音を呑《の》みこんでいた。雪の結晶が樹氷をつくっていた。木という木の枝が先端まで、真綿でくるんだみたいに隈《くま》なく雪をかぶっている。その雪に日光が降りそそぎ、発光体となって輝いていた。造化の妙。巧まざる芸術。おとぎの国の砂糖菓子。雪の反射板。

しばらくカラマツ林がつづいた。このあたり、ただの山林である。とはいえカラマツ自体本州から持ってきたものだ。もとあった森は坑木用に切りだされてしまい、いまの林はそのあとで植えられたものだ。

シラカバが現れはじめた。荒れ地へまっさきに生えてくる木であることを考えると、そろそろ人間の手が入った跡地へ入ってきたことになる。まだ大半が幼木だが、雪の上へ思い思いに立ちあがりはじめている。

木に触れたり、スキーやストックが当たったりするたび、樹上につもっていた雪が散り、花びらとなって降りかかった。落ちてくるのではない。花吹雪みたいにぱっとはじける。

林の際に沿って横へ横へと歩いていった。ときには滑りおりるのに絶好というスロープもあったが、うかつに下ってしまうと、今度は登らなければならない。

それで横。そのため、いつまでたっても見通しがよくならなかった。向かいの山と煙突の先っぽしか見えない。煙突の真向かいにわが家があった、と明子はいった。しかしこれくらい当てにならない目標もなかった。どこから見ても煙突は真向かいなのである。

ようやく人工的な凹凸のあるところへさしかかった。小山がある。ずりと呼ばれたくずの鉱石を捨てた跡のようだ。それから矩形《くけい》や、段差のような地形がすこしずつ現れはじめた。とはいえわずかな痕跡にすぎず、規則性や法則があるようにはとても思えなかった。計画的に造成された土地ではない。建てられるところへつぎつぎと建てていった跡なのだ。

道の跡と思われる直線があったからそれに乗り入れた。視界がすこし開け、向かいの高松地区の上半分が見えてきた。大いに意をつよくした。明子の家からだと、高松地区の下まで見えなかったと聞いていたからだ。

夜になると、向かいの住宅街に明かりがともった。裸電球の黄色い光、蛍光灯の白い光が横にならんだ。よけいな色彩のない暮らしの明かり。それは地味な色彩ではあったが、あたたかくて、せつなくて、見つめていると最後は目がうるんでくるような気がしたという。

本町の中心街は、人車をおりて家に向かう途中からしか見えなかった。拡声器からの流行歌は、風に乗ってときどき間近から聞こえた。夕刻になると、本町ではいち早くネオンサインがともった。それは魅惑的で妖《あや》しい輝きを放っていたが、毎日の暮らしとかけ離れすぎて親しみを与えるものではなかった。

この街が好きなのか嫌いなのか、気持ちの揺れが大きくてよくわからなかった。好きなときもあれば嫌いなときもあり、その力はいつも拮抗《きっこう》していた。一方でいつか、自分がこの街からでていく予感もおぼえていた。でたが最後二度と帰ってこない気がしてならなかった。

事実明子は、その後の夕張に一度ももどっていなかった。痛切な記憶と懐《なつ》かしさとにこだわる一方で、帰ろうとだけはしなかった。

父親の眠っている地だからである。しかしそれは墓地ではなかった。

福住の最上部の、どこかに達した感覚はかろうじてあった。しかしそこから先となると、いかなる手ごたえも感触も得られなかった。人車の軌道が走っていた跡も、四軒長屋が二棟ならんでいたという明子の家の区画も、特定はおろか推定することすらできなかった。

くたびれてきた。使いつけない筋肉を酷使し、完全にばてて気持ちのわるい汗が流れはじめた。

とうとうスキーを外した。腰をおろして休まないと倒れてしまいそうだったのだ。息を整え、雪を口にふくんでほてりを冷ました。

汗が引きはじめると寒くなってきた。時計を見ると十時半になっていた。帰るときのことも考えておかなければならない。いまの体力を考えると、下りだったらすいすいとはとてもいきそうにないからだ。

ふと懐疑にとらわれはじめた。いったいなにをしにきたのだ、と思いはじめると急に腹がたってきた。なにも考えていなかったことに突如として気がついたのだ。くることだけが目的だった。骨の一部を納めてやろうというのは、あとからでてきた思いつきにすぎないのだ。

明子の郷里をたずねることがみそぎであり、それをすませたら、許されるという思い込み。過去や負い目から清算され、青天白日の身にもどれるという身勝手な設定。自作自演の改悛《かいしゅん》劇。

観覧車の手前に、地底の採炭現場へ向かうかつてのトンネルの入口が見えていた。コンクリートで蓋《ふた》をされ、れんがの外壁もいまでは剝《は》がれはじめている歴史の証人。国のエネルギー生産を一手に担《にな》い、用ずみとなって捨てられた産業遺跡。負の遺産。

「夕張の山の底には、葬ってもらえなかった人が四千人も眠っているのよ」

明子からそう聞いたことがある。火災、ガス爆発、落盤、出水、遺体の収容作業はもちろん、生存確認も終わらないうち、第二次災害を防ぐという名目で注水され、地中深く置き去られた数多《あまた》の産業戦士たち。文字通りみづく屍《かばね》。

明子の父親がそうだった。

明子はそのとき映画館にいた。

見終わって友だちと感激を語りあいながら外へでてみると、街がうめきと怒声をあげていた。

血相を変えた男たちが、必死の形相をした女たちが、わめきながら坑口へ向かって殺到していた。救急車が駆けぬけ、白衣姿の男や女が担架をつらねて走っていた。泣き叫ぶ声、会社に向かって放たれる罵声《ばせい》、怒声、うめき、地団太、地ひびきのような憤怒《ふんぬ》の息づかい。

「ガスだ。ガス爆発だ」

「二番方が……二番方が……」

心臓が破裂した。父親がきょうの二番方だったのだ。

気がつくと群衆に身を投じて泣きながら走っていた。

「一番坑だとよ」

「いわねえこっちゃあねえって、ずーっといってきたんだ。くそったれが」

ののしり声が炸裂《さくれつ》する。

号泣が爆発する。

うおん、うおん、と街がどよめく。担《かつ》ぎだしてくるもの。担ぎだされてくるもの。真っ黒。ぼろぼろ。ぼろぎれ。もと人間。担架にかぶせられたあたらしい毛布。泣き叫ぶ声。うめく声。呼びかける声。身もだえ。山が泣いた。うおおん、うおおん、と泣きながらうめいた。

ほっかいどうたんこうきせんばくはつがいしゃ

ゆうばり
くうばり
さかばかり
どかんときたら
しぬばかり

頭上でばさっという音がした。
冷たいものが降りかかり、風がほほを襲った。頭の上を白いものがかすめた。鳥が飛びたったのだ。

白い鳥だった。

見たことのない鳥。純白。鳩《はと》より大きく、鷺《さぎ》より小さい。それは後の林から飛び立ち、前方へ、真っすぐに飛んでいった。飛び去ったのちも、はばたきが耳に残っていた。目に見えていた。

あとに雪が残った。

ただよいはじめた雪が残った。

飛びたった鳥に誘いだされ、木々の枝につもっていた雪が、宙へさまよいだしてきた。羽毛のように、ポプラや、ヤナギや、タンポポの綿毛のように、地底から這《は》いだしてきた冷気のように、雪が木の枝からはなれ、ふわりふわりと空へただよいだしていた。空へ、宙へとただよいだしている。あとから、あとから、際限もなく、ただよいだしている。

雪が流れる。

浮かんでは流れてる。

長渕の前を、後を、上を、ただよいながら空へ帰ろうとしている。

天上の雪だ。

名残りの雪。

思いのたけをこめ、青い空を塗りかえながら、雪が空へ帰ってゆく。

手を差しだした。
つかめなかった。
流れるのみ。
流れて長渕琢巳をつつみはじめた。
みるみるなにも見えなくなった。

こんじょうかりそめ
しばしのわかれ
たずねきてしる
ゆきのはな
ひとりしばいの
カーテンコール
なごりつきない
めぐりあい
またあいましょう
あきこさん

（完）

解説

吉野仁

志水辰夫はデビュー以来、果てもなくさまよう男たちを描いてきた。北方領土への潜入や日本を縦断する追跡もしくは逃亡など、主人公はひと所にとどまることを知らず、ひたすら旅を重ねていった。半ば強制的に向かわされた冒険行にせよ、ネオン輝く大都会の人捜しにせよ、任務を果たし、真実を探求すべく、ひとり行動を続けていく。最後に明かされるのは、背後に隠されていた思いもよらない真相だった。

主人公に超人タイプの二枚目ヒーローを思い合わせながら読む読者も少なくないだろうが、多くの志水作品では、あえてイメージを壊すかのごとき冴《さ》えない中年男が主役を張っている。そんな男とともに旅をしたり、陰から支えてきたりしてきたのは、魅力的なヒロインたちである。二人の恋愛模様、とくに失われた過去を取り戻そうとする展開が、物語の横軸としてドラマの奥行きをつくりだしていた。

志水辰夫は、正統派冒険小説、ハードボイルド探偵小説、ダメ男の恋愛小説といったさまざまな側面を持つ長編を書き続けてきたのだ。ときおり見せる人を喰ったユーモアも欠かせない持ち味になっている。

全編にわたり書き込まれた精密な自然描写も単なる物語の背景にとどまらず、たえず登場人物の微妙な心情を映している。それが豊かな臨場感を生み出しており、さらには抒情《じょじょう》あふれる詩的文体が駆使されているうえに、クライマックスに至ると、強い情感のこもった文章がたたみかけるように記されてゆく。その見事な文章力。読むものの心を大きくゆさぶらずにはおかない。

本作『ラストドリーム』にも、志水辰夫がこれまで発表してきた多くの作品に見られる独特の要素がすべてこめられている。

もうひとつの作者の大きな特徴は、徹底してあまのじゃくでヘソ曲がりであることだ。先に述べたとおり冴えない中年男が活躍するのもその一例だが、文体やプロットの展開などふくめて、どれほど人気を得て支持されようとも、ある時期までのスタイルを捨て、つねに新たなアプローチに挑戦しているのである。本作も、これまでの作品に見られた要素を含みながら、ひとつのジャンルにくくれないばかりか、簡単に要約できないストーリー展開を含め、いささか手強《てごわ》い長編小説に仕上がっている。

なにしろ、主人公が記憶をなくしたまま、突然、青函《せいかん》トンネルのなかを走る列車のなかで目覚める場面から物語の幕が開けるのだ。彼はそこで知りあった老人の世話になり、北海道の島牧《しままき》にある風変わりな宿泊所に泊めてもらうこととなる。冒頭シーンだけを読むと、記憶喪失サスペンスのようだが、やがて主人公の正体とそれまでの人生が少しずつ明らかになってくる。亡くなった妻の故郷をたずねて行こうとしていたのだ。

この行動は、のちに説明されるが、それでもなお不可解きわまりない。いくら主人公が目的地に向かおうと努力しても、結局たどり着けず、家に戻ってしまうというのだ。しかも、その間の記憶はあいまいで、まるで夢遊病者のような行動をしていただけ。ちょうど眠っているときに見る夢と似ている。頭では分かっていても、身体は思うように動いてくれない。目的地に着くまえに夢から醒《さ》めてしまう。本作がどこかしらファンタジーのような趣を備えているのも、どこまでが本当のことでどこまでが嘘《うそ》なのか、いまひとつはっきりしない、こうした部分がちりばめられているからではないか。

タイトルの『ラストドリーム』の夢とは、睡眠中に見る夢ばかりではなく、いつか実現したいと思っている願いのことも指している。いいかえれば、最後のロマンと言ってもいい。現代では、ロマン（もしくはロマンス）とは、恋愛や恋愛小説をいう場合のほうが多いだろうが、そもそもは、中世ヨーロッパが舞台の、恋愛、武勇などを扱った騎士道小説を指していた。すなわち、つねに敵を求めて闘い続ける男たちの夢と冒険を扱った小説のこと。まさに志水辰夫の小説は、ロマンなのだ。すでに「男のロマン」とはパロディ化されたあげくの陳腐な言葉でしかないが、それでも古来から女たちが生活を守るという現実を第一とし、男たちは家の外に出てより大きな獲物《えもの》を得ることを任務と矜持《きょうじ》にしてきたのは間違いなく、男の夢と冒険とは生物の根源的な有り様に関わっている問題なのである。男は冒険の旅へ出ずに生きてはいけない。夢のない人生は、死んだのと同じだ。

では、その最後の夢とは何だったのか。

過去の過ちや失恋などによる喪失感にとらわれ、都落ちした主人公が、辺境をさまよい冒険《あやま》を重ねる過程で女性に助けられ、敵を倒すことで自己を取り戻すという、いわば英雄神話の典型的な構造がある。これは志水辰夫の作品にかぎらず、あらゆるヒーロー小説、冒険小説などに見られる物語形式だ。本作の場合、敵との闘いとは、生活の糧《かて》を得るために働き続けた過去の人生を意味する。またヒロインはすでに亡くなっているので、どうしても過去の回想の多い物語となっている。

主人公の長渕《ながぶち》は、長年、水産加工会社に勤務し、やがてエビの養殖の仕事をまかされ、タイに長期出張し現地で孤軍奮闘してきた。長年にわたり志水辰夫を読んできた方ならば、海外事業にまつわるエピソードに、作者らしさを感じたことだろう。とくに会社側の仕打ち、長渕の扱われ方は、初期の志水作品の主人公がおかれた状況によく似ている。甘い言葉で組織に徴用され、いつのまにかつぶれて用がなくなるまで働かされ、そのあげく、捨《す》て駒《ごま》として利用され、最後は犬死の憂《う》き目《め》にあわされる。もしくは、どんなに自己弁護しようとも、そこに甘えや嘘などの欺瞞《ぎまん》がいくらでもあったと、認めざるをえなくなる。自分の器量を過大評価し、うぬぼれていただけかもしれないのだ。

一方の妻の明子は、炭坑の町として知られる夕張で育った女性だ。明子は父親を事故で亡くしている。長渕と結婚してからは、ひたすら耐える妻としての役目をまっとうしてきた。二人とも、めざましい発展をとげた高度成長時代の日本とその負の側面に翻弄《ほんろう》され続けた。長渕が世話になった秋庭《あきば》という男の人生にしても、同じような背景がうかがえる。ひとつの時代が確実に終わろうとしている。その後始末をつけるときが来たのだ。

長渕がたどろうとした北への道は、妻への贖罪《しょくざい》の旅でもあり、戦後の日本が失った「故郷」を再訪する旅でもあった。それが「ラストドリーム」なのである。

明子が愛した小学校唱歌、砂山をはじめ、郷愁を誘うエピソードには事欠かない。物語が進むにつれ、長渕の苦い悔恨と切ない追憶は深まるばかりだ。これまでの人生はいったいなんだったのか。いま悔やんでも間に合わない。いつも気づくのが遅すぎる。あまりに短い浮生《ふせい》の夢。もうひとつ、そんな「儚《はかな》いもの」という意味の夢も本作にはそこかしこに漂っている。なによりもラストで雪のなかにひとり残された長渕の痛切な思いが胸に迫る。

『行きずりの街』ではじめて志水辰夫の凄《すご》みにふれた読者は、本作はもちろんのこと、『飢えて狼』をはじめ『裂けて海峡』『背いて故郷』など、優れた人物造型と精密な描写力による起伏に富んだ力強い物語の冒険ハードボイルドものや『いまひとたびの』を皮切りに発表された、人生の局面を静謐《せいひつ》な筆致でとらえた叙情性あふれる短編集など、まだまだ読みごたえの深い作品があるので、ぜひとも手にとってほしい。なにより作者は、二〇〇七年二月に初の時代小説『青に候』を上梓《じょうし》した。若き侍が江戸の町を駆けまわるこの物語は、初期の志水作品と同じような興奮が味わえるうえに、明朗快活で若々しい印象さえ残る一作だった。また新たなロマンがはじまったのだ。

（二〇〇七年七月、文芸評論家）

この作品は二〇〇四年九月、毎日新聞社より刊行された。

志水辰夫著　行きずりの街

失踪した教え子を捜しに、苦い思い出の街・東京へ足を踏み入れた塾講師。十数年分の過去を清算すべく、孤独な闘いを挑むが……。

志水辰夫著　いまひとたびの

いまいちど、いまいちどだけあの人に逢えたなら——。愛と死を切ないほど鮮やかに描きあげて大絶賛を浴びた、珠玉の連作短編集。

志水辰夫著　情　事

愛人との情事を愉しみつつ、妻の身体にも没入する男。一片の疑惑を胸に、都市と田園を行き来する、性愛の二重生活の行方は——。

志水辰夫著　きのうの空
柴田錬三郎賞受賞

家族は重かった。でも、支えだった——。あの頃のわたしが甦る。名匠が自らの生を注ぎこみ磨きあげた、十色の珠玉。十色の切なさ。

志水辰夫著　飢えて狼

牙を剝き、襲い掛かる「国家」。日本有数の登山家だった渋谷の孤独な闘いが始まった。小説の醍醐味、そのすべてがここにある。

志水辰夫著　裂けて海峡

弟に船長を任せていた船は、あの夏、大隅海峡で消息を絶った。謎を追う兄が触れたのは、禁忌。ミステリ史に残る結末まで一気読み！

北森　鴻著
凶笑面
―蓮丈那智フィールドファイルⅠ―
封じられた怨念は、新たな血を求め甦る――。異端の民俗学者・蓮丈那智の赴く所、怪奇な事件が起こる。本邦初、民俗学ミステリー。

北森　鴻著
触身仏
―蓮丈那智フィールドファイルⅡ―
美貌の民俗学者が、即身仏の調査に赴いた村で、いにしえの悲劇の封印をほどき、現代の失踪事件を解決する。本格民俗学ミステリ。

黒川博行著
疫病神
建設コンサルタントと現役ヤクザが、産廃処理場の巨大な利権をめぐる闇の構図に挑んだ。欲望と暴力の世界を描き切る圧倒的長編！

黒川博行著
左手首
一攫千金か奈落の底か、人生を賭した最後のキツイ一発！　裏社会で燻る面々が立てた完全無欠の犯行計画とは？　浪速ノワール七篇。

佐々木　譲著
黒頭巾旋風録
駿馬を駆り、破邪の鞭を振るい、悪党どもを懲らしめ、風のように去ってゆく。その男、人呼んで黒頭巾。痛快時代小説、ここに見参。

佐々木　譲著
天下城（上・下）
鍛えあげた軍師の眼と日本一の石積み技術を備えた男・戸波市郎太。浅井、松永、織田、群雄たちは、彼を守護神として迎えた――。

佐藤賢一著　双頭の鷲（上・下）

英国との百年戦争で劣勢に陥ったフランスを救うは、ベルトラン・デュ・ゲクラン。傭兵隊長から大元帥となった男の、痛快な一代記。

白川道著　星が降る

弟が私の妻と心中した。彼らを追いつめたものに復讐するため、私は大勝負に賭けた。この願い、かなうか?! これぞ白川ロマン。

白川道著　終着駅

〈死神〉と恐れられたアウトロー、視力を失いながら健気に生きる娘。命を賭けた恋が始まる。『天国への階段』を越えた純愛巨編！

真保裕一著　ストロボ

友から突然送られてきた、旧式カメラ。彼女が隠しつづけていた秘密。夢を追いかけた季節、カメラマン喜多川の胸をしめつけた謎。

新潮社編　鼓動　―警察小説競作―

悪徳警官と妻。現代っ子巡査の奮闘。伝説の警視の直感。そして、新宿で知らぬ者なき刑事〈鮫〉の凄み。これぞミステリの醍醐味！

新潮社編　決断　―警察小説競作―

老練刑事の矜持。強面刑事の荒業。新任駐在の苦悩。人気作家六人が描く「現代の警察官」。激しく生々しい人間ドラマがここに！

ラストドリーム

新潮文庫　し－35－10

平成十九年九月一日発行

著者　志《し》水《みず》辰《たつ》夫《お》

発行者　佐藤隆信

発行所　株式会社　新潮社

郵便番号　一六二―八七一一
東京都新宿区矢来町七一
電話　編集部（〇三）三二六六―五四四〇
　　　読者係（〇三）三二六六―五一一一
http://www.shinchosha.co.jp

価格はカバーに表示してあります。

乱丁・落丁本は、ご面倒ですが小社読者係宛ご送付ください。送料小社負担にてお取替えいたします。

印刷・二光印刷株式会社　製本・憲専堂製本株式会社

ISBN978-4-10-134520-8 C0193